PEDRA BONITA

JOSÉ LINS DO REGO
PEDRA BONITA

Apresentação
Adriana Negreiros

São Paulo
2022

global
editora

© **Herdeiros de José Lins do Rego**
15ª Edição, José Olympio, Rio de Janeiro 2011
16ª Edição, Global Editora, São Paulo 2022

Jefferson L. Alves – diretor editorial
Gustavo Henrique Tuna – gerente editorial
Flávio Samuel – gerente de produção
Vanessa Oliveira – coordenadora editorial
Juliana Tomasello – assistente editorial
Adriana Bairrada e Bruna Tinti – revisão
Mauricio Negro – capa e ilustração
Valmir S. Santos – diagramação

Dados Internacionais de Catalogação na Publicação (CIP)
(Câmara Brasileira do Livro, SP, Brasil)

Rego, José Lins do, 1901-1957

Pedra Bonita / José Lins do Rego ; apresentação Adriana Negreiros. — 16. ed. — São Paulo : Global Editora, 2022.

ISBN 978-65-5612-255-7

1. Ficção brasileira I. Negreiros, Adriana. II. Título.

22-105374 CDD-B869.3

Índices para catálogo sistemático:
1. Ficção : Literatura brasileira B869.3

Maria Alice Ferreira - Bibliotecária - CRB-8/7964

Obra atualizada conforme o
NOVO ACORDO ORTOGRÁFICO DA LÍNGUA PORTUGUESA

Global Editora e Distribuidora Ltda.
Rua Pirapitingui, 111 — Liberdade
CEP 01508-020 — São Paulo — SP
Tel.: (11) 3277-7999
e-mail: global@globaleditora.com.br

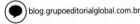

 Direitos reservados.
Colabore com a produção científica e cultural.
Proibida a reprodução total ou parcial desta
obra sem a autorização do editor.

Nº de Catálogo: **4468**

Sumário

Uma história de fanatismo e violência no sertão, *Adriana Negreiros*...... 7

PRIMEIRA PARTE
A vila do Açu...... 19

SEGUNDA PARTE
Pedra Bonita...... 141

Cronologia...... 313

Uma história de fanatismo e violência no sertão

Adriana Negreiros

No dia 20 de abril de 1938, o *Jornal do Brasil*, do Rio de Janeiro, dedicou uma resenha ao novo livro de José Lins do Rego, *Pedra Bonita*. Desde o sucesso de *Menino de engenho*, romance de estreia, todo trabalho do escritor paraibano chegava ao mercado com boa expectativa. *Pedra Bonita* já era a oitava obra de José Lins, que produzia a um ritmo de despertar inveja em qualquer profissional da escrita: uma média superior a um livro por ano.

"Novelista de massas, arquiteto poderoso do romance, o escritor de *Pedra Bonita* consegue imprimir às suas páginas a emoção e a riqueza da verdade", registrou o resenhista do jornal. Ao referir-se à "riqueza da verdade", ignorou a advertência feita pelo autor nas primeiras páginas do livro: "A narrativa deste romance quase nada tem de ver com a geografia e o fato histórico desenrolado em Pernambuco nos princípios do século XIX".

Estava certo o resenhista. Porque aquelas palavras iniciais de José Lins do Rego bem que tentaram disfarçar, mas a narrativa de *Pedra Bonita* está ligada ao fato histórico ocorrido em Pernambuco. O evento em questão é um dos mais dramáticos da história do Nordeste: o massacre de Pedra

Bonita, ocorrido cem anos antes, em 1838. A geografia: o sertão pernambucano. Mais precisamente os arredores de duas grandes pedras paralelas, como se fossem duas torres, de cerca de 30 metros de altura.

Na região, a pobreza era grande. Ninguém tinha muitas esperanças de que a fome e a seca pudessem, um dia, ter fim. Até que um homem lançou uma esperança. João Antônio dos Santos, morador local, disse ter recebido uma mensagem de Dom Sebastião, antigo rei de Portugal. No comunicado, segundo Santos, Dom Sebastião afirmava estar preparado para retornar à Pedra Bonita – quando isso enfim ocorresse, a vida daqueles miseráveis seria inundada de prosperidade.

Dom Sebastião havia nascido em Lisboa, em 1554, e tornara-se o sétimo rei da Dinastia de Avis. Em 1578, aos 24 anos, partiu para uma cruzada santa contra os muçulmanos no Marrocos. Desapareceu, no mesmo ano, durante a batalha de Alcácer-Quibir, no norte do país. O corpo do jovem rei nunca seria encontrado, o que daria margem à construção da lenda segundo a qual ele retornaria para fazer justiça e devolver as glórias a Portugal.

Surgia, assim, o mito do sebastianismo, que chegou ao sertão do Brasil com um forte componente de fanatismo religioso. Dom Sebastião seria um messias, um salvador que viria à terra para instaurar um reino de paz. Naquele 1838, João Antônio dos Santos nomeou-se rei de Pedra Bonita e assegurou que Dom Sebastião estava preparado para reaparecer ali mesmo. Mas, para que isso ocorresse, exigiam-se sacrifícios: as pedras deveriam ser banhadas com sangue humano.

Estima-se que cerca de 300 pessoas tenham feito parte da seita liderada por João Antônio dos Santos. Dessas, calcula--se em mais de 50 o número de sacrificadas. Os relatos são escabrosos: há casos de mulheres e crianças degoladas, bem como pequenos de colo arremessados na direção das pedras, para que sangrassem – e morressem – com a força do impacto. Como Dom Sebastião não voltou dos céus, Santos foi assassinado. Depois, tropas do governo invadiram o local, matando parte dos que haviam escapado aos sacrifícios.

Na ficção de José Lins do Rego, Pedra Bonita também é palco de tragédia, "terra dos diabos, o fim do mundo, o calcanhar de judas", lugar manchado pelo "sangue dos meninos". Bento, o herói da narrativa, cresce ouvindo sussurros sobre o evento a respeito do qual ninguém falava abertamente – e termina por reviver episódio parecido, em situação protagonizada por um líder messiânico chamado Sebastião. Não à toa, mesmo nome do jovem rei português desaparecido no Marrocos.

A jornada de Bento – homônimo do personagem de *Dom Casmurro*, de Machado de Assis, de quem José Lins do Rego era profundo admirador – dá-se no interior do Nordeste das primeiras décadas do século XX. Naquela época, o Brasil inteiro acompanhava, com perplexidade, as incursões do bando de Virgulino Ferreira da Silva, vulgo Lampião, pelos sertões. Lampião vivia seus momentos finais, acossado pelas forças repressoras do governo Getúlio Vargas, após reinar, impunemente, durante a quase totalidade dos anos 1920 e 1930. Com o apoio de grandes proprietários rurais, políticos e policiais, o Rei do Cangaço disseminou o terror em vilas e cidades do Nordeste – e também acumulou ouro, comeu e bebeu do melhor e conquistou uma bela baiana de pernas grossas, Maria Bonita.

Assim, além de violência, o cangaço espalhou encantamento. Ir-se embora mais Lampião, para rapazes pobres e sem outra perspectiva que não a vida eternamente sofrida do sertão, constituía a melhor chance de ascensão social e econômica. Uma vida de aventuras em meio a moedas de ouro, mulheres (ainda que contra a vontade delas) e trajes vistosos parecia, para muitos, uma promessa possível de felicidade. De igual modo, projetava-se em Lampião, Corisco e tantos outros "cabras" (como eram chamados os bandoleiros) a figura de justiceiros contra a ação arbitrária dos representantes do Estado. As táticas dos policiais para obter confissões de supostos protetores de cangaceiros não deixavam em nada a dever às piores práticas de tortura de regimes autoritários.

Os sentimentos dúbios do sertanejo em relação aos cabras estão explícitos em *Pedra Bonita*. O romance também mostra a situação desesperadora de quem vivia em regiões onde o banditismo rural imperava. Caso obedecesse ao cangaceiro, o morador apanhava da polícia. Se colaborasse com a polícia (ou "volante", termo da época), era agredido pelo cabra. É impossível não comparar essa situação de anos atrás com a vivida, nos dias de hoje, por habitantes de zonas dominadas pelo tráfico de drogas.

Lampião não aparece em *Pedra Bonita*, mas o personagem Aparício, irmão de Bento, é ele todo. Já Padre Cícero, que havia morrido em 1934, aos 90 anos, em Juazeiro do Norte, é citado textualmente. Também o personagem de Padre Amâncio tem muito da imagem popularizada do Padim Ciço: os olhos azuis, a batina surrada, a vida espartana, sem gosto pelos luxos.

Pedra Bonita é o retrato fascinante de um sertão cujas complexidades tornam-no alvo frequente de caricaturas simplistas. Um sertão onde a sabedoria popular não se confunde com superstição; em que o misticismo desafia a racionalidade científica; e a violência naturalizada convive com a candura extremada, o estoicismo e a renúncia aos individualismos por um bem comum. Um sertão, também, patriarcal, no qual mulheres são sacrificadas não apenas pela esperança de chegada do messias, mas para adequar-se a papéis a elas estabelecidos.

Naquele abril de 1938, quando lançou *Pedra Bonita* a propósito do centenário do massacre, José Lins talvez não pudesse imaginar que, dali a três meses, uma nova carnificina entraria para a história; e, como a tragédia que o inspirara, motivaria muitos escritores a produzir romances sobre o tema. Em 28 de julho de 1938, também em meio a pedras, na Grota de Angico, em Sergipe, seriam degolados Lampião, Maria Bonita e mais nove cangaceiros.

José Lins do Rego manifestou o desejo de que suas obras fossem divididas em ciclos. *Pedra Bonita* compõe o "Ciclo do cangaço, misticismo e seca", ao lado de *Cangaceiros*, de 1953. Poucas obras da sociologia, da história ou da antropologia podem ensinar tanto sobre esses três temas quanto os romances de José Lins do Rego. E com algo que só a arte é capaz de fazer: transformar o horror na mais exuberante beleza.

PEDRA BONITA

A Barros Carvalho, Gastão Cruls,
Luís Jardim e Moacir Pereira

A narrativa deste romance quase nada tem de ver com a geografia e o fato histórico desenrolado em Pernambuco nos princípios do século XIX.

PRIMEIRA PARTE
A vila do Açu

1

Antônio Bento estava tocando a primeira chamada para a missa das seis horas. Do alto da torre ele via a vila dormindo, a névoa do mês de dezembro cobrindo a tamarineira do meio da rua. Tudo calado. As primeiras badaladas do sino quebravam o silêncio violentamente. O som ia longe, atravessava o povoado para se perder pelos campos distantes, ia a mais de légua, levado por aquele vento brando. Dia de N. Sra. da Conceição, 8 de dezembro. O padre Amâncio celebrava duas missas, a das seis e a das onze horas. Sem dúvida já se acordara com o toque do sino.

Antônio Bento martelava o bronze pensando no povo. As velhas da casa-grande, as duas solteironas que venderam as terras para ir morar perto da igreja, já estariam de pé. A zeladora Francisca do Monte nem esperava pelo aviso. O seu sono leve, os seus cuidados de presidente das irmãs do Coração de Jesus não iam esperar pela advertência do toque de Antônio Bento. Antes da segunda chamada lá vinha ela envolvida no xale escuro, andando devagar, contrita, como se já estivesse dentro da igreja.

A vila acordava aos poucos. As portas das casas de negócio se abriam e o sol pegava a tamarineira umedecida para esquentar-lhe as folhas orvalhadas.

O sino batia a segunda chamada. E vinham chegando as duas irmãs velhas, sempre juntas, chegadas uma à outra como se se amparassem. A mulher do sacristão Laurindo vinha logo depois. Antônio Bento gostava de puxar o badalo e gozar o som se sumindo, andando, correndo com o recado de Deus aos seus fiéis. Era a melhor coisa que ele fazia na casa do padre

Amâncio. Era tocar o sino assim de madrugada. Em tempos de chuva, com tudo escuro ainda, sentia que as badaladas iam mais longe. Às vezes bem sentia que qualquer pedaço dele saía com o som furando as distâncias. Da torre, já com a claridade da madrugada, nos dias de verão, era diferente. Via as casas para que tocava, sabia quais os clientes que atendiam às solicitações de Deus. Seu padrinho estava em casa, lavando a boca, preparando-se para o ofício. Estava ali com ele há mais de dez anos. Viera de Pedra Bonita trazido por sua mãe. Fora dado ao padre na grande seca de 1904. Não era mais dos seus. A mãe trouxera-o, quase morto, para que o padrinho lhe desse jeito, ao seu gosto. Estava porém satisfeito. A vida não corria má. Só a escola com a zeladora Francisca do Monte fora difícil de levar. Aprendera a ler, andara até pela escola do velho João José, mas felizmente o tinham deixado de mão. Sabia ajudar missa, sabia ler os jornais, sabia escrever uma carta. E era o bastante para um criado de padre. O criado do juiz era aquele Lula, quase maluco, abobado, esquecendo-se dos recados e das ordens que mandavam por ele. O padre Amâncio era bom. No começo fora rigoroso, pedindo à zeladora para puxar por ele nas lições, dando-lhe cascudos. Fora crescendo, e agora servir ao padrinho não lhe custava sacrifício. Tinha mesmo orgulho da sua profissão. Via meninos da sua idade sem fazer nada. Os filhos do juiz, os filhos dos ricos da terra, soltos, brincando pelos becos, enquanto ele arrumava as coisas sagradas, sabia dos segredos da igreja, sabia onde estava estendido num caixão, de braços cruzados, o corpo ensanguentado de Nosso Senhor. Só ele e o sacristão Laurindo podiam mexer nos gavetões da sacristia, tirar a poeira que cobria os santos descobertos, arrumar as velas nos altares.

Com a terceira chamada as casas já estavam todas abertas e vinham chegando matutos para a feira. O padre Amâncio já estaria esperando na sacristia, vestindo-se para a missa. As últimas badaladas já não soavam com a vibração das primeiras. Havia sol pelas várzeas e pelos altos, e gente desperta, ruído de gente pelo mundo. Fora-se o silêncio da madrugada, fora-se a quietude dos homens parados pelo sono.

Antônio Bento desceu os degraus da torre, passou pelo coro deserto e foi vestir a sua opa encarnada de acólito. A igreja estava com as mesmas pessoas de sempre: as duas irmãs, a zeladora Francisca do Monte, a mulher do sacristão, que puxava por uma perna, a pobre dona Auta. Dentro da igreja o silêncio era violado de quando em vez pelo pigarro da zeladora, que sofria da garganta.

Ali na vila do Açu a vida era miúda como a gente. Nunca crescera, nunca tivera fausto, ninguém suspirava naquele canto do mundo pelos dias passados. Não era uma cidade morta que tivesse crescido, criado nome, cheia de glórias de outros tempos. Fora sempre aquilo que era, nunca dera mais do que dava. Por várias vezes deixara de ser freguesia, mas voltava a ser. Aparecia um padre sem ambição que se prontificava a vir passar dias apertados, o bispo nomeava-o, e a igreja grande do Açu, a única coisa grande dali, abria as suas portas às beatas e aos poucos devotos, limpava-se das corujas e dos morcegos para que o culto se realizasse com decência. O padre Amâncio há vinte anos que pastoreava aquele rebanho escasso. Não era uma freguesia de muito trabalho, embora a sua história fosse das mais desgraçadas de todo o sertão. Há quase um século que correra sangue pelos seus campos, sangue de gente, sangue derramado para embeber a terra em nome de Deus. Aquilo pesava na existência da vila como um crime nefando, pesava no destino de gerações e gerações. Há vinte anos que o padre Amâncio chegara no Açu cheio de esperanças, vinha moço, cheio de zelo, de uma imensa vontade de ser útil ao povo, de arrastar para Deus as almas de seus paroquianos. Aos cinquenta anos parecia um velho. Magro, de cabelos brancos, a face cavada. Dava-se à primeira vista setenta anos sem exagero. Criara fama pela sua bondade, pelo seu desinteresse, a sua capacidade de se adaptar aos pobres, que eram quase todos da terra. Rico, ali, só mesmo o coronel Clarimundo, que tinha compra de algodão e loja e venda. No mais, pouca diferença havia de um para outro. A vila do Açu não opunha os homens uns contra os outros pela riqueza. As terras das proximidades, o patrimônio da igreja, as fazendas do município não davam para enriquecer ninguém. Por mais de uma vez os entendidos em administração falaram em suprimir o termo, em reduzir o Açu a simples distrito da comarca mais próxima. Mas, por uma coisa ou por outra, ia a vila ficando com o seu juiz municipal, a sua coletoria de rendas e a agência dos Correios com estafeta duas vezes por semana para a cidade de perto. O mais fácil parece que era deixar o Açu no seu canto infeliz e pobre como um miserável com as suas chagas ao sol. Havia lugares com dez anos de vida que passavam a vila e estavam mais importantes do que o Açu. Não era que uma estrada de ferro fizesse o milagre da transformação, inflamasse o povo do povoado. Não. Tudo que havia no Açu havia por lá, o mesmo rio, as mesmas terras, os mesmos homens. E ia para diante, o comércio crescia, as construções aumentavam. E no Açu era aquilo que se via. A rua grande com o sobrado do coronel Clarimundo, a tamarineira frondosa, onde por debaixo faziam a feira, e a desolação de casas caindo. Há anos que um pedreiro não fazia obra nova por ali. Só a igreja de longe em longe merecia uma mão de cal. O padre Amâncio cuidava dela como da última riqueza da terra. Era uma igreja das maiores do sertão, com duas torres, construída não se sabia com que recursos, com paredes largas de fortaleza e altares em pedra talhada. Diziam que era mais bonita que a catedral do Camaru. Todo o Açu vivia da importância de sua matriz. Mas não se sabia por que o povo de outros lugares não dava importância, não se arrastava de longe para vir até ali pagar uma promessa, ouvir uma missa. A capela do povoado de Sobrado atraía gente de trinta léguas. Vinham devotos com dois dias de viagem trazendo as suas velas, os seus ex-votos para os santos de lá. Ninguém queria saber dos santos do Açu. E no entanto havia imagens de tamanho natural. Os doze apóstolos, uma N. Sra. das Dores como poucas existiam no estado. O nada que recebia dos paroquianos padre Amâncio empregava na sua igreja. Mas precisara certa vez ir até o bispo pedir alguma coisa para os seus santos, que perdiam a carnação, que desbotavam. Deram-lhe o auxílio, mas lhe falaram numa possível trasladação de algumas das imagens para outros templos que pudessem com as despesas. O padre Amâncio sentiu a advertência como se se propusesse a arrancar de sua casa um filho para entregar à misericórdia de estranhos. Então deu para sair pelo estado de sacola na mão, pedindo pela sua matriz. Os padres das outras freguesias a princípio se aborreceram com a intromissão do vigário do Açu. Que ficasse ele no seu canto. Mas o padre Amâncio trocava, dava-se de graça para as missas cantadas, para os sermões, contanto que o deixassem em paz, de sacola na mão, pedindo a um e a outro para que pudesse manter a sua igreja com a dignidade precisa. As suas batinas surradas, as suas botinas em petição de miséria não queriam dizer nada. Para ele valia que o manto de N. Sra. da Conceição fosse mesmo um manto digno da mãe de Deus.

Só a igreja ali no Açu não sofria com o destino da terra. Resistia. E com as suas duas torres brancas, com os seus dois sinos de som magnífico, aparecia para as casas humildes, mesmo para o sobrado do coronel Clarimundo, como uma soberana, uma rainha para quem o tempo e as desventuras não se contavam.

Agora mesmo, enquanto o padre Amâncio rezava para meia dúzia de devotas a sua missa das seis horas, a vila acordava. Na tamarineira cantavam os pássaros, e por baixo de suas galhadas matutos arrumavam os seus troços para a feira. O sobrado do coronel Clarimundo estava flamejando ao sol, com as suas janelas envidraçadas. Assim de manhã o sobrado, a casa mais importante do lugar, recebia o sol com festa. As suas venezianas brilhavam. Janelas de vidros de todas as cores rodeavam o casarão velho. Dois leões de pedra ficavam em cima do portão de entrada como dois monstros que tivessem devorado toda a grandeza da terra. As portas do negócio do coronel se abriam, ele mesmo, em mangas de camisa, de sua janela principal, olhava de cima o velho Açu, que era seu. Só mesmo a igreja era maior do que a sua casa. Vinha chegando aos seus ouvidos o toque da campainha na elevação do Senhor. Ele via de onde estava a luz das velas que iluminavam o altar-mor. Com pouco o major coletor aparecia na sua janela, já de colarinho duro, dependurando as gaiolas de seus passarinhos. O coronel Clarimundo não se dava com o major Evangelista. O orgulho do major, o seu jeito de falar superior a todos irritaram o negociante até o ponto de se separarem para sempre. Reparando bem, aquela inimizade viera por uma tolice. O coronel se lembrava. Fora mesmo por uma tolice, por causa da festa da padroeira. Uma questão tola. Ele queria uma coisa e o major outra. E por fim trocas de palavras e a separação de vinte anos. O major só fazia votar nos candidatos do governo, e ali defronte viam-se há anos, sem se darem um bom-dia. Quando morrera a mulher do coletor, não fora ao enterro. Tivera vontade, ainda chegara a vestir o seu terno preto a pedido da mulher. Mas resistira. Não sabia como o major o receberia, com que cara, e se não seria capaz de lhe fazer uma desfeita. Teve pena do Evangelista. Dias e dias levou ele de portas fechadas, sem vender selo, trancado num quarto. Lá um dia, porém, começou a aparecer, com as gaiolas, com o colarinho duro. E estava ali fazendo o que fazia todos os dias.

O major amava os pássaros cantadores. O coronel Clarimundo podia se encher nos negócios, na compra do algodão. Nada para ele estava valendo. O que valia para ele era o seu canário estalador, o galo-de-campina, o concriz que cantava de tudo. Esmagava assim a riqueza do coronel Clarimundo com a arte de seus prisioneiros, tratados como príncipes. A filha do major, solteirona, dona Fausta, tinha ódio aos pássaros do pai. Aqueles desgraçados lhe haviam roubado, desde a meninice, o pai. A mãe se queixava todos os dias daquela idiotice de João Evangelista para com as gaiolas. A família não existia para ele. Dona Fausta odiava os canários, tudo que era passarinho, aquela cantoria de todos os dias devia doer-lhe nos ouvidos. E quando algum amanhecia morto, esticado na gaiola, era um júbilo para ela. O major fechava a cara, passava dias falando do pássaro morto, no almoço, no jantar, até que de repente se esquecia e vinha outra paixão mais forte por outro pássaro que começava a cantar. Dona Fausta não se casara. Não que fosse feia e não tivesse dotes de dona de casa. Bordava, vendia os seus trabalhos para a gente de Camaru. Criara fama pelas suas habilidades. A beleza dos trabalhos de agulha da filha do major saíra dos limites do Açu. Mas nunca lhe apareceu um casamento provável. Botava a culpa para cima do major e dos pássaros. E odiava o pai e seus amigos.

    Dona Fausta se dava com a mulher do coronel Clarimundo sem que o major soubesse. Era uma amizade como namoro proibido, às escondidas. Fora ela mesma que se oferecera para bordar o enxoval da filha do coronel e não quisera um vintém. Fazia aquilo tomando uma vingança.

    O major estava de janela, e chegava gente com cargas para a feira. O padre Amâncio dissera a primeira missa e as beatas vinham de volta para as suas casas, todas ungidas. A beata Francisca do Monte parava para conversar na porta de uma casa e as outras vinham vindo, com a rua grande do Açu movimentada, cheia de gente. Mais tarde voltariam para a missa das onze. O padre Amâncio pregaria sobre a conceição de N. Senhora, a igreja se encheria de mais pessoas e a missa para elas seria outra, mais bonita, mais para os seus olhos e para os seus ouvidos. Às onze horas cantava no coro dona Margarida, que tocava serafina. A igreja do Açu se enchia de sons, de campainhas, de vozes e o murmúrio das rezas das mulheres que respondiam ao padre Amâncio povoava a casa de Deus de esperanças, de promessas, de pedidos, de desejos, de tudo que não havia na pobre vida do Açu.

    Antônio Bento voltava para a casa do padre. Tinha muito que fazer até as onze horas. Teria que ir à cacimba do rio buscar a carga-d'água para o banho do padre Amâncio. Ia com o jumento nanico e voltava com as ancoretas cheias, que chegavam a selar o pobre com o peso. Deitava água no quinto do banheiro. O padre Amâncio se deitava na sua rede, lia o breviário, esperando a hora da outra missa. Antônio Bento voltava para a igreja e o sino começava a tocar a nova chamada. O pátio da igreja estava repleto de gente e o barulho chegava à torre. O sino tocava. O som cheio do bronze não se ia nunca como de madrugada, mas alcançava longe, atravessava o bate-boca dos feireiros, passava pela tamarineira, entrava e saía pela última casa do Açu e ia chegar no meio do campo, na casa de algum pobre que se lembraria que era dia de santo, que havia um padre no altar e que Deus estava chamando gente para dar alguma coisa, já que a terra, o sol e as chuvas não davam coisa alguma.

Mesmo na missa das onze a igreja ficava vazia. Só as mulheres acudiam ao chamado. Os homens do Açu não se importavam com devoção. O major com seus pássaros, o coronel Clarimundo com a compra de algodão e o resto com as compras de feira. Só as mulheres eram regulares, vigilantes no cumprimento dos deveres religiosos. Só elas correspondiam aos deveres do padre Amâncio. Dona Fausta, de mantilha, dona Auta, arrastando a perna, todas as mulheres do Açu deixavam as suas casas tristes e sujas e iam ouvir a prática do vigário comentando o evangelho. E pediam pelos seus filhos, pelos seus maridos. O padre elevava o Senhor, a campainha tinia, o sino acompanhava, a voz de dona Margarida se confundia com a serafina. E depois Deus ficaria trancado no sacrário, com chave de ouro, bem de longe, bem escondido de todos os sofrimentos, de todas as desgraças, bem distante do pobre povo do Açu.

2

Quando dona Eufrásia, a irmã do padre, vinha passar dias no Açu, mudava muito a vida na casa paroquial. Era uma mulher magra e alta. De voz seca e autoritária, com uma fisionomia mais de homem que o padre Amâncio. Casada, vivia ela em Goiana com o marido, escrivão da terra. Antônio Bento tinha muito mais o que fazer com as visitas de semanas de dona Eufrásia. Havia sempre o que limpar, o que varrer, um recado a dar, uma ordem a cumprir. A casa vivia cheia de visitas. E a doce paz da morada do padre Amâncio ia-se embora. A irmã brigava com o irmão, censurava aquele relaxamento, aquele abandono de vida. E trazia-lhe exemplos: visse ele o padre de Goiana, que era cônego, que casa tinha, que bens possuía. Não era aquele gosto pela pobreza do irmão. Melhor seria que ele tivesse ido para frade e andasse pelo mundo, de barba grande e de alpercatas, como os capuchinhos da Penha, fazendo missões.

O padre Amâncio sorria, achava graça nas repreensões da irmã, mas no fundo do coração sentia-se bem feliz, bem contente de não ser como o padre de Goiana, de ser o que era, sem botinas de verniz e meias roxas de cônego. Por mais de uma vez tivera que ir à capital para evitar que o fizessem cônego. Ele não queria, a sua paróquia não podia com esse luxo. O bispo ria-se de seu desamor pelas honrarias. E era tido pelos colegas como um esquisitão, como um original.

Dona Eufrásia trazia para dentro da casa de padre Amâncio o conceito de todo o mundo sobre ele. Uma ou duas vezes por ano deixava ela o marido e vinha ao sertão viver uns dias com o irmão. Bem se lembrava da vida de ambos, da meninice que levaram juntos. Amâncio sempre fora aquilo mesmo, aquela ternura, aquele coração de ouro de lei. O pai os criara, pois ficara viúvo logo cedo. Amâncio, o mais velho, e ela entregues às amas, enquanto o doutor Lemos de Sousa, juiz municipal de Iguaraçu, fazia a sua vida. Iguaraçu era triste. E a infância que levaram por lá, sem mãe, sem parentes, fora um tempo infeliz. Amâncio pegara-se logo com o padre. Vivia na igreja ajudando nas missas, nas bênçãos, sempre com aquela ideia de ser padre.

Vinha de longe a sua vocação. O juiz não gostou da vontade do filho de seguir a vida da igreja. Queria-o para a advocacia, para as lutas do foro. Pensava no doutor Amâncio de Lemos realizando a carreira que ele não conseguira realizar, com o filho brilhando no foro, tirando uma cadeira de professor na faculdade, com grande nome, com grande fama. Fora um desengano quando descobrira no menino a vocação decidida para padre. A princípio pretendeu mudar o curso daquilo. Mas foi inútil. O menino vivia na igreja, só falava de coisas da casa do padre, só encontrava alegria nas festas religiosas. A irmã sentia até um certo orgulho dele, nos dias de missa cantada, em vê-lo metido na casula branca, balançando o turíbulo. Via Amâncio de cara séria, de ar beatífico, se curvando para o celebrante, fazendo reverências de padre com seriedade, todo ungido de graça. E foi assim até que o pai teve de mandá-lo para o seminário de Olinda. Foi um dia de tristeza na casa, o dia da partida de Amâncio. O carro de cavalo na porta, e ela preparando a mala do irmão, o pai na saleta onde tinha os seus livros e a grande tristeza de Iguaraçu num dia nublado de chuva. O padre José entrou para falar com o juiz. Trocaram palavras. E com pouco Amâncio partia pálido, mas com uma imensa alegria escondida no coração. Ia para o seminário. Com mais dez anos seria padre, sacerdote a serviço de Deus. O carro rodou pelas lajes velhas de Iguaraçu, fazendo barulho. Chegara gente nas janelas para ver a partida. Amâncio ao lado do padre José parecia montado num trono. As conhecidas, os vizinhos, os meninos estavam ali para ver o coroinha do juiz ir embora. Depois o carro entrara na estrada real e Amâncio se fora para um ano de ausência. Dona Eufrásia se lembrava dessas coisas do passado como se fossem de ontem, com a nitidez de todos os detalhes. Casara-se, o pai morrera, Amâncio se ordenara. Cantou a primeira missa na velha igreja de São Francisco de Iguaraçu. Veio gente dos arredores para ver a missa nova. Mas o povo queria música, festa, uma igreja cheia de rosas e tapetes, uma prédica bonita, e a missa do padre Amâncio fora humilde. Numa manhã clara de janeiro ouviu dona Eufrásia seu irmão cantando a primeira missa. Sentiu vontade de chorar. Amâncio bonito, cheio de vida, com aqueles seus olhos azuis, metido nos paramentos, rezando o ofício santo com uma gravidade de velho. Lá por fora as andorinhas gritavam pela torre e pelos fios do telégrafo. Ali dentro da igreja de São Francisco só o canto de Amâncio, a voz doce de seu irmão, celebrando, representando pela primeira vez o drama maior do mundo. Chorou. Mas eram lágrimas que não vinham da dor, que não nasciam também da alegria. Fora um choro diferente. Amâncio, o seu irmão, entregava-se a Deus, seria padre, só padre. Ela conhecia o irmão, ela sabia a riqueza de bondade que vinha dele. Almoçaram depois na casa do padre José. Ela, o marido, Amâncio e a irmã do vigário. Lembrava-se bem da irmã do vigário. Nunca ela vira uma cara mais feliz que a de Amâncio naquele dia. Depois se foram os tempos. Amâncio andara de freguesia em freguesia, até que caíra no Açu. E há vinte anos que estava ali, perdido no meio do sertão mais infeliz do estado. A vida dele era de santo. Ela vira que era inútil mudar aquele destino. O irmão nascera para o sacrifício. Era ela que lhe mandava as roupas que vestia. As camisas, as meias, as botinas. E quando chegava para passar uns dias no Açu, tudo que era de Amâncio estava no estado em que estava, meias desencontradas, camisas perdidas. Ele ria dos carões da irmã. Mas de dentro da sua casa não saía um pobre com o lombo exposto ao sol e à chuva. Iam-se com eles as suas camisas e as suas ceroulas. Dona Eufrásia vinha para o Açu consertar um pouco a casa do irmão. O marido só uma vez a acompanhara. Os serviços de escrivão não permitiam. A mulher que fosse para junto do esquisito do irmão. Nunca se vira tamanho desleixo, tamanho desprezo pelo mundo, como de seu cunhado padre. Aquilo já passara dos limites. Em casa a mulher não permitia que se dissesse nada. O Amâncio para ela era um santo, e ela não consentia que se levasse para diante conversa alguma que importasse em censuras ao irmão.

Dona Eufrásia achava o povo de Açu uma gente infeliz, uma gente diferente. Não sabia o que era, mas uma coisa lhe dizia que todos ali escondiam um segredo, uma vergonha. Lembrava-se do dia em que em Goiana o cônego Martinho lhe dera a notícia da nomeação de Amâncio para o Açu.

— É a pior freguesia do estado, dona Eufrásia. Não pode a senhora calcular. Só mesmo o Amâncio com a coragem de se meter ali. O seu irmão vai para o meio de feras.

O marido lhe falara na história da Pedra Bonita. Fora há muitos anos. E ela nem queria se lembrar daquela desgraça, de um castigo daqueles. Chegara a escrever ao irmão para desistir, contando das coisas horríveis que soubera da terra. Uma carta comprida, e a resposta de Amâncio fora dando a notícia de seu embarque. Deus o mandava para lá. No meio de piores feras estivera Jesus na Terra. Para ele o sacerdócio não seria um caminho por cima de rosas. Dona Eufrásia sentira na carta do irmão a primeira advertência séria que ele lhe fizera. Deixara então que ele fosse. E o marido não teria mais o direito de comentar em casa a resolução de Amâncio. Fora de seu gosto e ninguém poderia dar votos. O fato é que dona Eufrásia sempre que estava no Açu não se conformava com a vida do irmão. Ela via que o padre malhava em ferro frio. Aquela Francisca do Monte, que vivia na igreja como dona de casa, que mulher esquisita, com aquela tosse seca, com olheiras fundas! Vinha sempre falar com Amâncio dos negócios da escola que ela tinha na sacristia. Não gostava dela. Não gostava também de dona Margarida que cantava no coro. Que voz horrível, que maneira de se pentear, com os cabelos caindo em cachos naquela idade! O olhar de dona Margarida não era simples como o de todo o mundo. Procurava alguma coisa, queria espreitar alguma coisa. Dona Senhora, a mulher do juiz, não era dali, e se conhecia logo. Era com quem dona Eufrásia se dava melhor, embora a casa do padre vivesse de visitas na sala, quando ela estava no Açu. Dona Senhora sofria o Açu como um degredo. Só estava ali para que não se dissesse que abandonara o marido e os filhos. Se não fosse isso, estaria no engenho do Cabo, perto de gente que não fosse aquela do Açu. Quando as duas se encontravam a sós, trocavam opiniões com mais franqueza:

— Só mesmo um santo como seu irmão, dona Eufrásia, aguenta isto aqui por gosto. Eu estou tirando o meu calvário. Se o Carmo não conseguir remoção até o fim do ano, não aguento mais. A senhora já viu que povo esquisito? As mulheres são estas que a senhora conhece, e são as melhores! Estou aqui há dois anos, dona Eufrásia, e, se não fosse a senhora, eu não teria conversado direito com pessoa nenhuma. Eu tenho medo desta gente. Quando o Carmo foi nomeado para aqui, não foi uma nem duas pessoas que nos procuraram para falar do Açu. Nos contaram a tal história da Pedra Bonita. Não sei se a senhora conhece, dona Eufrásia.

Dona Eufrásia nem queria ouvir falar.

Havia também as velhas irmãs que moravam no casarão de perto da igreja. Estas porém não saíam de casa a não ser para a missa. De casa para a igreja e da igreja para casa. Viviam de uns contos de réis depositados na Caixa Econômica, da ração dos juros. Dona Eufrásia não as levava em conta. As velhinhas forneciam as flores para os jarros da igreja. Tinham craveiros e roseiras no quintal, um jardim pobre e triste que só trabalhava para os santos. Era o único jardim do Açu. Porque ali ninguém se importava com as flores, a não ser o major Evangelista, que cultivava parasitas. Tinha-as dependuradas pelo alpendre, tão orgulhoso delas como de seus pássaros. E, quando alguma desabrochava, se abria no seu esplendor, o major levava a raridade para a recebedoria, botava-a em cima da sua mesa. Dona Fausta tinha também horror a este amor do pai. Ele só se importava com coisas daquele jeito. Se saía de casa, era para andar atrás de pássaros ou meter-se pela mata atrás daquelas flores.

Dona Eufrásia olhava a filha do major como outro caso do Açu. Dizia mesmo à mulher do juiz que aquela moça não enganava ninguém. Dentro dela havia qualquer coisa de esquisito. Ninguém sabia o que era. Mas havia mesmo. Quem saberia dos pensamentos que dona Fausta pensava, ali na sua cadeira de braços, bordando, enfiando a agulha horas seguidas, compondo de cabeça baixa os seus pontos de bordado? Ninguém sabia. Só se falava da malquerença de dona Fausta com o pai. Os dois não se falavam desde a morte da mulher do major. Pai e filha dentro de casa como dois inimigos. Aquilo dera que falar no Açu. Depois passara e ninguém sabia nem indagava da inimizade dos dois. Dona Fausta era sempre a mesma e o major Evangelista era sempre o mesmo. De longe chegavam encomendas para os seus trabalhos. O nome da moça havia saído do Açu. E isto talvez lhe desse um bocado de orgulho. Quando o major falava na mesa de seus pássaros, a filha fazia que não escutava. Era assim sempre. O velho falava para ela como se estivesse monologando. Não falavam um para o outro. Apenas o major Evangelista se enchia de entusiasmo, gabava os seus pássaros para esmagar a filha, aquele mistério da filha, trancada, que não lhe dava uma palavra, que nunca se abria com ele, nunca lhe gabara um canário, uma parasita bonita. O major na frente de dona Fausta se exaltava, se excedia nos elogios. Queria esmagar, pisar por cima daquele silêncio de monstro. As criadas que trabalhavam na casa davam notícia de tudo aquilo. Nem o pai nem a filha confessavam a pessoa alguma o motivo daquela separação. Nunca saíam juntos, nunca deram em público sinal nenhum de pai para filha ou de filha para pai.

Dona Eufrásia falava daquela situação como de um ato criminoso. Amâncio era padre, era um santo, e no entanto o povo do Açu era aquele. Não era porque o lugar fosse pequeno e velho. Muito mais velho era Iguaraçu, que só tinha mesmo igrejas e aquelas casas de pobres caindo de podres. E no entanto ela bem se lembrava do povo de lá. Nem era bom comparar. Onde encontraria ela uma criatura como a irmã do padre José, uma filha de senhor de engenho, que enjeitou casamento na família Bandeira para acompanhar o irmão na vida que levava? E a velha Catarina, que fazia chapéu de fibra de catolé e que com aquele trabalho miúdo formara um filho, que era hoje juiz de direito em Timbaúba? E o escrivão Manuel Ivo, que tomava conta da igreja de São Cosme? Tudo que ele tinha era para trazer limpinha a igreja, a igreja da sua devoção, matar os morcegos, folear as formigas que furavam o chão com uma força de gente. Dona Eufrásia chegava no Açu para consertar a vida do irmão e nunca saíra dali com a esperança de ver o lugar melhorar. Amâncio é que ia se acabando. Ninguém diria que ele só fosse mais velho do que ela um ano. Parecia um velho de setenta. Para ela, ele nunca se queixara de coisa nenhuma, não lhe falava de doenças. E no entanto ela sabia que o irmão não podia andar bem de saúde. Aquelas viagens a cavalo dias e dias, de fazenda em fazenda, pedindo como um pobre, só podiam estar acabando com ele. E não tinha hora para comer. Bastava chegar um chamado qualquer para confissão, e ele sairia a qualquer hora, chovesse ou fizesse sol, para a distância que fosse. As mãos do irmão, a pele, a cara, tudo estava queimado, tudo encardido, como se ele fosse um trabalhador de eito. Aquilo doía na dona Eufrásia. Quem visse Amâncio agora nem poderia compreender que ele tivesse sido aquele rapaz bonito, no tempo do seminário, quando ele vinha passar as férias em Iguaraçu. Parecia um santo Antônio, com aqueles cabelos louros, os olhos azuis, o padre elegante. Tanta moça que se casaria com ele! Quanta moça não desejaria tê-lo para marido! Correra mesmo a notícia que uma filha de um senhor de engenho rico de Iguaraçu se apaixonara por ele. O fato é que a moça ficou para sempre como se um desgosto a houvesse jogado para fora do mundo. Lembrava-se dela, da Maria da Luz, que vinha para as festas em Iguaraçu e sempre a procurava para conversar. E Amâncio nem sabia que ela vivia, nem dera pelos olhares quentes, pelas visitas que a moça fazia a sua irmã. Depois a notícia correra. Da Luz estava doente, não queria ver ninguém, não dava uma palavra, chorando, sucumbida. O pai chamara médico, andaram de passeio pelo Rio de Janeiro, e nunca mais conseguiram consertar a vida da moça. Ficara ela sempre com aquele ar acanhado, aquela indiferença pelo mundo. Quisera namorar com o formigão e fora castigada. Quisera tentar um seminarista. Para dona Eufrásia teria sido melhor que o irmão se tivesse casado. Bem que ela sofria com o destino do padre Amâncio. Ali no Açu era que ela media as coisas com exatidão. Vendo tudo, examinando, ela chegava sempre à conclusão de que Amâncio nada fizera, nada criara, nada dera de grande. Vigário daquele oco do mundo, dizendo missa, pregando para um povo daquele. Antes tivesse se casado com Da Luz. Teriam filhos, ela teria sobrinhos, já que Deus não lhe dera a graça de um filho. Era isso o que mais doía em dona Eufrásia. Morreriam sem que ficasse gente no mundo que pudesse falar por eles. Amâncio padre e ela maninha. Não sabia explicar, não encontrava saída para o caso da família. Estariam em breve acabados para sempre. Lá em Goiana estava o seu marido, um ente desprezível, um homem que desde os primeiros dias de seu casamento lhe causara um nojo irrefreável, e ela sentia que o Cordeiro não merecia o seu juízo. Era cruel para com ele, sempre tão submisso à sua vontade. Mas, fazia-lhe asco o contato. O amor com ele era uma indignidade. Podia tê-lo deixado e ter vindo viver com Amâncio. Seria porém uma ruindade. Esperou, esperou que viesse um filho. Esperou muito, até que se foram todas as esperanças. E tanto viveu com o marido que se acostumou. Fora vencida pelo hábito. Havia até quem se acostumasse com uma chaga. Aqueles dias que ela tirava para passar com Amâncio eram bem bons. O Açu era aquela terra que ela via, mas se compensava de tudo, ficando junto do irmão. Se ela não tivesse casado, teria mudado a vida do padre. Teria lhe dado mais amor à terra, às coisas da terra. Pelo menos em atenção a ela, Amâncio teria procurado outra freguesia, um lugar onde se pudesse viver cercado de gente e não daqueles bichos do Açu. Se ela pudesse, levaria o padre para muito longe.

    Naquela tarde ela já tinha terminado as suas atividades de dona de casa. Corria um vento fresco pela porta da frente. Não se ouvia o mínimo rumor. Só de vez em quando berrava muito longe um carneiro, lá para as bandas do coronel Clarimundo. O Açu estava quieto e silencioso, como uma cobra encolhida no seu canto. Podia guardar muito veneno, podia pular para morder, mas estava quieto naquela tarde de dezembro.

Dona Eufrásia se balançava na cadeira que trouxera para o irmão. Agora ela ouvia, vindo do fim da rua, o bater seco do martelo do funileiro Amador. O vento levantava poeira. Antônio Bento, lá no fundo do quintal, assobiava, cortando capim para o cavalo do padre. Dona Eufrásia chegou à janela. E viu a rua vazia. Debaixo da tamarineira havia gente sentada no banco que rodeava o tronco da árvore. No oitão da igreja, um homem deitado de papo para o ar. Pela calçada defronte passava Lula, o criado do juiz, arrastando os tamancos com estrépito. A madeira batia no tijolo com raiva. Dona Eufrásia avistou o irmão saindo da igreja. E viu a zeladora Francisca do Monte na porta da sacristia, como se fosse dona de tudo aquilo, gritando para os meninos que deixavam a escola. Não sabia ela como o irmão suportava o convívio com uma mulher como aquela. O assobio de Antônio Bento enchia a casa inteira.

Então dona Eufrásia chegou na porta da cozinha e gritou para o quintal:

— Acaba com esse azucrim, menino dos diabos!

3

Antônio Bento não gostava de dona Eufrásia. Aquela voz dura, aquele jeito de mandar, aquele ar superior não lhe inspiravam simpatia de espécie nenhuma. Quando ela chegava na casa do padre, ele sabia que tudo ia piorar. Por isso quando o padre Amâncio saía em viagem e o sacristão Laurindo não podia acompanhá-lo, para Bento era um céu aberto. Ir a uma fazenda para um casamento, para um batizado, para uma missa, era para ele um gozo de férias. Ficasse dona Eufrásia com as suas impertinências com a negra Maximina. Ele saía com o seu padrinho de estrada afora, rompendo a caatinga, subindo serra, com o coração batendo de alegria.

Naquela madrugada estavam de viagem marcada para a fazenda do coronel Raimundo de Natuba. Viera um pedido para o padre Amâncio celebrar uma missa na capela de lá.

Estavam prontos para a partida. Maximina preparara o café para ele, e o padre Amâncio esperava-o pronto na porta. Deviam chegar em Natuba às dez horas da manhã. O frio da madrugada era bom. O padre Amâncio na frente e ele atrás, rompendo o caminho apertado de mata. De longe em longe uma casa perdida, uma pobre casa isolada do mundo, no meio da caatinga espessa de imburanas verdes, de xiquexiques sangrando pelas suas flores. O caminhar do sertão era aquele, monótono, tudo igual, tudo uniforme na desolação. As pedras estalavam nos cascos dos cavalos, e Antônio Bento, com o padrinho, sozinhos naquele mundo enorme, dava para pensar, para ligar ideias, julgar as coisas, as mulheres, os homens. Tinha dezoito anos, era magro, franzino, de um povo infeliz. No Açu, quando falavam da Pedra Bonita, a conversa mudava de assunto. E a gente da Pedra Bonita preferia andar mais duas léguas até Dores a ir ao Açu fazer compras ou ouvir missa. Ele quase que não se lembrava de sua gente. A mãe às vezes vinha vê-lo, dormia na casa do padre, conversava muito com o seu padrinho. Mas ninguém de sua família aparecia por lá. Uma vez o seu pai chegou na casa do padre para levá-lo, dizendo que o menino estava dando trabalho. Fora a mulher que se lembrara de trazê-lo. Eles agora podiam tratar da criação. Mas o padre Amâncio pediu, fazia-lhe falta, já gostava dele. Certa ocasião o padrinho falou-lhe de sua vida. Isto já fazia muito tempo. Dissera-lhe então que o gosto da mãe de Bento era para que fosse padre. Ele mesmo pensara muito, mas os recursos não permitiram. Falara ao reitor do seminário. As vagas para os meninos pobres estavam encerradas. O seu destino era aquele. Se as coisas tivessem corrido ao contrário, estaria hoje de batina, perto de se ordenar. No fundo Antônio Bento não sentia muito o fracasso. A mãe sem dúvida que fizera os seus planos com ele de coroa aberta, abrindo os braços no altar, e teria sofrido com o seu insucesso. Ele, não. Via o que era a vida do padre Amâncio. Velho antes do tempo. A vida de um pobre, as privações de um qualquer. Melhor ficar como estava.

O cavalo do padre Amâncio puxava no baixo maneiro, e agora ia aparecendo gente que tirava o chapéu. Os meninos e as mulheres estiravam a mão pedindo a bênção ao vigário. E olhavam para Antônio Bento com olhos compridos. O coroinha sentia o seu pedaço de orgulho. Era um homem. Fazia a figura de sacristão com aquela bolsa atravessada nas costas, levando com ele a caixa de hóstias, os santos óleos, o sal, o vinho, as coisas sagradas, as maiores coisas do mundo. O sol se espalhava pela caatinga com furor. Podiam ser seis horas, e aquele queimar de sol parecia de meio-dia. Com pouco estariam na fazenda. De longe foram vendo a casa-grande, a capelinha e o verde da vegetação do pomar, dando vida à secura dos arredores. Naquele pé de serra não faltava água. Nas secas mais duras nunca secara o olho-d'água de Natuba. Podia o sertão arder, os leitos dos rios espelharem com pedras ao sol, mas ali no pé da serra de Natuba minava água. Um fio d'água que dava para matar a sede do gado, do povo dos arredores. Por esses tempos o coronel Raimundo verificava a riqueza da sua fazenda. Perdia gado, porque em tempo de seca tudo de ruim podia acontecer. Mas não lhe cortava o coração o urro de uma rês morrendo de sede, de pescoço caído, de quarto bambo, arriando com o vento, como folha seca de mato.

Sempre que ia com o padrinho a Natuba, Antônio Bento se regalava com a riqueza da propriedade que via. Havia vapor de descaroçar algodão. A casa de morada não parecia com as das outras fazendas, pobres moradas de infelizes, pouca diferença fazendo das casas dos mais pobres do sertão. A residência de Natuba era toda atijolada, toda pintada por dentro, com cadeiras de palhinha na sala de visitas, com sofá grande, mesa de atoalhado na sala de jantar. Ele via o que eram as outras casas, a pobreza dos trastes. Ali pelo Açu nunca fora em fazenda nenhuma como aquela do coronel Raimundo. Também a fama de Natuba se espalhava. Naquele dia o coronel mandara chamar o padre Amâncio para o batizado de um neto e aproveitava-o para dizer uma missa para a família e o povo da fazenda. A capelinha estava cheia. Um zum-zum chegava até a sacristia humilde, onde o padre Amâncio tirava da bolsa os paramentos para o ofício. E a missa começou com o carão do padre no povo, pedindo silêncio. O pessoal da família quase que junto do celebrante. E ele, Antônio Bento, sentindo-se um grande homem nas respostas que dava, nos gestos que fazia. As mulheres rezavam batendo com o beiço. Ele tocava a campainha com força e o sino da capela respondia com o som fino como uma voz de menino. Depois foi o batizado do neto do coronel. E havia para mais de vinte meninos pagãos esperando que aparecesse por ali um padre. Foram até tarde nos trabalhos. A mesa posta estava esperando pelo padre. Antônio Bento sentou-se com o padrinho para um banquete. A toalha branca espelhava na alvura do linho. As terrinas fumaçavam com a galinha e arroz. Até vinho botaram no seu copo. Negras serviam a mesa, mas era a dona da casa que fazia os pratos do padre. Havia um bolo sem coco, especial para o vigário. E o coronel conversava dando notícias de tudo, dos negócios, do preço do algodão, do inverno que tardava. O padre Amâncio dava impressões e era escutado com respeito. Antônio Bento na mesa ali sentado como gente de primeira estava calado, de ouvido aberto a tudo. Por fim se levantaram e botaram cadeiras no alpendre. Havia uma rede armada no quarto da frente para o padre Amâncio descansar. E o sol tinia lá por fora com toda a violência de dezembro. O céu era todo azul, mas não corria vento: tudo parado, como uma expectativa qualquer. Os convidados palestravam. O coronel ouvia e contava histórias, enquanto o vigário pegava no sono, ressonando alto. Aí todos falaram dele. Todos eram de acordo que nunca aparecera por ali um padre como aquele, sem interesse, sem "bondade". Um sujeito que era de longe, um comprador de gado, falou na santidade do Padre Cícero, que fora aquilo mesmo que o padre Amâncio, até que o bispo de Crato brigara com ele. Então o povo se levantara todo e hoje o Padre Cícero era um santo, fazendo até milagres. Mas o povo de Natuba queria era agradar o padre Amâncio e os gabos foram grandes. Lá de dentro vinha o seu ressonar profundo. Pelos batentes da casa ficava a gente pobre escutando a conversa. E não demorou muito que chegasse um vaqueiro, de fala arrastada, para dar notícias ao coronel. Não tardava uma trovoada. O céu estava dizendo com aquele paradeiro de vento. O comprador de gado era da mesma opinião. Aquela chuva não demorava. E de fato, quando foi à tardinha, o céu escureceu para o lado do norte e estrondou um trovão. No começo seco como se viesse de muito longe. O segundo veio se aproximando mais. E por fim estrondou violentamente. As mulheres correram para dentro do quarto, acendendo velas no santuário. E parecia que o céu vinha se quebrando na cumeeira da casa da fazenda. A chuva começou a pingar compassada, pingo grosso sobre pingo. E depois desencadeada como se as portas do céu se tivessem aberto num rompante. O povo que estava pelos batentes ouvindo a conversa ficou como doido, debaixo d'água, ensopando-se de chuva. Os meninos se espojavam na lama como porcos. Uma imensa alegria baixava sobre a terra. O coronel não continha a cara feliz. Estava como besta, com a neta no braço, fazendo graça com a chuva, cantando baixinho:

> *Chove, chuvinha,*
> *Para o boizinho comer,*
> *Para o boizinho cagar.*

— O senhor agora tão cedo não sairá daqui – dizia o coronel para o vigário. — Os riachos com pouco mais não dão passagem.

O padre Amâncio queria estar no Açu no outro dia, no mais tardar. E a noite veio antes do tempo. As portas da fazenda se fecharam e só se ouvia o roncar da chuva. Aquele era o dia grande do sertanejo. O dia em que Deus sorria para eles, o dia em que Deus era pai para eles. O comprador de gado conversou, contou histórias de todos os lugares. Falou de Antônio Silvino, que fora preso em Taquaritinga. No Recife fora visitar o cangaceiro na cadeia e tivera pena do homem. Nem parecia aquele que ele vira entrando no Mogeiro, na Paraíba, com quinze cangaceiros. Estava um velho, amarelo, de bochecha grande, como de doente de sezões. Uma vez ele estava no Mogeiro, na casa do coronel Nó Borges, com um negócio apalavrado de uns garrotes. O Mogeiro era mais ou menos assim como o Açu e com dois homens somente mandando nas coisas, o coronel Nó e o coronel Florentino. Esses dois homens viviam embirrados. Pois bem, Antônio Silvino foi direto à casa do coronel Florentino para arrasar tudo que este tinha. Chegou um sujeito dizendo ao coronel Nó. Os cabras já tinham tomado tudo que era do outro. As portas do estabelecimento estavam arrombadas com os cangaceiros mexendo nas prateleiras. Pois bem, o coronel Nó saiu sozinho, entrou de casa adentro do seu inimigo e esbarrou com o chefe Antônio Silvino de cara. E falou duro com o bandido. Dizendo para ele parar com aquela desordem. Ele não permitia que no Mogeiro se fizesse uma coisa daquelas. Silvino quis estrebuchar. O coronel foi em cima e o cabra então mandou parar o saque. E falou para o coronel Nó: "Pois, coronel, eu pensava que fosse do seu gosto. Eu queria até fazer um agrado a Vossa Senhoria. Me disseram que o velho Florentino não fazia boa amizade com o senhor e eu vim para dar um ensino no velho. Mas o senhor é quem manda."

Silvino nesse tempo era um homem robusto, com o bigode comprido, todo bem-parecido. Nesse dia trajava de paletó de casimira e calça de brim azulão. Nunca mais se esquecera da coragem do coronel Nó Borges. Salvara o inimigo. Porque ele podia fazer como outros que vivem por esse sertão afora, mandando cangaceiros nos inimigos. Nem era bom falar, porque ele conhecia muita gente nesse caso.

O padre Amâncio ria-se da cavilação do comprador de gado. E o coronel Raimundo sabia de outros que nem mandavam fazer, iam em pessoa. E a conversa foi se adiantando, até que chegou a hora de cada qual sair para seu quarto. Antônio Bento ficara no mesmo quarto com o comprador de gado. E o homem falou a noite toda. Era uma coisa que ele tinha. Não podia dormir com as primeiras chuvas: estivesse onde estivesse, quando arrebentavam as primeiras trovoadas, ficava inquieto, com uma coisa roendo, e não dormia. Sabia ele de tanta coisa. Falava de tanta gente que Antônio Bento não sentia o sono chegar. Por fim começou a falar do povo do

Açu. Ele conhecia pessoa por pessoa. Perguntou pela filha do major Evangelista. Fora conhecido dela há bem uns doze anos. Chegara até a ter namoro, mas não quisera ir para diante. A moça tinha um gênio de onça. Que moça danada de esquisita. Não gostava do pai e só queria casar fugindo de casa, para fazer raiva ao velho. Ele até não desgostava do major. Bom sujeito, com aquela mania de passarinho e de planta. Um homem sério. Quase era seu sogro. Conhecera dona Fausta mesmo no Açu. Ele viera em companhia de seu patrão, que era um comprador de algodão, e reparara naquela moça de janela. Isto uns doze anos atrás. Engraçara-se dela. O namoro fora para diante, mas ficara com medo da moça. Falava do pai, sem quê nem mais. Bem que ela era bonita naquele tempo. Mas homem não devia se casar com beleza.

O companheiro de Bento conhecia muito mais gente. Dona Francisca do Monte. Não era para falar mal de ninguém, mas quando ele namorava com a dona Fausta, a Chiquinha do Monte tinha um chamego danado com um caixeiro-viajante do Recife, que dava na vista. O homem, quando vinha ao Açu, se hospedava na casa da mãe da moça, e o povo todo falava daquilo. Para ele era amigação. A mãe da Chiquinha do Monte era professora pública, e por causa dessa história foi até removida para o calcanhar de judas. Depois morreu e a moça voltou para o Açu de crista caída, toda da igreja. Nunca homem nenhum pôde se gabar de Chiquinha. Deu para barata de igreja. Depois o homem perguntou a Antônio Bento pela mulher do sacristão, a dona Auta, que fora uma beleza. Não se lembrava de ter visto mulher como ela. Logo que o padre Amâncio chegou no Açu, moço e bonito, espalhavam a notícia do namoro dele com dona Auta. O padre era bonito e a moça não saía da sacristia. Depois o povo foi vendo que o padre não era dessas coisas.

Se ele fosse como o padre Ramalho do Ingá, a coisa era outra. O vigário, não. Era um santo. Pois mesmo assim dona Auta passou por burra de padre muito tempo. Ele estava no Camaru quando o médico de lá foi chamado a toda a pressa para o Açu. A mulher do sacristão estava com o filho atravessado há dois dias. E não havia parteira que desse jeito. O doutor chegou em tempo de salvar. Mas a dona Auta ficou aleijada. O Açu era uma terra infeliz. Ele não se casaria com moça de lá por preço nenhum. Quando se lembrava que quase se tinha amarrado com a filha do major, ficava até com medo. Aquele era o lugar mais caipora que conhecia. Havia no sertão de Pernambuco terras mais secas, mas a desgraça do Açu era outra. Até nem era bom falar. O diabo perdera as esporas por aquelas bandas. Era o sangue dos meninos da Pedra Bonita.

Aí Antônio Bento ficou atento. Que sangue era aquele? Que história era essa da Pedra Bonita, que desde menino ouvia falar, tão por alto, com as pessoas sempre fugindo, sempre com medo de chegar ao fim. O comprador de gado parou a conversa, mexeu-se na rede. Já era muito tarde. A chuva caía de rojão, afinando e engrossando, sem parar. Os cavalos batiam com os cascos no madeirame da estrebaria. Não dormiriam também com as primeiras chuvas. O homem voltou a falar, mas ouviu o ressonar de Antônio Bento. Acendeu outra vez o cachimbo, para entreter a insônia feroz.

4

Por baixo da tamarineira se juntavam os homens do Açu para as conversas. Rodeava o tronco da árvore um banco de madeira tosca. E aí batiam boca. As novidades tomavam curso, se publicavam com todos os seus detalhes. Joca Barbeiro, que só trabalhava nos dias de feira, passava horas e horas por ali. Era a maior língua do Açu. De tudo sabia. Falava de tudo. Também era o maior leitor de jornal da vila, e diziam até que ele sabia escrever artigos. O major Evangelista era de opinião de que, se o Joca tivesse estudado, seria uma pena de primeira. O barbeiro gozava a fama e não perdia tempo. As conversas da tamarineira metiam medo. De vez em quando uma gargalhada estrondava. Uma pilhéria mais engraçada, uma anedota nova provocava aquele destempero. As mulheres censuravam os maridos. Não gostavam daquelas reuniões, onde se falava da vida alheia, onde se contavam histórias debochadas. Aquilo para elas era como se fosse um começo de perdição. Brigavam com os meninos. Que não fossem escutar as porcarias daqueles homens velhos sem respeito. Joca Barbeiro tinha fama de sujeito perdido. Aquelas histórias que ele contava só mesmo um homem da marca dele contava. Nem por isso as reuniões da tamarineira deixavam de ser frequentadas. Às vezes o padre Amâncio passava por lá e parava para dar dois dedos de prosa. A conversa então mudava de rumo. Fazia-se um intervalo para se ouvir o vigário. Logo que chegara no Açu fora este muito comentado pela assembleia da tamarineira. O padre era moço e bonito. E as beatas do lugar sofreram com os comentários. A mulher do sacristão mais de uma vez criara barriga do padre novo. Mas a respeitabilidade, o zelo, a bondade do padre Amâncio venceram a maledicência da terra. Não se falava mais dele, passara a ser respeitado, a ser uma exceção na terra. Falava-se muito do juiz, o doutor Carmo. Não era um homem que se desse a respeito. Um homem formado, de chinelo, em mangas de camisa pela rua, com a barriga branca aparecendo. E mais ainda corria a notícia do namoro dele com a filha do fiscal da Recebedoria. Uma moça que não valia nada.

Contava-se até que o pai deixara o município, onde estivera servindo, por causa da safadeza da filha. Fizera ela da casa do pobre um lugar de encontro, recebia homens. Uma infeliz. E o doutor Carmo, pai de filhos, com uma mulher tão boa, tão fina, namorando agora com aquela sem-vergonha. O major Evangelista achava aquilo uma desmoralização para a justiça. Não era ele, o doutor Carmo, quem fazia semelhantes misérias. Era o juiz do município. Quem podia levar a sério um magistrado que dava escândalos daquele. Por isso que viera cair no Açu. Se prestasse, não o mandariam para aquele oco do mundo. Tudo que era gente ordinária soltavam no Açu para curtir pena. O juiz andava botando as manguinhas de fora, desmoralizando a justiça, e o governo o mandava para o Açu para endireitar. Ali o bicho criava vergonha ou se desgraçava de uma vez. Tiveram, em tempos atrás, um tal de doutor Silveira que bebia como um infeliz. Um juiz bêbado, tombando pela rua, gritando dentro de casa, dando na mulher. Eram só trastes assim que vinham para o Açu.

As conversas da tamarineira não respeitavam ninguém. Era um jornal de oposição, violento, impiedoso.

Antônio Bento, quando não tinha que fazer, gostava de sentar-se por perto para escutar. No começo mandaram-no ir embora. Mas aos poucos foi ele ficando, até que se esqueceram. E passou a ser ouvinte constante dos bate-bocas. A história do juiz o espantou. Ele via dona Senhora tão orgulhosa, tão cheia de bondade, só saindo de casa para tratar com a irmã do padre, e agora estava sabendo que o doutor Carmo não respeitava a mulher. Ficou com pena da mulher do juiz. Dona Eufrásia mandava-o levar presentes à amiga, e sempre que esta lhe entregava o prato vazio, lá vinha uma moeda de cruzado para ele. Os meninos do juiz eram os mais bem-vestidos do lugar. No começo brincava com um deles, o mais velho, que regulava a sua idade. Estava no colégio, no Recife, e nas férias soltava-se no Açu como um desesperado. Metia medo ao povo da terra, não ligava importância a ninguém, nem ao coronel Clarimundo, nem ao padre Amâncio. O juiz não se dava bem com o vigário por causa de uma do filho. Há tempos, numa festa de igreja, andava o menino bulindo com as matutas. O padre Amâncio soube e chamou-o à sacristia, passando-lhe um carão dos bons. O pai soube e andou falando do padre. Filho dele não recebia carão de pessoa alguma. Desde aí Antônio Bento começou a olhar o outro como um inimigo. Certa vez fora provocado na beira do rio pelo filho do juiz. Estava lavando o cavalo do padre, quando o menino chegou para debicar dele. Não teve dúvida não. Na segunda descompostura pegou-se com ele e deu com o bicho no chão. Deu-lhe a valer. No outro dia ia passando pela porta do juiz quando ouviu um psiu. Era o doutor Carmo, da janela, que fazia sinal para ele. Neste dia ouviu calado o diabo do juiz. Se ele se metesse outra vez a se encontrar com o filho, o botava na cadeia. Já tinha falado com o cabo do destacamento. Mandava meter o chicote. E gritou para Bento: aquela gente não sabia com quem estava bulindo. E a cara gorda, com a papada bamba, fez medo a Antônio Bento. Quis responder, dizer alguma coisa. O homem não permitia. Não queria saber de coisa nenhuma. Dona Senhora apareceu na sala para agravar mais. O filho não devia estar se metendo com gente ruim. O culpado era ele, o marido, que não botava cabresto no filho. O povo do Açu não prestava para nada.

Antônio Bento saiu do carão humilhado, vencido, arrasado. Na tarde daquele dia havia um enterro de gente pobre. O caixão da caridade saía da igreja e ele tocava sinal. Via lá de cima as quatro pessoas levando o defunto. Via até que se sumiram no fim da rua. O pessoal que estava na tamarineira se levantou e tirou o chapéu. E o defunto pesando. Pararam para descansar. Ele puxava o badalo. Cada toque era um lamento profundo, perdendo-se por longe. O juiz lhe dissera horrores. Se o padre Amâncio soubesse, ficaria aflito. Nunca Antônio Bento passara dia pior que aquele. E logo naquela tarde do enterro. Não gostava de tocar sinal, dobre para defunto. Era triste demais. E no entanto, quando morria anjo, e ele repicava o sino batendo com o badalo e a pedra por fora, não sentia aquela tristeza. Enterro de anjo não fazia pena. Lá ia um caixãozinho azul pelo meio da rua com os meninos atrás. Repicava o sino com gosto, como se estivesse chamando gente para a missa. Enterro de gente grande era diferente. Na tarde daquele dia depois das palavras do juiz, Antônio Bento sofrera a primeira estocada, o primeiro golpe de um inimigo. Nunca ninguém lhe falara assim. Levara carão do padre Amâncio quando menino. E as repreensões de dona Francisca do Monte e de dona Eufrásia eram repreensões de gente chegada a ele, de gente com interesse na sua vida. O juiz falou em cadeia, no cabo do destacamento, como se ele fosse um preso, um cabra perigoso. Não dormiu bem. E teve medo. Viu-se metido com os presos da cadeia, os assassinos, os ladrões de cavalo. Sentiu-se inferior, baixo, um traste. Nem a servidão de criado do padre lhe dera a certeza de sua inferioridade. Padre Amâncio era manso, era seu padrinho, seu pai verdadeiro. O que fazia para ele era natural, era de sua obrigação, todos os filhos ali do Açu trabalhavam para os pais, como ele. Só o filho do coronel Clarimundo e os do juiz não trabalhavam. Mesmo o do coronel Clarimundo, quando chegava nas férias, o velho botava-o no balcão. E o juiz lhe falara em cadeia. O filho do gordo falara em sua mãe e ele castigara o atrevido. Por isso, cadeia, com o cipó de boi do cabo do destacamento. O sono não chegou logo para envolver com a sua paz o pobre Antônio Bento. A conversa da tamarineira vingava-o. O juiz era um safado. Dizia o major Evangelista, um homem bom. Joca Barbeiro contava dos ridículos que o gordo fazia, conversando até altas horas na porta da filha do fiscal. Juiz indecente. Gordo ordinário. Teve vontade de sair pela rua, de ir até a porta da casa dele, chamar a mulher e desabafar: "Olhe, dona Senhora, o seu marido tem outra mulher, não gosta mais da que tem em casa, quer outra, quer outros filhos." O juiz vivia de namoro. Era um homem sem respeito. Veria então dona Senhora chorando, e ele muito satisfeito. Veria a cara gorda do juiz suando frio, lívido, com medo, tremendo como um enforcado na hora da morte. Ele só merecia aquilo. Depois Antônio Bento via que seu ato seria infame também. Teria que contar tudo aquilo no confessionário a seu padrinho. Estava sendo ruim, querendo vinganças perversas, querendo esmagar uma pobre infeliz. Contaria ao seu padrinho na primeira sexta-feira do mês. Comungaria. Deus que tomasse conta do juiz. Deus que lhe desse jeito. Os Seus poderes eram infinitos.

As conversas da tamarineira iam além do juiz. Quando não estava lá o major Evangelista, falavam de dona Fausta. Achavam-na uma mulher esquisita. Não havia criada que aguentasse um mês na casa do major. Dona Fausta brigava com todas, implicava, fazia malvadeza. Joca Barbeiro sabia de uma menina que os retirantes tinham deixado com dona Fausta, e a judiaria da mulher com a mocinha fora tão grande, que a pobre se danara por este mundo afora. Nunca mais se soube dela. Dona Fausta era uma fera. Conversando com ela, não havia quem dissesse. Ninguém era mais mansa, de voz mais terna. O major sofria horrores nas mãos da filha. Diziam que às vezes na mesa do jantar as lágrimas chegavam aos olhos do velho. Era que dona Fausta preparava molho tão apimentado, que cortava a língua. Outro falava de um fazendeiro que quisera se casar com a moça e que desmanchara o casamento porque o ciúme dela era tamanho, que metera medo ao homem. Ela tinha ciúme até dos animais, das vacas, das ovelhas. Aí a gargalhada estourava. As mulheres em casa dariam muxoxo. Os homens por certo estariam na porcaria lá por baixo da tamarineira.

Dona Fausta abria letras nos lençóis que bordava para as noivas distantes. Aquele linho cobriria corpos jovens no amor, corpos de noivos se cobririam com os lençóis que ela bordava. Cabeça de noiva pousaria nas fronhas que ela bordava. Os seus dedos ágeis enfeitavam, davam beleza às peças finas que ela arranjava para os outros. Os pássaros do pai enchiam a casa com aqueles cantos insuportáveis. Miseráveis os pássaros, miserável essa vida do Açu. Dependuradas no alpendre, as parasitas se balançavam com o vento. Se ela pudesse, mataria os pássaros, pisaria por cima daquelas flores. Ouvia as risadas da tamarineira. Tinha um G difícil para acabar. Precisava caprichar na letra. A encomenda que tinha de entregar estava atrasada. Os pássaros trinavam pela casa inteira. As parasitas se balançavam. Os inimigos de dona Fausta eram inclementes.

5

Antônio Bento sabia que havia qualquer coisa de grave contra o povo da Pedra Bonita. Havia uma história que ninguém contava, contra o seu povo. Nas conversas da tamarineira, por mais de uma vez, ouvira referências. Todos eram de acordo em responsabilizar a Pedra Bonita por uma desgraça qualquer. Todos estavam convencidos de uma influência nociva, infernal, agindo sobre o Açu. As mulheres cortavam a conversa quando se referiam à terra de Antônio Bento. Os homens não chegavam ao assunto com exatidão. Havia um segredo. Antônio Bento procurava se lembrar de sua casa no pé da serra do Araticum. Viera de lá muito menino e as suas recordações se limitavam a muito pouco, ao curral pegado à casa, ao pai alto e de barba rala, e à mãe, que era a impressão duradoura da sua infância. Voltava ele, nas suas cismas, aos campos nativos. Mas poucas recordações se haviam gravado na sua memória. O curral pegado à casa, o curral maior do gado e o curral pequeno com telheiro para os bodes. Sabia que viera para a casa do padre, dado pelos seus, na grande seca de 1904. Disto se lembrava. Viera trazido pela mãe. E as visitas que os de sua casa faziam a Açu eram poucas. Via a mãe uma ou duas vezes por ano. Chegava ela na casa do padre com os queijos e os presentes pobres. O padre Amâncio falava com ela, dava-lhe notícias do filho, e a mãe passava o dia alisando o menino, botando-o no colo, tirando o atraso de muitos meses de carinho. Fora crescendo, e a mãe era sempre a mesma coisa. Ela no começo lhe dizia: "Tu vais ser padre como teu padrinho, Bentinho. Teu pai não quer, mas tu vais ser." Os anos se foram. E ele não pudera realizar o sonho da mãe. Para que ser padre? Era bonito para os outros. Mas ele via que vida levava o padrinho. A família de Antônio Bento lhe seria estranha se não fosse a mãe. Com ela se sentia ligado. Tinha dezessete anos. Crescera, ficara grande, em breve tomaria conta da igreja sozinho. Em breve estaria no lugar do velho Laurindo. E se o padrinho se fosse, morresse? Era o ponto fraco de todas as cogitações do rapaz. Voltaria para o meio de sua gente, se o outro padre não o tomasse para os seus serviços. Voltar para o meio donde viera não o seduzia. Ele era de fora dos seus. Lembrava-se do ar distante do pai, no dia que estivera na casa do padre falando para que ele voltasse para junto deles.

Aquele homem nada tinha a ver com ele. Aquele olhar duro de bicho, aquelas barbas, aquele jeito de falar não queriam dizer nada para Antônio Bento.

Os homens e as mulheres do Açu, quando se referiam à Pedra Bonita, era de um modo que impressionava. Não queriam falar de lá. Antônio Bento, quando era mais moço, se lembrava de uma palestra que ouvira entre dona Eufrásia e uma visita. Ele estava na porta da rua, e as duas mulheres conversavam sem saber que ele estava por perto. A visita se espantava da coragem do padre Amâncio em ter criado um menino da Pedra Bonita. O vigário estava criando uma cobra. Dona Eufrásia achava que não. O menino não tinha gênio, era bem-mandado. O padre queria-lhe muito bem, como se fosse de sua família. Por este ponto, não. Antônio Bento ali não dava cuidados. Se não fosse ter que deixar o irmão só, levaria o menino para Goiana, para lhe dar mais educação. A visita não acreditava. Um dia ou outro ela ia ver. Não se conhecia um só ente daquelas bandas que fosse como o resto da humanidade.

Bento sentiu a conversa, preocupou-se com a advertência da mulher, quis perguntar ao padrinho, encontrar um meio de descobrir aquele segredo, as razões de tanta prevenção contra os seus. Teve medo de uma história terrível e ficou calado. Foi se calando, conformando-se com o desprezo da gente do Açu. No começo as mães botavam os filhos para dentro de casa, quando os surpreendiam brincando com ele: "Entra pra dentro, menino! Saia daí, menino!" Outras eram mais diretas: "Não quero você brincando com o menino do padre."

Depois passou mais tempo. Foram se acostumando com ele. Viam-no ajudando missa, acendendo as velas do altar. E os cuidados das mães do Açu foram diminuindo. Por isso Antônio Bento tanto se orgulhava nos dias de missa e de bênção. Ele estava lá pegando em coisas, fazendo coisas que os meninos do Açu não fariam nunca. As mães não queriam que os filhos brincassem com ele. E no entanto quem sabia dos segredos da igreja, quem acendia a lâmpada que, de dia e de noite, velava o Santíssimo, quem pegava nos objetos sagrados? Era ele, Antônio Bento, que não prestava para se juntar com os meninos do Açu. Não era um bicho. O que ele tinha era o que todos os outros tinham. Por que faziam aquilo com ele? Só o padre e a negra Maximina não o colocavam em lugar diferente dos outros. A própria dona Francisca do Monte, na escola, fora o seu suplício. A razão de tudo estava sempre com os outros meninos, para a professora. Ele recebia castigos injustos, havia sempre duas justiças para a professora. Muitas vezes tivera vontade de dizer ao padre. Era tão manso, recebia tudo aquilo como se fora merecido. E as mães do Açu tinham medo dele. Nunca tivera um amigo de sua idade, nunca tivera um companheiro, uma camaradagem como os outros tinham. Melhorara tudo com o tempo. Hoje em dia a coisa era outra. Se não fossem as restrições, as referências duras ao seu povo, não veria diferença entre ele e o povo do Açu. Para isso não respeitavam a sua presença. Falavam da Pedra Bonita como de um ninho de cobras. A desgraça do Açu vinha de lá.

 Desde aquele dia do carão do juiz que ele principiara a ter raiva. Nunca tivera ódio a ninguém. Menino manso, pacífico, só mesmo na escola de dona Francisca sentira vontade de sublevar-se, de ir de encontro às ordens superiores. O seu padrinho dera-lhe uma educação sem castigo. Agora porém começava a se insurgir contra a corrente. O filho do juiz conhecera a sua força. Era o menino mais graúdo do Açu. E quando a raiva lhe esquentou o sangue, não teve medo do juiz, do castigo, de coisa nenhuma. Há doze anos que o Açu o tinha na conta dum pobre-diabo, uma cria do padre, um bicho que descera da Pedra Bonita para que fosse amansado pelo povo dali. Era este o estado de espírito de Antônio Bento. E num dia em que Joca Barbeiro começou a debochar da gente da Pedra Bonita, o criado do padre deu uma resposta agressiva. "Amarelo metido", gritou-lhe o homem enfurecido, "vai para a estrebaria de teu senhor". E Bento deu-lhe outra resposta e foi andando. Todos concordaram: aquele menino era uma cobra. O padre criando uma cobra no meio deles. A resposta que Antônio Bento dera a Joca Barbeiro irritara a assembleia. O amarelo estava precisando de um corretivo.

Em casa o padre Amâncio soube e chamou Antônio Bento para falar. Não queria vê-lo metido com os homens, intrometido na conversa de gente grande.

Na tarde daquela repreensão o sino da matriz do Açu bateu as ave-marias com mais violência. Puxando o badalo, Antônio Bento refletia. Ao primeiro bater de sino os homens da tamarineira se descobriam, as mulheres do Açu cochichavam a sua reza do fim do dia. O sol se punha deixando pelas nuvens uns restos de luz. O silêncio era grande. A vila estava quieta. Por debaixo da tamarineira os homens continuavam na conversa. Na porta do seu estabelecimento estava o coronel Clarimundo pensando nos negócios. E dona Fausta vinha para a janela, aproveitar a claridade de fora. As velhas estavam dentro da igreja tirando terço com dona Francisca do Monte. E o padre Amâncio rezava. Para Antônio Bento era ele a única pessoa que existia de verdade no seu coração. A própria dona Eufrásia brigava demais, exigia muita coisa. Só ele, o padre Amâncio, lhe aparecia como amigo. A última badalada ficava soando como um gemido. Do alto da torre Antônio Bento via as terras que se perdiam de vista, as serras do norte, sumindo-se na distância, quase que se confundindo com as nuvens. Por aquelas bandas ficava a Pedra Bonita, a terra dos diabos, o fim do mundo, o calcanhar de judas. Joca Barbeiro dissera debicando que gente da Pedra Bonita tinha cotoco, tinha parte com o diabo. Antônio Bento fora malcriado com o homem. O padre não queria que ele se metesse na conversa dos grandes. Aí ele desceu a escada da torre e viu a igreja escura, só a lâmpada do altar acesa. Nunca tivera coragem de falar ao seu padrinho do segredo de sua terra. Tinha medo, pavor de uma coisa que não sabia como era. Mas queria saber. Ninguém ali queria ser franco com ele. Gente ruim, que só cuidava de botar toda a desgraça do Açu para cima de sua gente. Se ele pudesse, daria um ensino em todos eles. Até o sacristão Laurindo, quando falava da Pedra, cortava as palavras. Então Antônio Bento viu que precisava mudar de vida, ser outro, ter mais coragem para encarar as coisas. Vivia só, sem companheiros. O dia inteiro passava nos serviços do padrinho. Quando não era na igreja, era na casa do padre. Não lhe sobrava tempo para pensar. O povo do Açu era aquele que ele via.

 E passou assim a reparar mais nos defeitos de cada um. Dona Fausta brigava com o pai, era uma onça acuada, um gênio de fera. O homem lhe contara que dona Francisca do Monte tivera relações com o caixeiro-viajante, fora rapariga igualzinha àquelas que moravam na rua da Palha. E na escola fora tão cruel com ele, tão contra ele, pobre menino, para contentar os outros do Açu! O major Evangelista, com toda aquela importância, aqueles bigodes compridos, não passava de um maluco, dando mais valor aos canários do que à família. O juiz enganava a mulher, era um debochado, um canalha. O coronel Clarimundo roubava na certa no peso do algodão. Isso era o que eles mesmos diziam nas conversas da tamarineira.

Não acreditava porém na ruindade de dona Auta. Os filhos eram mesmo do sacristão Laurindo. Tinha vontade que não fossem, mas via o padre Amâncio metido na safadeza e recuava no seu pensamento. Ele, Antônio Bento, estava pecando. Confessar-se ia aos pés do padrinho, diria tudo, poria às claras todas as violências de seus ódios. E quando voltava das confissões, os conselhos do padre Amâncio amansavam-lhe o furor. Recuava, comungava pensando no perdão. "Perdoai as nossas dívidas, assim como nós perdoamos aos nossos devedores." Perdoar tudo, esquecer agravos, ser inteiramente da paz que Deus oferecia aos homens do mundo. Vinha porém lá um dia e todos estes propósitos se quebravam. Voltava ao ódio, aos desejos de vingança atroz. Tinha dezessete anos e não conhecia mulher. Não sabia de coisa nenhuma. Vivia só, sem os outros meninos que tudo sabiam. Quando ele passava pela rua da Palha com o padre Amâncio, nas ocasiões em que saíam para fora da vila, observava a cara do padrinho, reparava no jeito triste que ele tinha, passando pela rua da Palha. As raparigas saíam da janela, fugiam para dentro de casa, quando o vigário aparecia na ponta da rua. A estrada passava por lá. Tinha dezessete anos e nada sabia das coisas de homem com mulher. Mas tinha vontade de saber, de fazer como os outros. Lembrava-se do escândalo que o juiz dera por causa do filho com uma rapariga. O menino pegara moléstias do mundo e a mulher fora para a cadeia. Diziam que o cabo do destacamento metera-lhe o cipó de boi a pedido de dona Senhora. Não sabia de nada. Devia haver muita coisa de grande e de bom entre homem e mulher. Ouvia as graças de Joca Barbeiro, as histórias que ele contava. Sempre que começava uma dessas histórias, olhava para os cantos para ver se não tinha menino por perto. Os homens achavam uma graça diferente. Se juntavam, se chegavam mais para junto uns dos outros para ouvir melhor a safadeza. Antônio Bento não se perdera ainda. Os meninos de sua idade mangavam dele. E ele compreendia e sentia-se mais inferior ainda sem aquela importância. Mas trabalhava tanto, tanta coisa tinha para fazer que não lhe sobrava tempo para mais nada. O sacristão, cada dia que se passava, mais ia deixando para ele arranjar, limpar. Não se importava porque gostava do serviço. Fora das exigências e dos gritos de dona Eufrásia, tudo na casa do padrinho lhe agradava. A negra Maximina era boa, queria bem a ele. Dona Eufrásia implicava com ela. Não sabia fazer nada, dizia a velha. Saindo do feijão e do arroz, Maximina não sabia mais nada. A negra se desesperava com a irmã do padre. Falava em deixar a casa. No fim ia ficando. O padre Amâncio achava um jeito de fazer-lhe um agrado e a negra velha se derretia de alegria. Aquilo é que era um padre. Um santo daquele não se encontrava. Os antigos falavam de um padre Ibiapina que era assim como ele. E toda a sua raiva contra dona Eufrásia se desmanchava. Toinho, era assim que ela chamava a Antônio Bento. Para ela era mesmo que ser seu filho. Vira-o chegar ali menino, chorando por tudo. Tinha cinco anos mas parecia ter dois. Com olhos pretos parados pela fome de 1904. Crescera junto dela. Fora mãe, criada, tudo para o menino do padre. Até pensava que ele não se criasse. Viera câmara de sangue e o pobrezinho quase que se desmanchara. Ficara um palito de magro. Tomara conta dele. Pobre Toinho! Não tinha ninguém para lhe querer bem. A história de Maximina era triste. Quando fora da seca de 1877 deixaram-na no Açu com dois anos. Fora de um e de outro. Servira a vários donos. A escravidão existia, havia escravos no Açu. Ela porém não pertencia de direito a pessoa nenhuma. Era livre. Quando se fez moça, fez o que bem quis. Ia para onde quisesse. Trabalhava para quem queria, a negra Maximina não tinha senhor. Andou por fora do Açu, foi com a família de um juiz para o Recife. Demorou-se muito por lá. Depois voltou e estava com o padre desde que ele chegara ali. Toinho era o seu orgulho. Quando ele era pequeno, nas noites frias de chuva, botava-o na sua rede, dormia com ele. Agora era um rapaz, um homem. Às vezes Maximina ficava mais alegre, os olhos ficavam vermelhos e ela dava para falar, ela que de costume era quieta e desconfiada. Fazia o serviço cantando e depois saía à rua fazendo visitas. Entrava de casa em casa. Ria-se alto, dava gaitadas, não respeitando ninguém. Todo o mundo sabia o que era. Era coisa antiga em Maximina. Aquilo sucedia. Era raro, mas vinha. O padre Amâncio sabia e não ligava importância. Dona Eufrásia quis se aborrecer e teve de se conformar. Maximina bebia e ninguém sabia aonde. Era o seu segredo. A princípio o padre pretendeu corrigir e foi deixando. Aquilo acontecia raramente. Antônio Bento se lembrava do sono em que ela caía após as visitas, as risadas. Dormia. E no outro dia aparecia na cozinha como se nada tivesse havido, calada no serviço, a mesma Maximina dos outros dias. Tirando o padre Amâncio, era ela para Antônio Bento a melhor pessoa que existia no Açu. Maximina sabia de histórias que lhe contava quando ele era menino. Sabia versos tristes, sabia de tanta coisa ali do Açu! Quando ela esteve uns tempos fora da casa do padre, sentira a ausência dela como se fosse uma viagem de mãe, a separação de um ente querido. Isto acontecera numa das viagens de dona Eufrásia. A negra se aborreceu e arrumou os trastes. Iria embora. Meses depois voltou. E o padre Amâncio ficou satisfeito. Dona Eufrásia já estava longe e a vida na casa do padre voltou a ser como era. Agora Antônio Bento estava com vontade de saber de Maximina o que havia contra o seu povo, o que aquela gente do Açu escondia, o que eles tinham contra a

Pedra Bonita. Se não fosse a vergonha, perguntaria ao padrinho. Mas Maximina devia saber. Ela saberia tudo, o libertaria daquele peso, daquelas grades de prisão. E perguntou-lhe. Mas a negra não contou nada. Ouvia falar mas não sabia de nada. Sabia que fora uma desgraça. Que morreram inocentes, que a terra ficara ensopada de sangue. Ela não sabia. Menino não devia saber dessas coisas. Aquilo não era da conta de menino.

6

Aparecera no Açu um homem que não queria coisa nenhuma. Podia ter uns trinta anos e era escuro, com os cabelos cobrindo as orelhas. Trazia uma viola e uma bolsa com uma rede suja. Ficara dormindo no mercado e o major Evangelista lhe dava de comer. Os meninos correram para perto dele. O homem tocava viola e cantava. Sabia de histórias. A vida dos cangaceiros maiores, de Antônio Silvino, de Jesuíno Brilhante, de Cabeleira. Antônio Bento se demorou mais do que os outros com o homem sujo. Ele viera de longe, sabia mais do que os outros. Estivera no Juazeiro. Conhecera os cangaceiros do Pajeú e os frades das Santas Missões. Chamava-se Dioclécio. Não sabia ler. Mas aprendera tanta coisa, tanto verso bonito, tanta história arriscada! Nunca Antônio Bento conhecera homem igual. Estava embriagado pela vida do andarilho.

— Menino – dizia-lhe Dioclécio —, terra da gente viver é lá para as bandas do sul. Tu nunca viste o que é terra bonita. Eu andei de navio, montei em trem de vapor. Vi o mundo, que não era essa desgraça do sertão. Só estou por aqui por causa de família. Menino, família é a perdição de um homem.

E contou a história, a história de sua vida. Saíra de casa pequeno com os irmãos que foram para os trabalhos nos açudes do Ceará. Depois se separaram. Cada um tomou o seu destino, cada um foi viver como Deus queria. Ele ficara no Canindé. A terra era boa, o povo era bom:

— Foi aí que eu me perdi. Foi mulher, menino, que me perdeu. Tinha meus dezesseis anos e era assim como tu, sendo que crescera mais, era mais fornido. O diabo da mulher morava com o povo dela pertinho do serviço. Eu era, depois do capitão, o homem mais importante do trabalho. Tu não pense que estou mentindo não. Mandava em mais de mil homens. Não sabia por que, mas o chefe gostava do meu trabalho. Na minha unha os cabras puxavam mesmo no serviço. Eu tinha até um anel de ouro que usava neste dedo. Um relógio de correntão. Tinha uma casa de madeira. Eu mandava em mais de mil homens. Foi quando entrou a mulher na dança.

Dioclécio respirava fundo e continuava na história:

— Todo o mundo dizia que eu era o homem mais feliz da terra. Não sabia nem esconder a alegria que andava por dentro de mim. Tocava viola. Fazia loa, vivia me rindo com o tempo. A moça era mesmo uma lindeza. Nem gosto de falar nisso. Fui infeliz. Tudo se desgraçou por causa dela.

Aí Dioclécio parou e Antônio Bento ficou em suspenso, esperando o resto. Mas ele não contou. Não valia a pena reviver mágoas. E se espreguiçava. Levantava-se da rede suja para olhar o tempo:

— Isto aqui é triste mesmo, menino. Bem que me disseram: "Dioclécio, para onde tu vais?" E quando eu disse que ia para o Açu ninguém acreditou.

Como podia um homem como ele ir para o Açu?

Estava aborrecido do mundo. Viera andando à toa, até ali. Andando como se não fosse para parte nenhuma. Para ele o mundo era igual, tudo igual, tudo triste, tudo acabado. E pegava na viola e tocava. Era triste o que ele tocava. Os versos eram tristes, as mágoas imensas. Às vezes a voz de Dioclécio se sumia na mágoa, se perdia como soluço.

— Para que esconder, menino! O bom é cantar. E dizer tudo.

A vida de Dioclécio era para Antônio Bento uma revelação imensa. Que homem! Sofrera muito, mas estava como se não fosse com ele, vendo terras e terras, sabendo de tudo. Se não fosse o padre Amâncio, iria do Açu como cantador.

O povo da terra começava também a se interessar pelo vagabundo tocador de viola. Pelo sertão tipos daqueles não eram raros. Os cantadores afamados não eram mais do que Dioclécio. As filhas do coronel Clarimundo, que tinham chegado do colégio, mandaram chamar o cantador para ir à casa do pai. Dioclécio não se fez de rogado. E espantou. Cantou mais do que lhe pediam. A sala se encheu, ficou gente até por fora ouvindo o homem de alpercatas, de cabelo comprido, tocando viola, gemendo, gemendo como um penado. As moças achavam graça e enchiam os olhos de lágrimas. Dioclécio fazia tudo que lhe pediam. A sua veia era rica. As suas mágoas muito grandes para dar sofrimentos aos seus cantos. Depois o coronel deu-lhe dez mil-réis e ele voltou para o mercado, para a sua rede suja, para dormir e sonhar com as suas histórias.

No outro dia, depois de feitos os serviços na casa do padre, Antônio Bento estava com ele. Nunca um homem fora tanta coisa para ele como Dioclécio. O cantador conheceu de sua força e cada vez mais contava histórias. Fora amigo de cangaceiros. Não dizia nada para não ser tomado como espia.

Deus o livrasse de cair na mão de uma volante, de tenente de polícia. Conhecia cangaceiro de verdade. Nem era bom falar. Só dizia mesmo a Antônio Bento para que ele pudesse avaliar da sua força. Os cabras gostavam de ouvir viola nas noites de lua, nos ermos da caatinga. Cantava para eles com paixão. Lá para as bandas de Princesa estava aparecendo agora um Ferreira, que era um bicho danado. Diziam que ele estava vingando a morte do pai. E que não respeitava nem os coronéis do cangaço!

— Menino, não queira ver cangaceiro com raiva! Dê por visto um demônio armado de rifle e punhal. Eu estava uma vez numa fazenda perto de Sousa. Chegara lá depois de dez léguas tiradas a pé. O homem me deu pousada. Dormi no copiar da casa, na minha rede. No outro dia, mais ou menos por volta das duas da tarde, nós estávamos na mesa, na janta, quando vimos os cangaceiros na porta. A família correu para as camarinhas e eu e o velho ficamos mais mortos do que vivos, estatelados. Era Luís Padre com o bando dele. "Velho safado", foi ele gritando logo, "se prepare para morrer". O homem se levantou e foi duro como o diabo: "Estou pronto, bandido, faça o que quiser." Luís Padre perguntou pelas moças. Queria comer. O pessoal estava com fome. E foi andando para o interior da casa. O velho pulou em cima dele como uma cobra. Nisto os cabras se pegaram com ele. "Amarre esta égua", gritou Luís Padre. As moças e a velha correram para a sala de janta, fazendo um berreiro como se fosse para defunto. "Meninas", disse o chefe do bando, "nós queremos é de comer. Deixa a velha na cozinha. Nós queremos é conversar com vocês". Nisso a velha caiu nos pés de Luís Padre: "Capitão, respeite as meninas! Não ofenda as minhas filhas, capitão!" "Ninguém vai ofender as meninas, velha cagona!" E foi uma desgraça que eu nem tenho coragem de contar. Os cabras estragaram as moças. Ouvi o choro das pobres, os cabras gemendo no gozo, o velho urrando como um boi ferrado. Foi o dia mais desgraçado de minha vida. No começo eles quiseram me dar. Contei que não era dali. O homem me dera uma pousada. Eu era um cantador. Então botaram as moças quase nuas no meio da casa. Tinham que dançar. Nunca na minha vida vi cara de gente como a cara das moças. Estavam de pernas abertas, grudadas nos cabras. Toquei viola e cantei até de madrugada. Fiquei rouco, com fala de tísico. Depois eles deram uns tiros no velho e meteram o pau na mulher. Tive que sair com o grupo até longe. Me disseram horrores. Se a polícia chegasse no espojeiro, tinha sido coisa minha. Quando me vi solto na caatinga, estava como um defunto, nem podia dar dois passos. Era de noite. O céu do sertão era um lençol de algodão com a lua. Não tive mais coragem de andar. Estendi minha rede debaixo dum pé de imbu e dormi. Dormi tanto, que acordei com o sol na cara. A minha goela queimava como se eu tivesse comido um punhado de pimenta. O meu corpo estava podre. E nem quis mais pensar na noite da desgraça. Menino, dois meses depois, ainda tinha na cabeça o velho esticado no chão, as meninas dançando, a velha chorando. Tive até medo de ficar doido. Foi aí que eu pus a história no verso. E na feira de Campina Grande, quando cantei a coisa pela primeira vez, vi gente chorando e mulher se benzendo. O dono do hotel mandou botar no jornal da Paraíba a cantiga que eu tinha feito. Um sujeito do Ceará mandou um recado. Queria que eu dissesse as coisas para ele passar no papel. O velho Batista da Paraíba fez umas loazinhas parecidas, iguaizinhas aos versos que ele tirava para Antônio Silvino, e botou para vender nas feiras.

    Doutra ocasião Dioclécio contou dos amores de uma ricaça do Monteiro por ele. Não era para se gabar, não gostava de falar nessas coisas porque parecia que ele mentia. Uma vez mandaram chamar Dioclécio para uma festa numa fazenda do Monteiro. Coisa paga. Ele se foi até sem vontade, pois estava muito bem na vila, gozando a vida. Ele cantava todas as noites na casa de um rico do Recife que se curava dos peitos por lá. Mas veio um vaqueiro com o recado do fazendeiro, com o cavalo selado.

— O homem queria que eu fosse naquele dia para uma cantata na casa dele. Aceitei e saí com o vaqueiro. No caminho fui sabendo de muita coisa. O dono da casa era um velho casado com uma moça. Fiquei meio aborrecido. Nunca fui com essa história de velho enxerido. Velho é para a gente tomar a bênção, guardar respeito. O homem tinha se engraçado de uma moça, uma menina bonita da cidade de Sousa, e tanto fez que se casou. E vivia agora fazendo tudo que a moça pensava, dando festa em casa, gastando dinheiro com besteira. Tudo para que a mulher não se aborrecesse, não fosse embora. Cheguei de noitinha na casa-grande. Parecia um palácio. Havia tanta luz, que você podia achar um alfinete no chão. Dê por visto um dia claro. A casa cheia de gente, a sala repleta e a dança pegada. Se dançava ali desde a véspera. Fui chegando e fui logo levado para onde estava o velho. Era um homem de respeito, de barba grande. Um homem e tanto: "Ah! o senhor é o cantador Dioclécio?" "Sim, senhor", respondi, "sou eu mesmo". "Pois vamos ter um desafio, com o Manuel Bacurau." Disse ao homem que não cantava desafio, que não gostava do martelo. Era cantador de histórias de loa. Não sabia bater boca com outro, descompor, para fazer os outros se rir. "Mas a minha mulher quer", disse ele. "O senhor precisa comer alguma coisa. Depois eu mando chamar." A cozinha estava cheia. Havia gente de fora e logo que me viram, me cercaram. Me tomaram logo pelo Manuel Bacurau e todos queriam que eu metesse os dedos na viola. Fui dizendo que só tocava para a sala, que viera ali a chamado dos grandes. Me fiz logo de importante. Uma cabocla foi logo dizendo para a outra: "É a raça mais besta que eu conheço, essa de cantador." Pouco me importava. Eu estava era com medo do tal desafio. O outro cantador não tinha chegado. Para falar com toda a franqueza, estava com medo do homem. Eu não sabia cantar assim de supetão. Mas, na hora em que me chamaram, fui para a sala disposto a tudo. A dona da casa era uma boniteza sem igual. "Senhor Dioclécio", disse ela com toda a delicadeza, "venha tocar qualquer coisa. O seu rival não chegou". Criei alma nova. Bateram palma quando eu comecei a pinicar a viola. Havia gente muita, menino. Fui logo de entrada cantando a história do Sousa. E vi gente no choro, menino! Gente grande enxugando lágrimas. Botei mais uns versos, intrometi mais umas coisas. Verso tem que ter mentira, menino! Senão fica muito rude. Aí ninguém quis mais dançar. Saía de uma história para outra, e a dona da casa sentada junto de mim, pedindo para cantar mais. Nunca tinha visto uma moça que se parecesse com aquela. Cantei tudo que sabia, inventei o diabo, tudo como se estivesse tonto, como se tivesse entrado em meu corpo uma força de fora. Até que o coronel chegou para perto e mandou parar. E a dança pegou outra vez. Vi a moça dançando com um lorde de anel no dedo. Era o promotor de Sousa, um tal de doutor Mariz. Não sei mesmo o que se deu em mim. Estava com ciúmes da moça. Fiquei espiando a dança. E uma coisa esquisita eu notei. A moça não tirava os olhos de mim. Olhei para o lado para ver se era com outro. Mas não tinha ninguém junto de mim. Era mesmo comigo. Nem queria saber. Aquilo era um sonho, só podia ser mesmo um sonho, menino. Uma santa daquelas me comendo com os olhos.

"Dei umas voltas pelo terreiro da fazenda. O homem era mesmo rico. O curral do gado grande era enorme. Um rico, um poderoso, e uma mulher daquela. Velho feliz. Estava fazendo um luar de leite. A mulher não me saía da cabeça. Fiquei imaginando. E seria mesmo para mim que ela estava olhando? De longe ouvia o harmônico tocando a quadrilha e os gritos do marcador. Fui dormir com a coisa na cabeça e nem preguei olhos. Ouvi o toque da dança até de manhã. Levantei-me para receber os meus cobres e ir para bem longe dali. Mas o velho pediu para eu ficar, me dizendo que a mulher dele pedira para que eu ficasse por mais tempo. Ela tinha gostado do meu cantar e até queria que eu ensinasse a ela tocar viola. Fique certo, menino, que eu tive medo do velho. Que diabo queria dizer aquilo? Não disse nada, e na hora do almoço não havia mais convidados na casa. Nem parecia que tinha havido dança a noite inteira. O velho e a mulher estavam na mesa. A cara dela era de uma santa, de uma santa de altar. Que olhar, menino! Quando ela me fitava, vinha uma coisa por dentro de mim.

"E fui ficando na fazenda. No outro dia começou o ensino de viola. Aquilo não tinha o que ensinar. Tocador de viola só precisa é ter coração. E fui assim pegando nas mãos da moça, tocando para ela ouvir, até que uma noite eu estava no meu quarto, bem descansado na minha rede, quando ouvi um bater na porta. Fiquei esperando e bateram outra vez. Abri, e a moça abraçou-se comigo. Menino, se tivesse caído um raio nos meus pés, não teria sido igual. Era a mulher do homem em carne e osso. Quis recuar, mas não tive coragem. A moça era donzela, menino! Ela me beijava como se quisesse me comer, chorava nos meus braços como uma criança. Queria fugir comigo, ir pelo mundo afora, ser infeliz comigo. Fui franco. Eu era um cantador, um pobre que vivia nas feiras tirando o pouco para viver. E toda a noite era aquele gozar. O velho me tratava com toda a distinção. Tive remorso, eu estava desgraçando aquele pobre homem. Ele bem que podia me matar. Estava no seu direito. Eu já nem tinha coragem de sair da casa-grande. Para onde me voltava, via um rifle em cima de mim. Pensei em fugir daquela perdição. De noite, menino, as vontades do dia eram como se não fossem nada. Quando me lembro dessas coisas tenho até a ideia de que tudo isso é mentira. Mas não era mentira não. E isto foi assim até que me decidi duma vez. Arrumei os meus troços e de noite disse à moça que aquela era a última noite. Ela chorou de cortar o coração. Me abri com ela. A minha ação com o velho não era de homem. Eu comia os pirões dele e ainda por cima fazia aquela desgraça. A moça chorava tão alto que eu tive até medo que acordasse o povo da casa. Podia acordar o velho. No outro dia, de manhã, eu estava no curral bebendo leite. O sol não tinha saído ainda e fazia um friozinho do amanhecer. O gado metido na lama, os bezerros pulando. Quando eu vi foi o velho junto de mim: 'Bom dia, seu Dioclécio' me disse ele com a cara fechada. Eu disse de mim para mim: 'O homem vai me matar mesmo.' Tinha descoberto a coisa e estava doido de raiva. Fiquei estatelado. 'Seu Dioclécio', me disse ele outra vez, 'quero falar com o senhor'. Saí com ele. Não sei como as minhas pernas me aguentavam. Saímos para um canto do cercado. Havia um pé de juá pertinho. Aí o homem parou. Esperei a descarga da pistola nos peitos. Não quis olhar para o homem. Não tinha cara para isto. Ouvi somente que ele falava para mim: 'Chamei o senhor, seu Dioclécio, para lhe falar de um negócio sério. O senhor já deve saber do que se trata. Soube que o senhor quer ir embora aqui da fazenda. Por que não fica mais tempo? A minha mulher gostou do senhor e o senhor serve para o que ela quer.' Olhei para o velho. Não era possível. Pois era, menino!

O velho era um corno! Aquilo no sertão era difícil de se encontrar. Mas uma vez ou outra a gente encontra. 'Não diga nada, seu Dioclécio', foi ele me acrescentando. 'Eu gosto da minha mulher. Ela é uma santa de bondade. Casou-se comigo, veio para este oco do mundo. E eu não valho mais nada. A pobrezinha sofria tanto antes do senhor chegar aqui! Agora virou outra coisa. O senhor precisa de algum dinheiro para mandar para a sua família? Diga onde está o seu povo que eu mando'. Não dei uma palavra ao homem. Vi ele saindo para o curral, alto, de barbas brancas, e tive pena. Ele podia ter me matado, menino. Esperava um disparo de arma e o que saiu foi isto que lhe contei. Na hora do almoço o velho nem parecia que me havia falado coisa nenhuma. Eu é que não tinha cara para fitar aquele homem. Um homem daquele, no sertão do Monteiro, na terra dos homens mais brabos da Paraíba. A mulher estava se rindo com o tempo e me enchendo o prato de comida. E eu comendo aquele pirão, gozando na rede com ela. Qual, menino! Tudo aquilo começou a me inchar na boca. Toda aquela vida parecia um fim de mundo. Não disse nada a ninguém. Mas numa madrugada arrumei os meus troços e ganhei o mundo. E nunca mais soube notícia daquele povo. E nem procurei saber. Aquilo era um arranjo do diabo. Às vezes eu fico pensando comigo mesmo: 'Quem sabe, Dioclécio, se toda aquela gente não existia e tudo não passava de leseira da tua cabeça.' Quis fazer uns versos com a minha vida na fazenda do Monteiro e não saiu nada. Fiz finca-pé e nada. Qual, aquele velho era o demônio! Ele queria me pegar, me chupar o sangue e me levar para o inferno. Contei essa história para um sujeito que chama os espíritos em Jatobá, e ele me disse que eu não tinha vivido naquele tempo. Era tudo invenção da minha cabeça. Eu é que sei! Que noites, menino! Que mulher, que corpo supimpa!"

Dioclécio foi transformando Antônio Bento, descobrindo para o criado do padre um mundo novo. Aquele homem sujo, de cabelos grandes, viera ao Açu para virar a cabeça do rapaz. Na feira de domingo Dioclécio cantou para o povo. Cercaram o cantador para ouvi-lo. A viola nas mãos do homem e as histórias que ele sabia entretinham o povo, arrancavam lágrimas. Era bom de verdade. Muitos ali conheceram outros cantadores de feira. Mas ninguém escutara coisa melhor. E Dioclécio foi ficando. Havia quase duas semanas que tinha chegado. Mas o povo do Açu começou a sentir-se mal com ele. Joca Barbeiro dizia debaixo da tamarineira que não havia autoridade no lugar, porque, se houvesse, aquele tipo não estaria ali sem fazer nada, de manhã à noite na rede. Era capaz de ser um ladrão disfarçado, que estivesse experimentando o lugar. Mas roubar o quê? Só se fosse ao coronel Clarimundo, que era o único rico na vila, que sabia o que era dinheiro. E este mesmo guardava os cobres em burra de ferro. Mas aquilo não podia continuar. Um sujeito sem ocupação, comendo dos outros. E repararam no pegadio de Antônio Bento com o cantador. Aquilo dava em coisa. Capaz do vagabundo estar virando a cabeça do rapaz. O padre Amâncio que tomasse cuidado. Joca Barbeiro sabia de um cantador, daquele mesmo jeito, que chegara no Limoeiro, com toda aquela goga de poeta. Deram lugar para o bicho dormir, chamaram-no para cantar nas casas dos grandes, encheram o homem de importância. E o que sucedeu foi uma desgraça. Dois meninos da cidade terminaram caindo na sedução do tal. O cabra se servia dos meninos como de mulher. Deram-lhe uma surra de botar sangue pela boca. Por isso ninguém devia confiar em gente que ninguém sabia donde vinha. O amarelo do padre não saía do mercado, atrás do cantador. O sacristão Laurindo se queixou ao vigário: Antônio Bento há uma semana que não varria a igreja. Até a lâmpada do Santíssimo deixara que se apagasse. E o padre chamou o afilhado para um carão. Há tempos que não falava assim com ele. Só tivera voz naquele tom no dia da briga com o filho do juiz. Doeu em Antônio Bento a repreensão. Naquela tarde procurou o cantador. Queria ouvir qualquer coisa que lhe desse alento. Ele sabia de tanta coisa boa para se ouvir. Mas encontrou o cantador Dioclécio de cara fechada, se balançando na rede. Tinham vindo dar ordem para ele deixar o Açu. O delegado mandara um recado pelo cabo.

— Povo besta. Pensar que eu queria passar o resto da vida aqui, neste calcanhar de judas. Menino, eu vou até ser franco. Estava por aqui ainda porque gostei de você. A gente anda por este mundo de Deus sem encontrar ninguém para se querer bem. Você me agradou. E esta canalha pensando que eu estava gostando era da terra. Que se danem todos. Bem me haviam dito que gente do Açu não prestava para nada. Amanhã vou fazer uma madrugada. Saio daqui às quatro horas e vou estourar lá no Camaru ao meio-dia. Chego mesmo no dia da feira. Aquilo é que é terra para gostar de cantador. Ali eu posso viver descansado. Os grandes me chamam para cantar, passo de banquete. E não me chega ordem de delegado me botando para fora.

Antônio Bento quis defender, procurando uma palavra para contentar o amigo. Mas ficou calado, triste, ouvindo Dioclécio falar do Açu. No fundo bem que ele gostava daquele ataque. A terra era mesmo uma desgraça. Ele também era odiado. Dioclécio é que era feliz por deixar o Açu para sempre. Mas tinha pena que ele se fosse. Amava aquele homem sujo, de cabelo comprido. Sim. Amava o que ele dizia e o que ele cantava. Tudo que era de longe do Açu estava com Dioclécio. Se fosse possível, iria com ele, ganharia o mundo com ele.

O cantador olhou para Antônio Bento e percebeu a mágoa do amigo. Quis então corrigir, encontrar um meio de acabar com aquilo:

— Não fique triste não, menino. Isto que eu digo do Açu é só para o povo da terra. Você, não. Esse padre Amâncio bem que eu gosto dele. Padre, só mesmo assim como ele e o meu padrinho do Juazeiro. Padre de batina lustrosa, de sapato espelhando não é padre não.

Dioclécio o que queria era agradar o afilhado do padre Amâncio, o rapaz gostava dele. Nada tinha que ver com o Açu. E Dioclécio continuava elogiando o vigário:

— Eu já conhecia de fama o teu padrinho. A bondade vai longe, menino. Ninguém pode esconder. Com o meu padrinho de Juazeiro foi assim. Ele era bom. Dava tudo aos pobres. A casa vivia cheia de necessitados. E o bispo mandou chamar ele e passou um carão. Pois bem! O meu padrinho ali mesmo falou sério para o bispo. E disse sem medo que o bispo estava enganado. Ele tinha Deus no céu para juiz. Deus era maior do que os bispos. Ele não estava roubando, não estava matando, não estava mentindo. Só fazia dar aos pobres o que eles não tinham. E aquele pequenininho, de cabeça grande, se abriu. Os padres baixaram a cabeça, o bispo fechou a cara e o meu padrinho veio para Juazeiro e ficou maior do que o bispo. Ele virou santo. Não estou mentindo. Uma vez eu ia para lá a pé e vinha comigo um bando de romeiros. Numa carga, dentro dum caçuá, estava uma moça entrevada. Fazia quinze anos que a pobre estava naquele estado e vinha para o Juazeiro se curar com o meu padrinho. A viagem foi dura. Pois naquele ano a seca estava pegada com força. Nunca vi tanta coragem em gente. Não se comia. E água era mais rara do que vinho de mesa.

A moça no caçuá gemia com o mexido do cavalo. Mas a gente chegou no Juazeiro. Foi numa boquinha de noite. O sino da igreja tocava as ave-marias. O meu padrinho abençoava o povão. Pois, menino, eu estou falando a verdade. Eu vi a moça descer do caçuá como se fosse boinha das pernas e correr no meio do povo, caindo aqui, caindo acolá, como se estivesse bêbada, se arrastando, andando outra vez até a porta da igreja, onde meu padrinho estava. O povo que tinha vindo com ela começou a berrar, como se estivesse com o diabo no couro. A moça abraçou os pés de meu padrinho. O meu padrinho pegou ela e foi dizendo: "Deus te fez doente e Deus te curou. Vai agradecer a Deus o milagre." O povo todo de joelhos, rezava, e meu padrinho, pequenininho, foi saindo para casa com o povo beijando a batina. Eu te digo: eu já vi um milagre. A bondade pode fazer isto. Ninguém esconde a bondade não.

Quando chegou em casa, o padre Amâncio chamou Antônio Bento. Fosse preparar os cavalos, que havia um chamado para confessar um homem às portas da morte no Curral Grande, a seis léguas do Açu. Era um lugar deserto. Falava-se no Açu do Curral Grande como da terra pior do município. Diziam até que os cangaceiros faziam espojeiros pelas caatingas de lá. Antônio Bento foi preparar os cavalos pensando em Dioclécio. O amigo ia-se embora. Doía nele pensar na ausência do homem sujo, mas que sabia mais que todo o mundo do Açu, tirando o padre. O que valia aquela gente toda comparada com ele? O major Evangelista criando passarinho, Joca Barbeiro falando da vida dos outros, o coronel Clarimundo dentro da loja contando dinheiro? O Açu inteiro o que valia junto de Dioclécio, que tocava viola, que vira os cangaceiros, que dormira em rede com mulheres lindas, que assistira a milagres, que cantava, que fazia versos? Que homem! E no entanto ia-se embora a mandado do delegado, o major Cleto. Botar para fora um homem como Dioclécio!

    Os cavalos já estavam prontos na porta da casa, e Antônio Bento mudava a roupa para a viagem. Lembrou-se porém de que não podia sair sem dizer uma palavra ao amigo, que de madrugada ganharia o mundo para nunca mais voltar ao Açu. E foi correndo dar um abraço em Dioclécio. Ele estava de rede. Despediu-se: "Nunca mais a gente se vê."

    Mas Dioclécio sorriu:

— Qual nada, menino! Este mundo é um ovo. A gente ainda se encontra por aí.

    Antônio Bento saiu com o padre, e a noite desceu sobre eles, no meio da caatinga. Com a escuridão, só ouvia as pisadas dos cavalos. E o silêncio imenso, a noite imensa cobrindo as imburanas, os cordeiros, o sertão inteiro. De madrugada Dioclécio ganharia o mundo.

7

A NEGRA MAXIMINA foi quem primeiro conheceu:

— Este menino está outro. Nem parece o mesmo.

    Sentira a mudança de Antônio Bento. Ela vinha com ele há doze anos. De fato, ele estava outro, se outro fosse ter Antônio Bento sentindo a vida mais sua, com mais gosto. Ele estava usando os seus olhos, os seus braços, o seu coração. Dantes era aquilo que se via, vivendo com os outros mandando nele, tocando sino, lavando cavalo, levando recado, um Antônio Bento que não era nada porque era de todos. Dioclécio viera ao Açu, enchera o criado do padre de uma vida diferente.

O cantador teria vida de feiticeiro? Só, no serviço, o rapaz se lembrava dele e queria se esquecer. Esquecer! Seria melhor se esquecer porque ele vinha sofrendo com as recordações. Sofria em se sentir pegado ao Açu, enquanto o outro se dava ao mundo pelas feiras, pelas fazendas, pelas caatingas, fazendo o que bem queria, o que bem amava. Dioclécio. A vida de Dioclécio, as suas histórias. Os rapazes do Açu não sabiam de nada. O filho do juiz falava das mulheres do Recife, os outros dali falavam das mulheres da rua da Palha. E nenhum sabia das histórias de Dioclécio, das noites de Dioclécio, dormindo com a mulher do velho nos braços. Ninguém vivera como o seu amigo, como se estivesse num sonho, fora da terra.

    Era aquilo que Antônio Bento sentia. Ajudava missa, sacudia o turíbulo, como se fosse uma coisa comum. Perdera o entusiasmo. Antes, para ele, nas noites do mês mariano, era uma glória ver-se de turíbulo fumaçando na frente do padre Amâncio, enchendo a igreja de incenso. E os outros meninos com inveja da sua importância. Fora-se tudo. Que lhe importava o amor de Maximina? Tudo no Açu era contra ele. As mulheres eram aquelas que ele via na igreja. E os homens aqueles homens que não gostavam dele, que falavam da sua terra com um desprezo que irritava. Joca Barbeiro, o juiz, o delegado, o major Cleto, o cabo Leôncio. E os meninos? Os de sua idade andavam com as mulheres da rua da Palha, se gabando, dando a impressão de que eram homens feitos. Não. Antônio Bento só vira mesmo um homem naquele Açu, fora de seu padrinho. E este homem se fora, expulso, corrido, como um malfeitor. Começou então a sofrer, a ficar triste, a ter saudades sem saber de quê. Uma pungente saudade que ele não localizava, não encontrava lugar para pôr. As histórias de Dioclécio, os versos, a viola triste. Lá de cima da torre, puxando o badalo do sino, iam-se com o som para longe os desejos de Antônio Bento. Pensava na vida. O que seria dele, que não sabia fazer o que Dioclécio fazia? Agora só amava, só admirava o que ele vira e gostara no cantador. Ajudar missa, varrer a igreja, tocar sino, tudo já fora para ele um serviço de um ofício maior de todos. Agora, não. Era tudo igual. Deus, Deus... E ficava com a cabeça fervendo. Pobre da Maximina, que acreditava em tudo e que vinha sofrendo desde que nascera. Nada. Deus, do alto, mandava em tudo. Dioclécio vira o Padre Cícero dizendo: "Deus te fez sofrer e Deus te curou." O padre Amâncio estava ali no Açu porque amava Deus. Ouvira dona Eufrásia dizendo: "Se Amâncio quisesse, já era bispo, já era um grande, um príncipe." E não. Ficava no Açu para aguentar aquele povo, aquela gente. Montava a cavalo para andar seis léguas com o tempo que houvesse, para confessar um pobre, para salvar uma alma das profundas dos infernos. Se não fosse ele, teria fugido com Dioclécio, teria fugido com o homem mais feliz do mundo. O que andava pela terra, o que amava mulheres lindas e vira um milagre, uma força de Deus se exercendo. Antônio Bento vacilava assim entre o padre Amâncio e o mundo que Dioclécio descobrira. As terras viajadas por ele, as noites estreladas que cobriam os sonhos de Dioclécio. Deixar o Açu e sair pelo mundo seria grande para ele. Mas não sabia cantar, não sabia tocar viola. Para isso bastava ter coração, lhe dissera Dioclécio, bastava sentir entrar no corpo aquilo que o seu amigo sentira na noite em que a mulher do velho fora deitar-se na rede, amar com ele, dar quente aos seus braços, e às suas pernas. Podia ser um cantador. Por que não? Um cantador. Mas um cantador tinha que fazer muita coisa, tinha que amar, que correr o mundo. E ele nunca amara, nunca sentira o fogo do que Dioclécio falava. Mulher para Bento não existia. Que mulher já lhe dera forças de correr mundo, de se desgraçar, de gemer na viola? Nenhuma. Até aquela data não sentira nada, não sofrera nada por este lado. Pensava até que fosse um doente. Via os outros de sua idade contando histórias, falando de namoro. E ele frio, alheio, bem de fora. Uma doença. Era criado de padre. Devia ser como um padre? Não podia ser. Estava ali seu Laurindo com dez filhos, fizera a mulher parir até que o doutor de Camaru aleijara a pobre. Ele, Antônio Bento, perdesse a esperança. Um cantador era coisa mais difícil de ser. Padre não fora. As posses do seu padrinho não deram para tanto. E dava graças a Deus. Vinha-lhe era aquela vontade de ser cantador. Era um desejo violento que lhe tirava a tranquilidade, que lhe enchia as noites de sonhos e as horas de serviço de tédio. Podia estar longe, bem longe do Açu. Com a sua idade Dioclécio mandava em mil homens, tivera a grande história de sua vida, a facada que lhe dera coragem para ir pelas terras distantes cantando, curando a sua dor. Se o padre Amâncio soubesse dos seus desejos, teria nojo do seu afilhado. Era esta a dificuldade de Antônio Bento. Como receberia o padrinho estes seus desejos, estas suas ambições? Se ele saísse pelo sertão atrás de Dioclécio, procurando o mestre para com ele aprender, o que não ficaria pensando o padre Amâncio? Não havia dúvida de que aquilo seria uma safadeza e tanto. Ficaria mesmo no Açu, nascera mesmo para sofrer, para enjeitado da sorte. Fora dado pela sua mãe. Ela não tinha que deixar o seu filho em terra alheia. Os outros irmãos não ficaram, não aguentaram o repuxo de 1904? A mãe viera ao padre Amâncio e deixara o filho mais moço em suas mãos. E aí estava ele odiado pelos homens e as mulheres do Açu, sem amigos, feito somente criado, esperando que seu Laurindo morresse para ficar no lugar dele. Seria no muito o sacristão do Açu, enquanto vivesse o seu padrinho. E, depois, sem mulher, sem família, só, um traste por esse mundo de Deus. Boa vida a de Dioclécio. Não tinha pai, não tinha mãe, não tinha padrinho. Um dia no Açu, outro no Mogeiro, uma noite na Taquara, nos braços da moça bonita, a outra na caatinga, dormindo com a lua no rosto, com as estrelas no céu, com o vento soprando. Um homem feliz.

E assim andou Antônio Bento os quinze primeiros dias depois da partida de Dioclécio. A primeira noite foi difícil para passar. Saíra com o padre Amâncio, estrada afora, atrás do homem doente. Andaram pelo deserto, com a noite escura, pela caatinga interminável. Um silêncio de fim de mundo abafando tudo. O padre Amâncio na frente e ele atrás. E foram assim até quase de madrugada. Por fim chegaram na casa do homem que mandara chamar Deus para poder morrer. Quando se apearam na porta da casa, havia choro lá por dentro. Não havia mais precisão do padre Amâncio. O homem se entregara ao Criador com todo o peso dos seus pecados. Choravam junto do defunto estendido na rede. A mulher e os filhos num berreiro triste. O padre foi consolar, dizer umas palavras boas, mas ninguém ouvia. A mulher se queixava alto, fora de si. Era um homem bom o seu marido. Só fizera o bem para todos eles, e viera a morte, Deus viera para o matar. Padre Amâncio saiu para o terreiro. Os cavalos ainda estavam arreados. Não poderiam voltar em cima dos pés. Teriam que esperar ao menos umas duas horas, para dar descanso aos animais. Uma mulher, que parecia a sogra do morto, apareceu com café para eles tomarem. O padre agradeceu. Teria que celebrar ainda naquele dia. A escuridão enchia a noite, mas a madrugada não tardou a chegar. Aquela casa no meio do deserto. Um curral de pedra, pertinho, e a caatinga cercando. A caatinga sem fim, igual, léguas e léguas. E aquela casa, e aquele povo, vivendo sem medo, sem desgosto. O padre sentou-se num banco que a velha trouxera. E Antônio

Bento por perto, pensando em Dioclécio, que naquela madrugada ganharia o mundo. A velha começou a falar com o padre. A doença do genro começara com uma dor de lado. Uma dor que tomava o lado esquerdo todo. Ele nem podia puxar pela perna. A bicha vinha forte, mas passava. Ele andava, fazia os serviços, e outra vez chegava a dor. Torcia-se na rede, como um infeliz. E foi assim, até que na segunda-feira veio febre e o pobre perdeu até o juízo, dizendo besteiras. Fora ela quem se lembrara de mandar chamar o vigário. A filha não queria. A menina estava meio aluada com a morte. Mas se acostumava. A gente ali se acostumava com tudo. Lembrava-se da morte do marido. Pensava que o mundo ia se acabar, que tudo fosse cair por cima dela. E tudo se fora, e ela criara a família. O padre Amâncio falou para a velha, com a sua mansidão de sempre; que era assim mesmo, que cada um podia confiar nos poderes do Alto, na justiça que não falhava. A mulher começou a gritar, os filhos urravam. E a velha levantou-se e foi dizendo para dentro de casa:

— Fica mais quieta, menina. Foi tudo porque Deus quis.

E com pouco mais a madrugada começou a clarear e aquela desgraça toda ficou mais à vista. O curral dos bodes e a solidão daquela casa perdida por ali. Viviam, e a velha achava que nem a morte era capaz de liquidar com eles. O defunto estava na rede, com as franjas cobrindo o rosto. A mulher espichada no chão, como um cachorro dormindo, e os meninos por perto, no sono. Padre Amâncio chamou Antônio Bento. Teria que puxar um pouco, porque ele não podia deixar de celebrar a sua missa no Açu. E vieram andando de caatinga afora. As imburanas verdes, os xiquexiques florindo enchiam a caatinga de vida, e de alegria. O sol da manhã se espalhava pelo verde das árvores, e tudo cheirava, um cheiro bom de mato, de terra, de flores. Tudo estava muito bonito. Os cascos dos cavalos estalavam nas pedras. O padre Amâncio vinha para a sua missa, e Bento não se esquecia de Dioclécio. Seria bom que ainda o encontrasse no Açu. Poderia ainda abraçar o amigo antes da partida. E às oito horas foram chegando na rua grande. O mercado vazio. Dioclécio se fora para sempre. Antônio Bento sentiu-se roubado de um grande bem. Vira o homem morto, a mulher aos berros, os filhos no pranto, e tudo nada fora em comparação com a fugida de Dioclécio. Foi para a torre da igreja tocar a chamada para a missa. Estava que nem podia ter-se em pé com o cansaço da viagem. E ficou estendido na torre, esperando para tocar a segunda chamada. Acordou com o padre Amâncio chamando por ele lá em baixo. Tinha adormecido sem querer. Desceu para acender as velas do altar. Na igreja as mesmas pessoas de sempre: as duas velhas, dona Auta, dona Margarida, e o pigarro seco da zeladora. Depois da missa, o padre mandou que ele fosse para casa dormir. Acordou à tardinha com Maxima chamando por ele:

— Vem comer, menino!

Levantou-se. E o que havia de real, de certo, de duro, era a ausência de Dioclécio. O padre Amâncio havia chamado o sacristão Laurindo para outra viagem. E Maximina falava daquele exagero. Se dona Eufrásia estivesse em casa, teria havido banzé. Como era que o vigário, mal chegara de uma viagem de uma noite inteira, saía correndo para outra? Tinham ido nos cavalos do coronel Clarimundo. Fora o sacristão Laurindo que viera chamar, porque havia um casamento para fazer na fazenda Loanda. E saíram para só voltar dois dias depois. "Assim", dizia Maximina, "não há cristão que aguente".

Antônio Bento foi para o seu serviço meio tonto. Para que bandas teria ido Dioclécio? O mundo era imenso. Àquela hora o cantador estaria de rota batida para alguma fazenda. Tocaria viola, cantaria para o povo da casa. Haveria uma moça bonita olhando para ele com amor. E Dioclécio seria feliz e nem se lembraria mais dele, do Açu, da terra infeliz. E assim levou os cavalos para lavar no rio com o sol quente. A água do poço chega ardia nas mãos. Cortou capim, fez tudo que era da sua obrigação. E, à tardinha, subiu à torre para tocar as ave-marias. Nunca vira tarde mais triste. Naquele dia debaixo da tamarineira não havia ninguém. O Açu mais calado, mudo. Puxou o badalo e o som foi longe. Pensou nas mulheres se benzendo, na dona Fausta solteira, enjeitada pelos homens, ela que tinha ciúme até das ovelhas e das vacas. O céu estava escamado de nuvens arroxeadas, de nuvens tintas de sangue. Deu a última badalada e esperou que uma voz respondesse do outro lado do Açu: "Eu estou aqui, Antônio Bento, estou aqui esperando por ti, para te ensinar os caminhos do mundo, te entregar as cordas de uma viola, te ensinar os meus versos tristes." E nada. O som se foi, se perdeu. E a tarde e a tristeza do Açu. Lá embaixo as mulheres tiravam o terço, as duas velhas, dona Auta, a zeladora. Esperou que elas acabassem para fechar a igreja. A luz do Santíssimo balançava com o vento que vinha da porta aberta. "Ave Maria, cheia de graça", dizia a voz rouca, cortada pelo pigarro de dona Francisca. "Santa Maria, mãe de Deus", respondiam as velhas e dona Auta. Por fim se foram e ele fechou a porta grande da igreja, e ficou só, no meio da casa de Deus, com a luz do Santíssimo e o silêncio. Havia morcegos chiando no telhado. Antônio Bento saiu pela porta da sacristia. No oitão da igreja havia gente conversando. Mas ele saiu tão sucumbido, que não via ninguém. Foi-se como um leso para casa e dentro de sua rede chorou. Chorou tão alto que a negra Maximina chegou para saber o que era.

— Dorme, menino – lhe disse a negra. — Tu passaste a noite em claro.

Continuou a chorar. Chorou muito, até que se sentiu de peito lavado, como se as suas lágrimas fossem uma enxurrada de chuva de janeiro.

8

Foi quando se deu a briga do juiz com o padre Amâncio. O assunto apaixonou o Açu inteiramente. As mulheres quase todas ficaram do lado do vigário. O coronel Clarimundo não quis se meter na briga. O major Evangelista não vacilou. Quem estava com a razão, dizia ele, era o padre. Mas com o juiz ficaram outros: o oficial de justiça, o major Cleto, o escrivão Paiva. Os poderes públicos da terra se aliavam. Só o coronel Clarimundo, que era o prefeito, ficou neutro, sem querer tomar partido. Aquilo era uma briga à toa, passaria com o tempo, dizia sempre. O padre Amâncio era um santo, não guardava raiva a ninguém. Mas a luta foi crescendo. O juiz agredindo, fazendo o diabo com o padre. Dona Senhora apoiou o marido. As mulheres da terra romperam com ela, acharam uma vergonha vir ela se meter na questão quando fora o marido que dera motivo a tudo. Começou a briga por causa do filho do juiz, que se metia na igreja, abusando da bondade do padre Amâncio. Depois foi o sermão, o grito de protesto do padre contra o escândalo que o juiz estava dando. O padre Amâncio não teve dúvida. Subiu ao púlpito e protestou contra aqueles que deviam dar exemplos aos mais humildes e que no entanto davam espetáculos de falta de compostura. Todo o mundo sabia com quem era. Depois disto o doutor Carmo andou espalhando que rasgaria a batina do padre, e a luta se desencadeou feroz. Todo o mundo esperava que o padre se rendesse ao primeiro golpe. Ali mesmo no Açu, um velho, um dos antigos da terra, tinha botado para fora do lugar um padre que se metera com a vida dele. O juiz mandava no destacamento, era querido pelo prefeito e escrevia notícias para os jornais do Recife. Mas o padre resistiu. Andava pela rua grande, como sempre, saindo para os seus serviços só, desprevenido, aquele sorriso, aquela tranquilidade de sempre. Dona Eufrásia havia chegado naqueles dias. Viera desapontada com as notícias. E achava, mais que nunca, que o irmão devia abandonar aquela terra infeliz. O vigário sorria dos exageros da irmã, e o combate marchava sem tréguas. Os partidários do juiz agredindo, e as beatas dizendo horrores do juiz. O padre, no púlpito aos domingos, martelando no mesmo tema: os grandes da terra deviam dar o exemplo aos mais humildes. O que poderiam exigir dos ignorantes os que sabiam, os poderosos, se eram eles próprios que não se davam a respeito? Apareceram boletins feitos à mão, dizendo horrores do padre. Falavam dos filhos do sacristão, que tinham os olhos azuis como os do padre Amâncio. Dona Auta era chamada de burra de padre. A coisa porém chegou ao auge no Carnaval. O juiz preparara um bumba meu boi para desfeitear o vigário. E o boi andou de rua afora, dançando, cantando. O mateu, no chicote do capitão:

Ô mateu, cadê o boi?
Senhor, o boi morreu.

E lá vinha um padre com uma batina rasgada. O mateu gritava para ele:

*"Seu padre-mestre
Não seja tão mau.
Dance aquele passo
Do pinica-pau."*

E o padre saía dançando fazendo trejeitos horríveis.

O negócio fora feito para o padre Amâncio. Quem fazia de padre na função era Lula, o criado do juiz. As mulheres bateram as janelas para o bumba meu boi. Mas o bicho ficou dançando por debaixo da tamarineira. Juntou de gente para ouvir. E a figura do padre, debochado, fazendo o povo rir. O juiz, de cadeira na porta, com a mulher e os filhos, assistia de longe à representação que arranjara.

O major Evangelista dizia para quem quisesse ouvir: se naquela terra houvesse uma autoridade, não aconteceria uma miséria daquelas. E o Lula, de roquete e estola, dando saltos pelo meio da rua, fazendo o palhaço da função. Mateu, o negro fujão, metendo-lhe bexigadas. E o padre gritando, pedindo misericórdia. Contando das ladroeiras que fizera, das mulheres que namorara.

Uma miséria. Dona Eufrásia esteve para sair na rua e dar um ensino naqueles cabras. O irmão conteve-a. Deixasse. Aquilo não valia nada. No outro dia era no que se falava. O juiz fizera o diabo.

E a notícia espalhou-se pelo sertão. O bispo mandou o vigário de Flores sondar o que tinha havido. Era um padre moço, cheio de luxo. Não sabia ele como se podia viver ali. Só mesmo uma esquisitice. Padre Amâncio não se queixou. Toda a história não passara de uma leviandade. Estivesse certo o bispo que ele saberia levar tudo no bom caminho. O enviado quis porém ouvir as pessoas do lugar. Foi ao delegado, que ficou todo do lado do juiz. O coronel Clarimundo botou o corpo de fora. O major Evangelista não teve meias palavras. Se houvesse autoridade, aquilo não teria terminado como terminara. O padre Amâncio fora ofendido miseravelmente. Depois o padre moço se foi, e com mais quinze dias não se falava no bumba meu boi. Mas o vigário não abandonava o seu tema. Os boletins continuavam com a mesma veemência. Vinham com letra bem talhada, na boa letra da mulher do juiz. Dizia Joca Barbeiro que dona Senhora passava a limpo as verrinas. O juiz escrevia e a mulher caprichava. Lá um dia, porém, o doutor Carmo mandou um recado ao padre pelo cabo do destacamento:

— Seu vigário, portador não merece pancada. Mas o doutor me mandou aqui. Eu não vim por vontade não. O doutor mandou dizer para o senhor acabar com a prática.

O padre sorriu, falou brando com o cabo. Ele sabia que o homem não tinha culpa nenhuma. A notícia se espalhou pela vila. O juiz ia acabar com o sermão do padre Amâncio. No próximo domingo haveria uma desgraça. O padre porém não esperou pelo domingo. Naquele mesmo dia de tarde houve bênção. E o vigário falou para os seus paroquianos. Não provocava. Não insultava, mas no cumprimento do seu dever ia até o sacrifício da própria vida. Naquele dia recebera uma ameaça. Queriam fazê-lo calar. No entanto ele estava ali para falar em nome de Deus. Não havia força humana que o contivesse. Falaria, viesse o maior poderoso da Terra. Falaria. Era fraco e velho. Tinha as mãos limpas de arma, porque as suas armas valeriam mais que as outras. E entrou no seu tema. E naquela noite falou no próprio nome do juiz, expondo o caso com toda a sua nudez. As mulheres tremiam. Não havia homens ali dentro, só o sacristão Laurindo e Antônio Bento. A campainha encheu a igreja de som. O incenso subiu para o telhado, foi embriagar os morcegos. O padre Amâncio já estava na sacristia para sair. Antônio Bento ao seu lado esperava a hora. As mulheres do Açu, agoniadas, esperando que sucedesse uma desgraça. Depois o vigário saiu com dona Eufrásia. E Antônio Bento fechou a igreja. O cheiro do incenso permanecia. Os morcegos chiavam. O padre Amâncio era um grande, pensava Antônio Bento. De manhã recebera aquele recado. E não esperara o domingo, fora logo em cima do gordo. Meses atrás o safado passara-lhe aquele carão, ameaçando-o com cadeia e surra. O padre Amâncio não temia, sorrindo de todas as ameaças do juiz.

E as coisas foram assim correndo, até que o filho do juiz achou que devia entrar na briga. Era num domingo. Antônio Bento havia terminado os seus serviços na igreja e estava na beira do rio lavando os cavalos. Aí apareceu o filho do juiz com mais uns dois outros e se dirigiram para o criado do padre.

— Croinha sem-vergonha – gritou ele para Antônio Bento. E Bento calado. Então cresceram os desaforos. E ele foi saindo, puxando o cavalo do poço. Antônio Bento sabia. O filho do juiz viera para aquilo mesmo. Teve vontade de fugir, mas não havia jeito. Vieram os três para cima dele. Bento estava com o cabresto na mão. E meteu a corda na cara do agressor. Rolaram pelo chão, apanhou muito. Os três caíram em cima dele com vontade. Mas por fim houve um grito de gente de fora. E ficou só na beira do rio seco. Corria sangue de sua boca. Quis chorar, mas a raiva não deixou. Teve vontade de correr e de faca matar um por um da casa do juiz. A mulher, os filhos, o gordo. Já estava em casa, quando bateram na porta. Ouviu então o padre Amâncio falando exaltado:

— Diga ao major Cleto que venha buscar.

A conversa era com o cabo do destacamento. Duas praças estavam na porta.

— Antônio – gritou o padre —, venha cá. O cabo veio com ordem de prisão contra você. Disse-me ele que você andou de briga com o menino do juiz. Como foi isto?

Contou tudo. Apanhara dos três, fora insultado.

— Pois – disse o padre Amâncio para o cabo —, diga ao major Cleto que venha buscar o menino.

Com pouco mais chegou o major Cleto. O melhor era deixar o rapaz ir com ele. Podia o padre Amâncio ficar certo que nada aconteceria. Aí o padre Amâncio cresceu a voz. A sua voz tremia. Os homens que estavam na sala baixaram a cabeça.

— Pois, major Cleto, irei preso também. Bote-me com ele no meio dos ladrões e dos assassinos. Faça isto para dar gosto ao seu juiz. Vamos embora. Quero que o povo do Açu saiba e veja o seu vigário metido na cadeia. Estou pronto.

E apanhou o chapéu para sair.

— Vamos, Antônio!

O major Cleto ficou estarrecido e a casa do padre repleta de mulheres. Umas choravam. Dona Eufrásia, na sala, não se continha. Eram uns miseráveis. Juiz, delegado, prefeito, todos uns miseráveis. O sacristão Laurindo, amarelo. O padre e Antônio Bento já na porta para seguirem para a cadeia.

— Seu vigário – falou o major Cleto — eu não levo o senhor. Vim aqui para prender o criado. Este rapaz é mau mesmo. O Joca Barbeiro me contou que há pouco tempo ele andou com má-criação. E o menino do juiz é a segunda vez que é agredido por ele. Vim aqui para prender este valentão.

— Não é verdade – respondeu o padre Amâncio. — Posso lhe dizer: é um rapaz como qualquer outro do Açu. Criei como meu filho. Não conheço melhor. Agora esse rapaz de quem o senhor fala é que é um valdevinos.

A negra Maximina apareceu na sala. Parecia fora de si. Os olhos vermelhos:

— Ninguém leva Toinho, cambada de espoletas!

O padre Amâncio mandou que ela se calasse. Não se calou. Não estava bêbada não. Toinho dali não saía. Ela não tinha medo de soldado. E chegou na porta, gritando para os dois praças:

— Vão limpar os penicos do juiz!

Os soldados riam-se. Foi quando apareceu o coronel Clarimundo. Pediu ao povo para sair da sala, pois ele queria falar a sós com o padre e o delegado. Agora porém a coisa era outra. Já estivera na casa do juiz e fora franco com ele. Até aquela data fugira de se envolver no caso. O padre era quem tinha razão. Toda a razão. A sua mulher há tempo que vinha lhe falando nisso, aconselhando-o a que ele tomasse partido. Não quisera, pensando que o juiz tomasse juízo. A coisa chegara porém a um ponto que não podia continuar de maneira nenhuma. Dissera mesmo ao juiz:

— Doutor, com padre não se bole. O senhor está brincando com fogo.

E a coisa viera dar naquilo. O major Cleto estava também na sua razão. Autoridade superior mandara uma ordem para ele cumprir. Viera. O padre achava que não, queria ser preso também com o criado. A coisa aí era outra. Ninguém prendia um padre. E depois coberto de razão como ele estava.

— O menino deu no outro – disse o delegado.

— Brigas de menino – respondeu o coronel Clarimundo. — Nunca ninguém foi parar na cadeia por besteiras desta ordem. Então porque o filho do juiz briga na beira do rio, vai se prender o que apanhou, o que está ferido? Prenderam ele, a semana passada, quando quebrou a cabeça dum moleque na feira?

O major se explicou. Não tinha sabido do caso. O padre Amâncio não dava uma palavra.

— Padre Amâncio – falou o coronel Clarimundo —, agora eu quero é falar com o senhor. Autoridade não pode ser desrespeitada.

— Mas eu não estou desrespeitando autoridade nenhuma, seu coronel.

— Não é isso o que eu digo. O senhor nesta vila só tem feito o bem. Eu levo o menino comigo e tudo fica no que deve ser. É só para não desrespeitar a autoridade.

E a coisa se resolveu assim: Antônio Bento saiu com o coronel Clarimundo, esteve na cadeia uma hora e depois voltou para casa. Lá, sentado no corpo da guarda, media os acontecimentos. Aquele dia inteiro girou em torno dele. Vira o padrinho violento na sua defesa. Vira dona Eufrásia, a negra Maximina, a casa cheia. O seu padrinho queria vir com ele, se juntar com os presos, sofrer com eles. A cadeia do Açu era aquilo que ele via. Lá dentro, no quarto escuro, estavam os presos. Ouvia a conversa deles, as risadas que davam. Entrava a luz pela grade de madeira grossa. Fedia, vinha um bafo de coisa podre de lá de dentro. De manhã cedo saía um deles com uma corrente num pé, um soldado atrás, com uma barrica de sujidade na cabeça para a faxina. Lembrava-se de um criminoso de morte que fugira da beira do rio, numa manhã de chuva. Ninguém soube mais notícia dele. O soldado seguira preso para o Recife como castigo. Sentado ali no banco do corpo da guarda, Bento pensava nessas coisas. Chegou um preso na porta e do buraco falou para ele:

— O que foi que tu fizeste, menino?

O soldado respondeu por ele:

— Nada não. Com pouco mais vai embora.

Bento viu a cara do homem, amarela, inchada, os olhos sumidos. Lá para dentro, para o meio deles, queria o juiz que ele estivesse. Ficaria a vida inteira por lá. Apodreceria, ficaria com aquela cara, se não fosse o seu padrinho. Aí o preso fez um sinal para ele, chamando-o mais para junto de si:

— Menino, eu estou inocente. Me botaram aqui por causa de uma intriga. Eu sou inocente.

A voz era triste.

— Eu conto a minha história. Foi na feira do Camaru que me pegaram. Eu estava sossegado de meu, quando chegou o capitão Joca de Matos com dois praças. "É este o ladrão", foram dizendo. E me deram de cipó de boi para descobrir o cavalo. Preguei uma mentira para me ver livre. Dizendo que tinha vendido o animal na feira do Lajedo. Eu menti para me ver livre da peia. Nunca mais que eu saía daqui. Ladrão de cavalo, quando não morre, apodrece. Não sou ladrão. Se tivesse um doutor, eu me soltava.

A fala do homem era triste de cortar coração. Depois gritou um lá de dentro:

— Deixe de choro, Bolinha!

Aí Bento se lembrou. Aquele era o conhecido Bolinha. Recordava-se da prisão dele. Viera amarrado de Camaru até descobrir o furto. Era o maior ladrão de cavalo dos arredores. Já tinha respondido júri por crime de morte e de roubo. Falando, parecia um santo. Uma pobre vítima. O soldado chamou um outro para mostrar:

— Luisinho!

E apareceu um menino.

— Este está com duas mortes nas costas.

— Qual, seu Joaquim! O senhor está brincando? Não matei ninguém.

Ainda falava como menino, de voz fina.

— Botaram a coisa pra cima de mim. Quem furou os homens não fui eu. No júri, o senhor vai ver, eu me livro.

O soldado contou o fato. Ele e o pai moravam numa fazenda de um velho no Jenipapo. Brigaram com o vaqueiro e sem que nem mais pegaram o homem com um filho numa emboscada e mataram os dois. O velho morreu na diligência. Só puderam trazer o menino, que nesse tempo podia ter uns quinze anos. Ainda não tinham feito o processo dele. Mas não chegava vivo até lá. Pegara uma tosse na cadeia que não parava. Até sangue botava de quando em vez.

Antônio Bento estava era doido para sair dali. Só à tardinha o cabo mandou-o embora. No entanto parecia que havia cumprido uma sentença de anos. Correu para casa. A negra Maximina estava na cozinha falando só, nos seus azeites. Dona Eufrásia, na cadeira de balanço, e o padre Amâncio no quarto, descansando na rede. Foi para o padrinho com um nó na garganta. Beijou-lhe as mãos.

— Vai tocar as ave-marias, já está quase na hora.

Antônio Bento subiu a torre da matriz. Embaixo estava a vila do Açu, a tamarineira com gente conversando, o coronel Clarimundo na porta do estabelecimento. Iam chegando as velhas. Dona Francisca do Monte apontava no fim da rua. Dona Auta, arrastando os quartos, aparecia pelo outro lado. Puxou o badalo. Via os homens da tamarineira de chapéu na mão. Dona Fausta teria parado o bordado para rezar. As andorinhas voavam da torre com o toque, cortavam o espaço, chilreando. Aquele toque para elas era um rumor imenso. Voavam com medo. O Açu está ali aos olhos de Antônio Bento. Submisso aos seus pés, ao som do sino que ele tocava. Homens e mulheres ouvindo a voz do sino. Ele, Antônio Bento, era um instrumento de Deus.

Todos, àquela hora, àquele toque, pensariam em qualquer coisa acima da terra. Até o gordo, o juiz, dona Senhora, os presos da cadeia, o ladrão de cavalo, o Luisinho com duas mortes subiam um palmo acima da terra para pensar na vida que viria depois. Àquela hora, onde estaria Dioclécio? Em que terras estaria ele? Que mulher estaria amando? Nem se lembraria do Açu, nem se lembraria do amigo que deixara. As mulheres tiravam o terço com o padre Amâncio no altar-mor puxando a oração. O pigarro de dona Francisca do Monte, e as velhas respondendo, como se gemessem pelas dores do mundo. Bento esperou que todos saíssem da igreja. A lâmpada do Santíssimo parecia imensa na escuridão do templo fechado. Toda a luz do mundo está ali. Deus trancado no sacrário, trancado na igreja, fechado com chaves pelas suas mãos, daria forças ao padre Amâncio para enfrentar o juiz, daria forças a Dioclécio para varar o mundo e cantar como um pássaro.

9

Diziam na vila que fora a filha do coronel Clarimundo, educada no colégio das freiras de Garanhuns, que fizera o pai ficar do lado do padre. O juiz passou a dizer o diabo do prefeito. E o major Evangelista, tão partidário do padre no começo, dera para fazer restrições, a vacilar, desde que o seu inimigo se decidira pelo outro lado. Mas a vida no Açu não perdera de tensão. As picuinhas se sucediam. E Antônio Bento ficou falado com o fato da prisão. Na feira os matutos apontavam o criado do padre que dera motivo ao incidente. Aquilo para Antônio Bento servia como um estímulo. Crescera, ficara mais homem que todos. E assim iam se passando os dias. Na casa do juiz, dona

Senhora estava fazendo o mês de maio no oratório particular. Havia devotas. Enquanto na igreja o padre Amâncio dava a bênção, dona Senhora rezava as suas orações com acompanhamento. A mulher do oficial de justiça, a mulher de Joca Barbeiro, do major Cleto, do escrivão Paiva não faltavam. A sala se enchia. E o doutor Carmo ficava na porta de casa, de espreguiçadeira, conversando com os homens. As beatas, dona Margarida, dona Francisca, dona Auta, as duas velhas, não passavam pela calçada do juiz. E Joca Barbeiro passou a fazer oposição ao prefeito:

— O senhor devia – dizia ele ao juiz — apresentar candidatos nas eleições do ano vindouro. Isto de ser juiz não quer dizer nada, não. Havia muitos juízes pelo estado chefiando política. Não era possível que o Açu vivesse toda a vida naquela miséria. O coronel Clarimundo não fazia nada, só cuidando dos seus negócios.

Joca ia mais longe: e aquele vapor de algodão? Os cobres da prefeitura não davam para nada. O major Evangelista dizia, para quem quisesse ouvir, que o cofre da prefeitura era na burra do coronel. Filhas no colégio, luxo de mulher, o comércio nunca deu ali a ninguém no Açu.

O juiz se calava. E a conversa continuava. Na igreja tocava a campainha. O sino respondia com badaladas compassadas. Era o padre Amâncio elevando o Senhor na bênção. Joca Barbeiro sem querer parava a conversa. De dentro da casa do juiz a ladainha chegava ao fim. Dona Senhora vinha para a porta com as devotas do seu santuário. Despediam-se. A mulher do major Cleto e a do escrivão Paiva ficavam esperando pelos maridos. Pelo outro lado da calçada passavam as devotas da igreja. Para dona Senhora eram elas umas pobres de espírito, gente sem nenhuma importância. E a conversa dos homens continuava animada. Dona Senhora na sala de visitas entrava no forte de sua palestra. Não sabia como se podia suportar aquela vida do Açu. Era preciso mesmo muita coragem para se ficar ali toda uma existência. Ela tinha uma promessa a pagar. No dia que saísse dali, chegando ao Recife, iria com todos os filhos à igreja de são Severino dos Ramos. Nem que fosse a pé, mas ia. A voz de Joca Barbeiro se elevava, crescia. O major Evangelista, puxando os bigodes, falava pouco. Joca estava achando que o criado do padre criara goga com a ousadia que lhe dera o prefeito. Se o major Cleto fosse outro, teria arrastado padre e tudo para a cadeia.

— Lá isso não – dizia o major. — Autoridade nenhuma fazia isso. Afinal de contas tratava-se de um vigário, Joca. Onde já se viu arbitrariedade igual a essa que você queria que eu fizesse?

— O major tem razão e não tem – dizia o juiz. — O padre se meteu na coisa para se exibir. Se ele soubesse pesar as responsabilidades, não teria se metido. Quis foi fazer figura. Eu autoridade, não respeitava batina, não respeitava nada. O major não quis e fez muito bem. É católico, faz parte da irmandade, teve os seus escrúpulos. Agora o Clarimundo é que não devia ter feito o que fez. O cabo estava cumprindo uma ordem. Agora uma coisa eu digo: na primeira vez que esse cabra do padre passar pela minha porta eu dou-lhe um ensino.

— E o senhor faz muito bem – dizia Joca. — O senhor não calcula como anda esse bicho por aí. Comigo ele não se meta, porque para quebrar-lhe as ventas não custo.

O major Evangelista achava que da Pedra Bonita não vinha gente que prestasse. O padre Amâncio tinha uma cobra dentro de casa.

E a conversa ia assim até que o coronel Clarimundo fechava as portas do estabelecimento. Às nove horas o Açu se recolhia. A conversa da porta do juiz findava. Apagavam os candeeiros de querosene e vinha o sono pesar sobre os homens e as mulheres da terra infeliz. O padre Amâncio rezava até tarde. Dona Eufrásia ia ao seu quarto com a xícara de chá de laranja. Maximina roncava. E Antônio Bento pensava na vida. Dioclécio dera-lhe uma vida nova, e as perseguições do juiz tinham terminado naquele episódio. Ouvira conversas de preso, caras inchadas, gente falando de inocência, vozes que vinham do outro mundo. Mortos lhe falaram. Dioclécio solto de terra em terra, e o padrinho no Açu, há vinte anos, querendo corrigir uma gente torta. E a Pedra Bonita no fundo de tudo como um mistério, um segredo nefando. Nunca Antônio Bento sentira nada pelas mulheres. Aquela moça de Dioclécio crescia para ele, criava formas, tinha os cabelos compridos, a carne quente. Vinha de noite para a rede dele. Batia na porta, entrava de pés no chão, de camisa branca. Vinha de longe, de terras distantes. Era uma moça como nunca vira igual no Açu. E ficava na rede dele a moça mais bela do mundo. Sonhava com ela. E o sonho continuava noites seguidas. Contara ao padrinho no confessionário. Sonhava com uma moça linda que o beijava, que ele apertava nos braços. E o padrinho não lhe dera penitência maior que das outras vezes. Feliz era Dioclécio. Sujo, de cabelo cobrindo as orelhas, de terra em terra, andando, cantando. Tudo ele teria. Era só querer, só desejar, que teria. De que valia o coronel Clarimundo com loja de oito portas, com vapor de algodão? De que valia a riqueza do homem mais rico do Açu? Não desejava ser como o coronel Clarimundo. O padre Amâncio dava tudo que tinha. Estava velho, acabado. E o Açu fazia com ele o que se via. Era um santo. Para Antônio Bento o seu padrinho não era feliz. Dona Eufrásia dizia para quem quisesse ouvir que o irmão não fora bispo porque não quisera. E Antônio Bento fazia força para compreender e não compreendia. Por que o seu padrinho ficara no Açu, sempre no mesmo lugar, no meio de um povo que nem respeito tinha por ele? Um Joca Barbeiro falando dele nas conversas da tamarineira, um juiz dizendo horrores, um Lula, um maluco, fazendo mangação com o padre no meio da rua. Por que o padre Amâncio não deixara há mais tempo aquela gente? Vinte anos sofrendo, vinte anos naquela vida arrastada. Dioclécio andava pelo sertão conhecendo de tudo. Quando metia os dedos na viola, mudava as coisas, virava a cabeça, tinha o que desejava. Os cangaceiros abrandavam o coração com a voz dele. E as mulheres vinham de noite para a rede dele. Para Dioclécio não havia grandes, não havia hora, não havia obrigação. Dele era o mundo. E o padrinho nem era dono do Açu. A sua bondade não tinha força. Ele, Antônio Bento, devia abandonar tudo e cair no mundo. Sim, estava virando poeta. Uma coisa começava a existir para ele fora do quotidiano, um desejo de fugir do lugar em que estava. Não era para ser grande, ganhar dinheiro, ser importante. Queria dizer alguma coisa aos outros, botar o seu coração para agir. Porque as coisas começavam a existir com outro aspecto. Acordava de madrugada para fazer os toques de chamada para a missa. Via o Açu dormindo, o povo infeliz de portas fechadas, com o sono cobrindo todas as desgraças da terra maninha. O Açu aparecia assim a Bento como um inimigo que ele pudesse apunhalar sem risco. Tudo fraco, tudo entregue ao acaso. A tamarineira era maior àquela hora, com a copa imensa, com os galhos tremendo ao vento. Ia tocar o sino, chamar as devotas, que já deviam estar se preparando para a missa. Por que então aqueles toques todas as madrugadas? Só elas estariam na igreja. Só elas chegariam na hora certa. Por isso achava inútil o trabalho que tinha. O padre Amâncio podia dispensar o trabalho. Mas não. Todos os dias teria que subir à torre, atravessar o coro, ver a lâmpada do Santíssimo e bater no sino grande chamando o povo do Açu para a devoção. Com o primeiro toque o juiz devia acordar. Para o bicho gordo aquilo era uma advertência. O seu inimigo manobrava forças mais tenazes que a dele. O major Evangelista se torceria na rede e os seus canários começariam a cantar. Dona Fausta aí odiaria mais o pai, aquele demente que só cuidava daquelas doidices. Os caixeiros do coronel Clarimundo, todos os homens do Açu, se lembrariam àquela hora de que havia um padre e um Antônio Bento no sino. Nessas ocasiões Bento se sentia maior que os outros. Com a sua mão tirava do sono a canalha do Açu. O juiz, o miserável, se mexeria na cama e ficava sabendo que ele, Antônio Bento, manobrava, era quem dava força para aquilo.

E assim a vida do rapaz ia variando na valorização que ele estava dando às coisas. No mais, continuava fazendo tudo como dantes. As suas obrigações eram as mesmas. Apenas ele era outro, como descobrira a negra Maximina. A mulher de Dioclécio vivia com ele nos seus isolamentos, nas suas horas de sozinho. Se tivesse forças, faria uma viagem para os reinos do fim do mundo. Um homem de asas, que subisse para os altos, que fosse para onde quisesse, para os recantos de seus agrados, era o que ele desejava ser. A vida assim como a do Açu não valia nada. Mudara, sem saber como. A negra Maximina pegara a sua diferença. Para o padre Amâncio seria o mesmo. Para o resto não era mais que um criado, um traste da Pedra Bonita que eles todos do Açu suportavam. Um filho do juiz era melhor do que ele. O povo de sua terra era desgraçado. Só do padre Amâncio não ouvira ali referências desagradáveis ao seu povo. Viera de um ninho de cobras. Ele olhava para si e via todos os do seu sangue, de sua gleba. Por ele verificava a injustiça. Era como todos os outros. Que melhor do que ele tinham os rapazes do Açu? Na escola eram iguais. Os filhos do sacristão Laurindo, mais burros todos que ele. Lembrava-se de Floripes, o mais velho, de sua idade, que hoje era caixeiro do coronel Clarimundo. Nunca dera uma lição certa. Era uma lesma. E no entanto estava hoje de balcão, medindo fazenda, ganhando por mês. O filho do major Cleto fora para o Recife estudar. E vinha ao Açu metido num fardamento. Acima dele, com uma importância de besta. Na aula de dona Francisca ele tinha ferida de boca e era mais atrasado que ele. As filhas de Joca Barbeiro, feias, de perna cabeluda; as molecas do oficial de Justiça querendo passar por brancas, esticando o cabelo. Ele, Antônio Bento, era branco, de cabelos claros. Quando pequeno, ouvira de dona Fausta muito elogio aos seus cabelos: "Que cabeleira tem este menino", dizia a filha do major. E enterrava os dedos pela cabeleira, enchia a mão, acariciava. O filho mais velho do sacristão tinha impigens, de cabeça raspada. Dona Francisca do Monte dizia na escola que ele Bento era bisonho, acanhado: "Você precisa desasnar, menino, não quero menino assim como você não. Vá brincar com os outros."

Nunca se ligara a nenhum, nunca sentira interesse por nenhum colega. Entrou e saiu da escola sem amigos. Só a negra Maximina e o padrinho gostavam dele. Dona Francisca do Monte embirrava. Aquele pigarro seco vinha-lhe doendo nos ouvidos há muito tempo. Era injusta, cruel. Dona Eufrásia exigente, colocada de cima, mandando. Só Maximina e o padrinho. Sua mãe era uma sombra. Via-a como uma remota recordação, embora ela viesse ao Açu para as visitas. A mãe dera-o ao padre. Uma vez na escola ouvira um menino chamando-o de enjeitado. Antes fosse. Antes fosse, pensava ele, do que viver agora com aquela recordação na cabeça. Fora dado. Dado como um bichinho, uma cutia, uma paca. A mãe quisera uma vida melhor para ele. Que ele viesse para junto do padre, que o mandaria estudar. Falhara e ficara no Açu servindo de deboche a uma gente ruim. Até cadeia teriam para ele. Viera porém Dioclécio e abrira uma estrada grande para ele, dando-lhe aquela mulher que dormia com ele na rede, quando os ventos das noites açoitavam o imbuzeiro do quintal. Sonhava com ela. Os cabelos caíam até a cintura, a barriga era macia, a carne morna. Nunca conhecera assim mulher nenhuma. Sonhava somente. Um croinha devia ser casto, não pensar nas porcarias do filho do juiz, dos outros meninos do Açu. Olhava para as mulheres da rua da Palha, como se elas fossem grandes perigos, correntes perigosas que o pudessem carregar para o fundo. Dioclécio dera-lhe porém aquela mulher. Grande Dioclécio, que era maior que todos os homens que ele conhecia. O padre Amâncio ensinara a amar a Deus, a ser bom e a ser justo. E ele Antônio Bento não amava a ninguém, odiava os outros. Maximina era boa, o padrinho era um santo. Mas não sabia por que se sentia separado de todos, até desses dois.

Uma noite (estavam quase no fim do mês mariano) ouviram uns disparos na rua. Os cangaceiros tinham entrado no Açu. O padre Amâncio terminou a bênção e as mulheres começaram a gritar com o susto. A igreja se encheu de repente. O sobrado do coronel Clarimundo cercado, e o pavor tomara conta da vila. O juiz municipal estava preso, o major Evangelista nas mãos dos cangaceiros. E um soldado do destacamento estendido, morto, na porta da cadeia. Iam matar o juiz. O major Evangelista dera todo o dinheiro da Recebedoria de Rendas e o coronel Clarimundo abrira as burras para os bandidos. Da torre da igreja Antônio Bento via o movimento da rua. Os cabras, de rifle na mão, atravessavam de um lado para o outro. Na porta do juiz havia um tomando conta. Depois ele viu o major Evangelista aparecer com um cabra atrás, que o empurrava como se ele fosse preso. Então o padre Amâncio resolveu sair para ir estar com o grupo. E Antônio Bento o acompanhou. As mulheres choravam. As duas velhas batiam o beiço na reza, com um tremor de doença.

O chefe do bando estava no sobrado, bem sentado na sala de visitas. Quando viu o padre, levantou-se.

— Boa noite – disse o vigário.

— Boa noite, padre-mestre – respondeu o cangaceiro de chapéu na mão. — Não é nada não, estou fazendo uma coletinha aqui no Açu.

O padre Amâncio falou sério. O Açu era uma terra de pobres.

— Pobre o quê, seu vigário! Este bicho daqui está podre de rico. – E apontou para o coronel Clarimundo.

— Meu filho – disse o padre —, isso que você está fazendo não se faz. Atacar um lugarzinho destes para tirar dos outros.

— A gente só tira dos ricos.

— Para que mataram o soldado, um pobre homem cheio de filhos?

— Ninguém mandou ele resistir, seu vigário.

Aí a palavra do chefe estava já mudando de tom, ficando áspera.

— Eu não vim aqui para ouvir santa missão, seu padre. A gente tem muito que fazer.

Nisto entrou um cangaceiro com o major Evangelista:

— Capitão, o homem está escondendo o leite!

— Passe-lhe o cipó de boi que ele fala, que ele fala direitinho.

O padre se apresentou, o major não estava escondendo nada.

— Nós queremos é o dinheiro do governo.

O padre explicou com jeito. Não havia dinheiro nenhum. Aquela Recebedoria não arrecadava coisa nenhuma.

— Mandei tudo que tinha ontem – disse o major, humilhado, com a voz trêmula.

— Mande soltar o homem – disse o padre.

— Soltar coisa nenhuma – disse o cangaceiro que estava com o major.

— Cala a boca – disse o chefe. — O negócio com o vigário é comigo.

O coronel Clarimundo, amedrontado, parecia um cadáver enterrado na cadeira. Lá para dentro de casa a família se congregara no quarto dos santos, na reza.

— Mande soltar os homens – disse o padre.

— Não tenha pena não, seu vigário, o dinheiro tem que aparecer. Nós foi que soltemos os presos da cadeia. Para que o senhor não foi dar de comer àqueles pobres, seu vigário? Estava tudo mortinho de fome.

— São criminosos – respondeu o padre.

— Criminosos coisa nenhuma. Criminoso é o governo, seu vigário.

O cabra que estava com o major Evangelista tinha cara de perverso. Com dois punhais atravessados na cintura, de olhos agateados e com um riso cruel:

— Vamos botar o velho no brinquedo, que ele dá para falar que só carretilha.

O major nem podia mais falar.

— O homem não tem dinheiro – disse o vigário.

— Solte essa gata velha – disse o chefe.

O major caiu na cadeira como um trapo.

— As mulheres estão com medo da gente? – perguntou o chefe. — Pensam que nós somos bichos? Vai lá para fora – disse o chefe para o subordinado. — Vai buscar o juiz. A gente vai dar um ensino nele na caatinga.

Nisto entrou dona Senhora e se ajoelhou nos pés do cangaceiro. Estavam dando no marido.

O padre pegou a mulher e levantou-a. O cangaceiro não via razão para choro:

— Ninguém está dando no seu marido, mulher. Ele não prende o povo? Se estivesse na peia, não queria dizer nada.

Aí o padre pediu pelo juiz. Era uma autoridade, não deviam fazer isso com ele. Já haviam recebido o dinheiro do coronel Clarimundo? Deixassem o Açu.

— Nós até estamos gostando da visita, seu vigário. Pois vou dar uma esmolinha para a igreja.

E dizendo isto botou um pacote de notas em cima da mesa. E contou. Tirou dois contos e deu ao padre para ele fazer um altar para Severino na igreja.

— Quando voltar aqui, quero ver o altar, seu vigário! Olhe, eu não brinco não. Quando eu estive na Mata Grande, dei ao padre de lá uma quantia para fazer a torre da igreja. Pois não é que o padre comeu o dinheiro! Me disseram que ele estava com uma fazenda no pé da serra da Jurema. Fui lá. Perguntei ao vaqueiro de quem era aquele gado todo. "É de seu vigário, capitão", me disse o homem. Matei tudo. Não ficou uma rês para semente.

O padre Amâncio guardou o dinheiro e falou para o chefe. Pedia em nome de Deus que ele fosse embora. Não levasse o juiz. Ele nada tinha que ver com o governo. Era tão responsável quanto ele padre. Dona Senhora olhou para o vigário admirada.

— Seu vigário, é o que eu estou lhe dizendo, os meus meninos não estão desgraçando ninguém. O negócio comigo é no direito. As mulheres estão chorando é porque querem. Só faço mal a mulher safada. Não sou Luís Padre não, que anda desgraçando as moças.

E se dirigindo para um cabra que estava de sentinela na porta:

— Manda reunir o grupo. Só toquei fogo na fazenda do coronel Zé Carmo porque o cachorro mandou soldado atrás de mim. Aqui no Açu até nem tenho inimigos. Me disseram que esse juiz é um safado. Danado para condenar.

Nisto foi aparecendo o doutor Carmo, acompanhado de dois cabras. Vinha branco, de cabeça baixa, como um preso no júri.

— Me disseram que o doutor anda fazendo de brabo.

O juiz nem podia falar. Antônio Bento, do seu canto, lembrava dos gritos que o gordo lhe dera. Dona Senhora chegou-se outra vez para o cangaceiro.

— Não precisa fazer penitência não, minha senhora. O vigário aqui já pediu pelo homem. Olhe, seu doutor, eu ia levar o senhor para um passeiozinho aqui na caatinga para baixar este lombo. Mas o vigário pediu para não fazer nada. O senhor precisa mandar dizer ao governo que a gente não tem medo dele não. Eu lhe *agaranto* que o governo *roba* mais do que nós.

O grupo já estava na porta do sobrado. Eram uns dez homens.

— Bem, pessoal, vamos embora. O milho aqui foi ralo. Vamos embora. O coronel queria até dar uma festinha pra gente. Mas a mulher está numa latomia danada lá pra dentro. O pessoal aqui não gosta de cangaceiro. Se fosse uma força de "mata-cachorro", estava tudo de dente arreganhado.

O juiz não dava uma palavra. Suava pelas gorduras, como se estivesse num eito de meio-dia. O major Evangelista de cabeça baixa.

— Mande enterrar o soldado, seu doutor, e tirar a conta pra mim.

E saíram de rua afora. Na porta da cadeia dispararam as armas contra a casa vazia. E se foram. O Açu tremia de medo. Era mais de meia-noite e quase todas as casas abertas. Fora o padre Amâncio que salvara a vila. O doutor Carmo com a mulher deixaram a casa do coronel Clarimundo acabrunhados. O Açu conversava em peso sobre o fato. Tudo quanto era mulher, menino, comentava o assalto. Tinham levado dez contos do coronel Clarimundo. O vigário, na frente de todos, devolveu ao dono o dinheiro que o bandido lhe dera. E ninguém dormiu mais naquela noite. A casa do padre Amâncio repleta com Maximina dando café ao povo. Dona Eufrásia censurava o irmão pela imprudência. Não tinha ele que ir discutir com um homem daqueles. Vinha clareando o dia. Com pouco mais Antônio Bento ia tocar o sino para a primeira chamada. E os cangaceiros estariam por longe. Lá do meio da caatinga não ouviriam as badaladas de Antônio Bento que estava tocando aquele sino, o criado do padre Amâncio, que pedira ao cangaceiro para soltar o juiz. Dona Senhora tinha caído nos pés do cabra e o padrinho pedira pelo gordo. A madrugada cobria a tamarineira de orvalho e começava a chover fino. O sino chamava as velhas, dona Francisca, dona Auta, para ouvir missa. Naquele dia a igreja estava cheia. Dona Senhora lá, ajoelhada. Havia até homens na missa. O major Evangelista batia com os beiços. Antônio Bento nunca vira o velho na igreja. O Açu procurava Deus para agradecer os serviços do padre Amâncio.

Dias depois espalhou-se a notícia de que dona Fausta estava de cama. Ninguém sabia a moléstia. O major Evangelista havia ido ao Recife tratar dos negócios da Recebedoria, e a filha caída de cama. Corria que um cangaceiro havia ofendido a moça. E a vergonha dera com ela na cama. Ao certo não se sabia de nada. A criada do major não adiantava coisa nenhuma. De fato estivera um cabra remexendo no quarto de dona Fausta, atrás de dinheiro. Mas a empregada não ouvira grito, barulho. Mas todo o mundo no Açu estava crente de que a moça fora violada. Debaixo da tamarineira Joca Barbeiro contava detalhes. E comentava:

— A velhota está é ancha. Pegou o seu pedaço sem querer.

O fato é que dona Fausta começou a dar ataques, a gritar como uma desesperada. A primeira vez que sucedeu isso, correu gente para a casa do major. Depois viram que não era nada. Era ataque de moça, coisa mesmo de mulher. O major em Recife dera uma entrevista aos jornais. Veio o retrato dele na folha, com a notícia do ataque ao Açu. O serventuário do estado tinha defendido o patrimônio do governo como um herói. Sofrera o diabo, mas não entregara um vintém da arrecadação. O juiz se fora com a família. Diziam que não voltaria mais. Lula maluco ficara tomando conta das coisas. E de fato, dias após chegava a notícia que ele fora removido para um termo do litoral. E o que mais espantou o povo do Açu foi um artigo do doutor Carmo, nas solicitadas, onde dizia que fora obrigado a abandonar o Açu porque a vila estava entregue a um padre que se ligara com os cangaceiros. O padre Amâncio, para se vingar de medidas que ele doutor Carmo tomara como magistrado, a bem dos interesses da justiça, havia se aliado com um grupo de cangaceiros que atacara a vila, submetendo a povoação a todas as espécies de humilhações. Enganava-se porém o desalmado sacerdote. No cumprimento do seu dever, ele doutor Carmo ia até o sacrifício da vida. No artigo o padre Amâncio era tratado como um perigoso coiteiro. Se houvesse polícia mais vigilante, o cangaceirismo desaparecia do estado. Bastava que se metessem na cadeia os protetores da espécie do vigário do Açu. Até um perigoso criminoso tinha o padre consigo como criado. Um rapaz de instintos perversos que o acompanhava para toda parte. Um tal de Bento da Pedra Bonita. Os poderes eclesiásticos não podiam permitir que um homem como o padre Amâncio se mantivesse como vigário daquela freguesia.

Depois do ataque dos cangaceiros, o Açu ficou ainda mais desprezado. Não havia caixeiro-viajante que se arrojasse a ir lá. E corria até que o coronel Clarimundo procurava mudar de residência, deixando os negócios com o caixeiro, mudando-se para o Camaru. A mulher e as filhas se retiraram. E antes de partir disseram para quem quisesse ouvir: seriam as criaturas mais felizes do mundo no dia em que o marido e pai deixasse aquele inferno. Os negócios do algodão estavam aumentando, planta-se mais, e o coronel Clarimundo não podia abandonar para outro o terreno que preparara. Enterrara muito dinheiro no vapor de descaroçar e espalhara com os agricultores adiantamentos. E seria uma loucura deixar o Açu de uma vez. A mulher e as filhas ficariam morando fora dali. Dera educação às meninas, e não seria no Açu que elas pudessem viver na altura da sua instrução. O major Evangelista não perdoava o desprezo da família do adversário pela terra que lhe dera a fortuna. E criticava indignado: o povo do Açu merecia mesmo esse desprezo. Vinha aquele Clarimundo, arrasado, sem eira e nem beira, enriquecer ali, e quando estava de rabo cheio, mandava a sua gente para longe, porque achava que o Açu era um oco, uma terra de bichos. O novo juiz ainda não tinha chegado. Duas nomeações haviam sido feitas. E nenhum tivera coragem de assumir o cargo. O suplente, que era o sacristão Laurindo, não botava um papel para diante. E havia gente esperando que a barriga de dona Fausta crescesse. Contavam os dias desde o ataque dos cangaceiros. Fazia seis meses. E nada de aparecer coisa. Outros atribuíam as esquisitices da filha do major aos antojos. Diziam que ela só comia fruta verde, que não suportava comida de carne. Nada que tivesse vivido. Dona Fausta sabia das histórias pela criada, que tudo lhe contava. E rompera relações com dona Margarida, que andava falando dela na casa do sacristão. Tivera vontade de ir na casa da bisbilhoteira e mostrar a barriga lisa.

Mas todo o mundo acreditava no que diziam. Tinham pena da moça: coitada, parir dum cangaceiro! Que filho infeliz! Contavam a história de Mata Grande: o juiz de lá criava um menino, filho dum cangaceiro. Tinham encontrado a criança chorando na caatinga, ainda com umbigo inteiro. Dona Fausta sentava-se na porta da casa, bordando. Quem quisesse que olhasse para ela. E deu para se irritar com os homens que passavam olhando para dentro de casa. E de vez em quando os gritos. Os gritos terríveis, enchendo o Açu. Joca Barbeiro não perdoava:

— Do que ela precisa eu sei – dizia ele para os outros debaixo da tamarineira. — A bicha está suspirando pelo cangaceiro.

Quando o major estava na roda e que a filha começava a gritar, se levantava, deixava o grupo e ia andar por longe. O miserável daquele Clarimundo, ali defronte dele, na casa melhor da terra, com a família longe, gozando a vida, e ele um infeliz, com aquela filha dando desgostos, gritando daquela forma, para todo o mundo ouvir e todo o mundo sabendo a natureza da doença. O Clarimundo sabendo, ouvindo a desgraça dele. O major andava, ganhava a beira do rio, e quando se sentia cansado, entrava na venda do Salu, no outro lado da rua, para conversar. Salu tinha chegado ao Açu há pouco tempo. Viera botar negócio na vila. Trouxera dinheiro do Amazonas e o comércio dele principiava a prosperar. Depois do coronel Clarimundo, era o maior comerciante do lugar. O major Evangelista fizera amizade com ele e só comprava no Salu, aconselhando todo o mundo a fazer o mesmo, chamando a atenção dos matutos que iam à Recebedoria para os preços baixos e a qualidade das mercadorias do rival do coronel Clarimundo. Lá era que ele parava para conversar, o pobre major, infeliz, com a filha sofrendo daquela doença. Espalharam que o velho se metera de amizade com Salu para beber às escondidas. A amizade nova do major tinha esta origem na boca do pessoal da tamarineira. O escrivão Paiva não gostava do velho e espalhava notícias desse gênero. Enquanto o pai sofria por sua causa, dona Fausta mais o odiava. Aqueles pássaros, aquelas flores, cada vez mais a irritavam, a enchiam de rancor. O velho ultimamente parara de conversar sozinho na mesa, sobre os seus grandes cuidados. Na cabeceira da mesa não dava uma palavra. De manhãzinha, ainda do seu quarto, dona Fausta ouvia o pai nas carícias com os passarinhos. Ouvia com desespero o major dando beijos, assoviando, chiando para os seus queridos. Aquilo era como se fosse para estranhos. Velho doido. E ela se mexia na rede, puxava um pigarro alto para mostrar que estava acordada, que estava ouvindo aqueles enxerimentos. E os pássaros estalavam canto pela casa inteira. O velho mudava as gaiolas para os lugares de sol, mudava o alpiste dos cochos, lavava as tábuas. Depois, passava-se para as orquídeas. Pegava uma por uma e ia ajeitando-as, virando-as, olhando-as em silêncio, sem uma palavra. Aquilo levava a manhã inteira, até a hora do café. Por fim saía de casa e dona Fausta ficava só no meio de todos aqueles inimigos, de seus ódios. Agora com os ataques aumentaram os seus rancores. Se tivesse força, quebraria tudo, mataria tudo. A criada Ursulina lhe contava das notícias que corriam sobre o major. A filha viu logo que era mentira. Nunca chegara ele em casa com cara de bêbado. Mais uma miséria do povo do Açu. E quando estava sozinha no quarto, olhava para a sua barriga, via-a murcha e gozava com isto a raiva que estava fazendo aos outros. Andavam falando de sua gravidez. Prenhe de um cangaceiro, de um bandido. Se fosse verdade, ninguém teria que ver com isso. Seria ela quem aguentaria as consequências. Podia ser um filho bonito e bom, bem melhor do que todos os meninos do Açu. Aí dona Fausta sentia mesmo que a história não fosse verdade. Mas ao mesmo tempo crescia-lhe a raiva, errava os pontos de seu bordado, voltava atrás, desfazendo os enganos com uma tesourinha. Estava ficando velha. Com pouco seria como as beatas da casa-grande, que nunca tiveram um homem em cima delas, que nunca sentiram o fogo de um homem. E dona Fausta se irritava. Furava os dedos com a agulha. E à tardinha vinha aquela ânsia, aquela palpitação pelo coração, aquela vontade desesperada de ir longe, de se sentir dominada, furada de um lado a outro, e o corpo inteiro estremecia de alto a baixo. Um frio corria-lhe pelas costas. Caía dura e gritava. Gritava como se uma dor nas entranhas lhe apertasse as carnes, lhe espremesse as carnes. Depois chegava-lhe a vergonha imensa, uma tristeza louca. Todas as mulheres do Açu tinham ouvido os seus gritos, todas estariam pensando nas razões de seus gritos. Miseráveis, desgraçadas. Pena que não fosse verdade, que o cangaceiro não tivesse feito dela uma mulher completa, não lhe tivesse enchido a barriga com um menino. Aquele pai fizera a desgraça dela. Fizera-lhe da mãe uma pobre sombra na vida, matara-lhe a mãe. Dentro de casa nada valia para ele. Só os pássaros, só aquelas flores. A mulher se queixava, o marido não sabia que elas existiam, não sabia que existiam a mulher e a filha. Velho mau, velho ruim.

 E uma tarde o padre Amâncio mandou Antônio Bento procurar na casa do major uma toalha que dona Fausta bordava para a igreja. A moça reparou no rapaz. Lembrou-se daquela cabeleira que ela acariciava nos tempos em que ele era menino. Agora estava um homem. E teve vergonha de olhar para Antônio Bento. Bonito rapaz, bonitos olhos, que corpo forte. Demorou para dar a toalha, reparando em tudo mais que era do criado do padre. E quando Bento saiu, dona Fausta ficou pensando nele. Era um menino para ela. Vira-o criança, enterrara os seus dedos pelo cabelo ondulado de Bento. E agora era aquele rapaz de olhar terno, de pele fina, bem alvo. Podia ter dezessete anos, podia ser seu filho. E assim o rapaz não saía da cabeça de dona Fausta. Dormia com ele, bordava as letras pensando nele. Ficou com medo. Começou a senti-lo pegado a ela, abraçando-se com ela, dormindo na rede dela. Se as mulheres do Açu soubessem que ela pensava no criado do padre, mangariam, fariam debique. Dona Fausta era rapariga de um menino. Que mulher fogosa, atrás de um menino para matar os seus desejos! Então ela ficava na janela olhando para a banda da casa do padre. Via o rapaz saindo de lá para a igreja. Ficava olhando para a torre quando ele estava tocando o sino. Se ele soubesse que ela estava com ele na cabeça, mangaria, faria pouco. Deu para ir à missa todos os dias, queria ver Antônio Bento na igreja, olhava para ele perto do padre e voltava para casa cheia de remorsos. Fora à igreja para satisfazer aos seus desejos. Uma debochada, era o que ela era. Dona Auta lhe falara uma vez. Parara na porta para conversar: "Por que a senhora não se confessa, dona Fausta?" Dera uma resposta qualquer. Não teria coragem de contar os seus pecados ao padre Amâncio. Qual, ninguém ali saberia de seus desejos, da miséria de seus desejos! Quando Antônio Bento passava, um frio corria pelo corpo dela e lá ia ele tão despreocupado, tão alheio ao seu amor. Baixava a vista para o bordado e tinha a impressão de que aquela agulha furava o seu coração, entrava e saía em sua carne. Ouvia à noite o pai roncando, o sopro horrível do major no sono profundo. Toda a sua desgraça viera dele, que não cuidara da família. A carne de dona Fausta tirava-lhe o sono, fervia-lhe o sangue. Antônio Bento se deitaria sobre ela, machucaria as suas coisas, dobrava-lhe o corpo. Era um amante furioso. O amante com que ela sonhara toda a sua vida. E dormia assim contorcida na rede, com a impressão real de um homem ao seu lado. De manhã começava o suplício ouvindo o velho aos beijos com os pássaros, chiando com os canários, batendo nos cochos. E ouvia o sino chamando para a missa. Antônio Bento puxava o badalo. Vinha-lhe com aquilo uma satisfação física. Parecia que ele estava puxando os seus peitos. Só podia ser coisa de doida, uma maluqueira. Mas todas as madrugadas aquele toque de sino lhe dava essa sensação esquisita. O toque do sino dava-lhe um gozo estranho. Só podia ser que o diabo estivesse atrás dela, metendo-lhe aquilo pelo corpo. Queria fugir do pensamento, das imagens obscenas, mas as bichas eram vivas demais. Voltava sempre da missa com desejos infernais. Via Antônio Bento de perto, com aquela opa vermelha até os pés, e imaginava que ele fosse um padre e ela a rapariga do padre. Ali no Açu contavam de como um vigário criara família, isto há muitos anos. Tivera mulher dentro de casa. E o povo sabia que altas noites pelo sertão, pelas caatingas desertas, corria com correntes arrastando pelas pedras a mulher do padre encantada numa burra sem cabeça, doida, doida, arrastando as correntes. Antônio Bento era um padre. Mesmo assim ela queria o bichinho. Daria tudo para vê-lo contente. Deixaria que ele pisasse por cima dela, seria para ela mais que um homem. Adorá-lo-ia, pô-lo-ia acima dos santos, de Deus. E parava o bordado, suspirava. À tarde, à mesma hora, vinha-lhe a coisa. O corpo inteiro vibrando, a ânsia, a agonia, o frio pela espinha, e dona Fausta caía para os lados aos gritos. Todas as mulheres, todos os homens sabiam, comentariam, falariam. A filha do major estava se espojando no chão, como uma cachorra no cio. Depois que aquilo passava, ela vinha à vida como se tivesse voltado de um chiqueiro de porcos. Sentia lama nas entranhas, fedor nas carnes. Uma grande vergonha, como se estivesse nua no meio do povo do Açu inteiro. Aonde estivesse o pai ouviria. Aí dona Fausta sentia um prazer perverso. Queria que o pai ouvisse o grito de sua carne, de seus desejos fracassados. Velho ruim. Era ele o culpado de tudo. O Açu também era culpado. Não era feia. Fora até bonita nos seus tempos de filha de Maria, quando cantara no coro. Só aquele rapaz do Camaru, que viera com um comprador de gado, olhara para ela, quisera se casar com ela. Tivera tanto ciúme! Não era pela sua vontade. Uma coisa estranha vinha lhe exigir, vinha mandar nela. E tanto sofreu e tanto exigiu, que o homem se foi. Nunca mais olharam para ela. Era o pai, um chefe de família que não cuidava da casa, que só dava atenção às suas manias, o culpado de tudo.

E a coisa foi assim dias e dias. Era dezembro. O sol queimava o sertão. As noites eram frescas, soprando um vento bom. Os dias quentíssimos, mas mal o sol se punha, era como se apagasse uma fornalha. Um friozinho caía sobre o Açu, sobre as redes de dormir do Açu. O sino chamava para a missa, a tamarineira estava coberta de orvalho. E Antônio Bento continuava a sonhar com a mulher de Dioclécio, de cabelos compridos, que era quente nos frios das madrugadas. Mais de uma vez falara ao padre Amâncio, nas confissões, desses seus pecados, dessas suas ligações. Mas o seu padrinho fazia que não ouvia, dava-lhe as mesmas penitências do tempo em que ele não pecava daquele jeito. Tocava o sino, ajudava a missa, sacudia o turíbulo, enchia a igreja de incenso, e sempre quem estava com ele era Dioclécio. Aí se deu a história com dona Fausta. Uma tarde, o padre Amâncio mandou Antônio Bento buscar uma encomenda de bordado na casa da filha do major.

— Entre, menino – gritaram lá de dentro.

Ele entrou. Dona Fausta estava no quarto. Da porta ele deu o seu recado.

— Entra para cá, menino.

E ele parado, com receio. Foi quando reparou na cara da moça. Notou qualquer coisa de estranho no olhar que o devorava.

— Vem cá, Antônio. Não tem ninguém em casa não.

Parou na porta ainda.

— Entra, menino! Estás com medo de quem?

Aproximou-se mais e viu dona Fausta como se fosse outra.

— Anda, vem ver a toalha.

E quando ele se chegou, a mão da mulher estava fria e ela o segurou pelo braço, puxou-o para junto dela, abraçou-o, como se quisesse quebrar-lhe o corpo. E foi dando beijos, mordendo-o todo com fúria. De repente dona Fausta levantou-se e fechou a porta.

— Fica quieto. Vem para cima de mim!

E arrastou Antônio Bento. Ele sentiu um fogo pelo corpo. Dona Fausta o dominava. Botava a cabeça dele entre os seios, rangia os dentes, gemia, torcia-se toda numa vibração de doida. Por fim ele se deu, entregou-se, deu-se todo, da cabeça aos pés, à fúria da mulher.

— Tu vem amanhã, meu filhinho? Tu vem, meu bichinho – pedia ela.

E beijava a boca, beijava tudo numa sofreguidão de sedenta.

Bento teve medo. Se viesse alguém?

— Pode chegar gente, dona Fausta.

— Não vem não, bichinho. Não vem ninguém não. O velho anda por fora e a criada saiu.

E espalhou-se na cama, grudou-se com o rapaz. Depois, começou a chorar.

— Tu vem amanhã, tu vem?

E escondia o rosto no travesseiro. Antônio Bento se viu num outro mundo, arrastado por um monstro ao fim do mundo. Estranho a tudo, com outro Antônio Bento no corpo. E veio-lhe um pavor súbito, ao mesmo tempo uma vontade de ficar com aquela mulher para sempre, morrer ali. Os pássaros do major cantavam dentro da casa. Eram vozes de outras terras que soavam aos seus ouvidos. Dona Fausta só fazia dizer:

— Tu vem, tu vem?

Abriu a porta e deixou a casa do major com vontade de correr. Vira o diabo. Tremia, chegando em casa, com impressão do demônio se torcendo como uma cobra na figura de dona Fausta. O padre Amâncio estava deitado na rede, se balançando, lendo o breviário. Na cozinha Maximina batia ovos para o jantar. Antônio Bento foi para o quarto. O que era o amor de que lhe falara Dioclécio? Seria aquela dona Fausta mordendo, beijando-lhe a boca, a língua, aquele frenesi, aquela ânsia em cima dele? Era casto. Sonhava somente com a mulher de Dioclécio, de cabelos compridos. Nunca mais que voltasse à casa do major. A cara de dona Fausta era de uma faminta, de uma pobre morrendo de fome e de sede. Dioclécio lhe falara das noites com a mulher do velho, de uma alegria poderosa tomando conta dele.

E os ataques de dona Fausta se repetiam. Depois da história com Antônio Bento ele reparava que vinham se amiudando. Logo que estouravam os gritos, ele se sentia culpado, via a cara da mulher na agonia, sofrendo.

Por outro lado o major Evangelista andava cada vez mais se esquivando das conversas de rua. Só deixava a Recebedoria para ir bater boca na venda de Salu. O escrivão Paiva, sem juiz na vila, manobrava o suplente como um seu instrumento. Estava prestigioso, falando grosso, dando opinião nos negócios do município. Joca Barbeiro, íntimo dele, começava a encher a cabeça do homem de coisas. O major Evangelista era uma vítima dessas conversas, das cogitações dos dois. Aquele lugar de coletor precisava de um homem disposto. E o major não fazia nada, vivia fora de suas obrigações, deixando que os contrabandistas de aguardente passassem pelas barbas das autoridades. O escrivão dizia que o homem para a função era o Joca. O velho precisava se aposentar. O coronel Clarimundo dera a sua opinião sobre o caso: não se metia. Era inimigo do major, não se davam, e não daria um passo para aquilo. O major soube da coisa e foi ao escrivão. Altercaram: não estava velho, era homem para muito mais.

— O senhor não pode falar assim dessa forma, major. O senhor não cuida dos interesses do estado.

— Quem não cuida? Eu? Pois fique certo que não vejo ninguém aqui mais capaz do que eu.

— Capaz coisa nenhuma. O senhor não dá jeito nem na sua filha. Vá cuidar dos ataques da sua filha.

O major quis crescer para o Paiva. Faltou-lhe a voz, recuou. Andou dois passos para a porta da rua. Ali no cartório havia uns sujeitos esperando pelo serviço do escrivão. E o major foi saindo de rua afora, meio tonto. Na porta do estabelecimento estava o seu inimigo, o Clarimundo, com mulher e filhos no Camaru, de palacete. Entrou em casa, os canários cantavam como doidos. O vento sacudia as orquídeas dependuradas. A filha na sala de jantar bordava de cabeça baixa. O major foi para o seu quarto e gritou que queria uma xícara de café. A criada não respondeu. Ele levantou-se e viu a filha na cozinha preparando, atiçando o fogo! Pobre filha! Foi andando para perto dela e teve vontade de fazer-lhe um agrado, tinha vontade de tê-la nos seus braços. Coitada! Gritava daquele jeito, sofria tanto.

— O café já vai – disse dona Fausta sem olhar para ele.

A sua Fausta com a voz rouca, áspera.

Olhou para a filha. Ainda persistia o seu desejo. Teve medo. E foi voltando para o seu quarto, com uma coisa esquisita, um sofrimento no coração. E o major começou a chorar como no dia em que lhe morrera a mulher, com a franja da rede cobrindo a cara para que ninguém visse, para que ninguém soubesse que ele chorava. Defronte estava Clarimundo, dono do Açu. Se Clarimundo soubesse que ele chorava, Clarimundo que era dono de todo o algodão, de toda a riqueza do Açu... Aquele Salu do fim da rua fora a sua esperança. Pensara que ele pudesse fazer sombra ao adversário de vinte anos. Mas qual. Ninguém podia com Clarimundo. Prefeito, tudo ele era na terra. Filhas nos colégios das freiras, educadas, sabendo tocar piano, e a sua Fausta dando ataques, bordando, trabalhando, ridicularizada por um sujeito da marca do Paiva. Terra infame, gente infame. Aí a filha chegou com o café. Deixou-o em cima da mesa e saiu de cara dura, indiferente, com um rancor secreto contra ele. Ainda pensou em chamá-la. Iriam embora dali. Aposentava-se com quarenta anos de serviço. Viveria noutro lugar, onde ninguém soubesse das dores e doenças dela. O major bebeu o café, o amargo café feito pela filha. Os seus canários cantavam, e ele nem se lembrava de seus canários. Foi para a janela; havia gente na tamarineira conversando. Estava certo que aquela conversa era a respeito dele. Aquela canalha conversava sobre ele e a filha. Miseráveis. Nisto viu o padre Amâncio que vinha pela calçada de sua casa.

— Boa tarde, major – disse-lhe o padre e sorriu para ele. Parou para conversar. O major convidou-o para entrar. Não quis, e pegaram na conversa ali mesmo. O vigário perguntou pela saúde de dona Fausta.

— No mesmo. O senhor não pode calcular como essa doença me tem aborrecido. A mãe nunca teve nada. Morreu, como o senhor sabe, de febre. Mas esta menina desde mocinha que é doentia. Ah, seu vigário, o senhor não pode calcular os meus desgostos! Hoje mesmo me sucedeu uma dos diabos. O Paiva me disse o que não se diz a um cachorro.

— O senhor não deve levar em conta essas coisas – respondeu o padre. — Essa gente o que quer é o seu lugar. Tudo vem daí.

Mas o major queria se abrir. E falou para o padre Amâncio como se estivesse num confessionário. Ele não era muito da igreja. Não porque não acreditasse. O padre sabia. Nunca dera desgosto a vigário nenhum ali no Açu. Era um infeliz. Nascera aquela filha. Criara a menina como a mãe bem quisera. Não se metera na criação, embora muitas vezes se arrependesse. Fora um grande erro. Devia ter entrado com a sua força. Abandonara a moça. Ela era até bem-comportada. E sucedera o que estava sucedendo. Aqueles ataques, a filha calada dentro de casa, como uma muda. Se tivesse recursos, tê-la-ia levado no começo aos médicos do Camaru. Quis levá-la ao Recife, mas os recursos não davam. E agora era o que se via. A Fausta, cada dia que se passava, pior ia ficando. Tinha até medo de uma desgraça.

O padre Amâncio consolou a sua ovelha rebelde. Gostava do major. Nada tinha que dizer dele. Há vinte anos no Açu, e sempre lhe fora o mesmo. Se o major quisesse, sua irmã estava de viagem para Goiana. Podia aproveitar e levar a filha dele para tomar uns banhos de mar em Ponta de Pedra.

O major agradeceu comovido. E entrou a falar do Açu. Lembrava-se como se fosse hoje da chegada do padre Amâncio. Ninguém dera nada por ele. Era tão moço, tão cheio de vida, tão alegre. Padre assim nunca tinha aparecido por ali. Desconfiaram logo. Qual, aquele rapaz não daria para o cargo. E não era para elogiar: fora o melhor de todos.

O padre Amâncio sorria:

— Nada, major. O que eu tenho é demorado mais tempo.

— É porque esta terra não tem jeito, seu vigário. Não é para falar, mas até chego a acreditar no que dizem. Há caveira de burro enterrada por aqui. O senhor veja Garanhuns. Conheci aquilo que era uma tapera muito pior do que isto. Foi a Pedra Bonita, seu vigário. Aquilo está pesando em cima da gente. O sangue dos meninos. Os inocentes que eles mataram deram nisto.

O padre Amâncio explicava:

— Nada, major, não pense nisto. O que passou passou. Os pobres da Pedra Bonita tinham sido fanatizados, levados ao crime por um aventureiro. Aquilo tanto podia ter acontecido lá como em qualquer outra parte. Há vinte anos que estou aqui e é no que ouço falar todos os dias: o Açu não vai para diante por causa da Pedra Bonita. Isso não passa de superstição. Garanhuns prosperou da maneira que o senhor diz por causa da estrada de ferro. Outros lugares não vão para diante porque não têm os mesmos recursos. Nós por aqui estamos fora do mundo.

O major se calava, mas não se convencia. Nisto ouviram dona Fausta gritando:

— Pai miserável – dizia ela —, pai miserável!

O major ficou lívido. Quis correr para dentro de casa e ficou embaraçado.

— Padre Amâncio, o senhor me desculpe.

E um barulho de pancadas, de coisas se quebrando, vinha lá de dentro. O padre Amâncio entrou com o major e encontraram dona Fausta aos berros, como uma desesperada, quebrando as latas das parasitas, espatifando tudo. O velho correu para as suas preciosidades espalhadas pelo chão. Olhou para a filha e começou a recolher os restos.

— Pai miserável.

E entrou nos gritos do ataque, caindo para um canto. Deram-lhe alho para cheirar. E o major saiu com o padre Amâncio para a sala de visitas. Era um cadáver o que o padre Amâncio via, um homem do outro mundo. Teve uma pena enorme do major e não encontrou uma palavra para dizer. Ficaram sentados, o major arriado.

— É isto, seu vigário, é isto!

E não disse mais nada. O padre se despediu. E a casa do major num silêncio profundo.

O sino da matriz começava a repicar para um enterro de anjo. Quantas vezes, quando a filha era pequena, não estremecia ele ouvindo aquele repique! Quantas vezes não se assustara, não se apavorara só em pensar na morte da filha! E verificara naquele instante que Fausta o odiava. Nunca pensara que aquele silêncio fosse uma agressão contra ele. Tomava-o como esquisitice. Agora via que não era. Era odiado pela filha. O sino repicava. Um anjo se ia para o céu. E os gritos de dona Fausta recomeçaram fortes, mais estridentes. O major foi buscar o chapéu no seu quarto e saiu de rua afora. Debaixo da tamarineira estavam os homens na conversa. Estariam falando dele e da filha. Se fosse autoridade, mandaria meter aqueles canalhas na cadeia. Riam-se alto, não respeitavam os sofrimentos dos outros. Aqueles meninos da Pedra Bonita sangrados como carneiros, para lavar a pedra e ensopar de sangue a terra. O major foi andando, andou muito, até que parou na venda do fim da rua.

— Seu Salu, o senhor tem aí vinho branco?

— Sim, senhor major.

— Então me bote um copo.

— Major – lhe disse o vendeiro —, é verdade que o Joca vai ficar coletor?

— Por enquanto sou eu, seu Salu. O senhor me bote outro copo.

Nisto foi passando o enterro do anjo. O caixãozinho azul na frente e os meninos atrás tagarelando.

— Seu Salu, este seu vinho é bom de verdade. É de quinto novo?

— De quinto velho, major. Então morreu a menina do cabo, major.

— De quê, seu Salu?

— Homem, me disseram que foi de uma furada num pé com um prego.

— Morreu mesmo, seu Salu?

— Morreu – respondeu o homem espantado. — O senhor não está vendo o enterro?

— Ah, sim! Pois seu Salu, o seu vinho é bom mesmo. Me bote outro copo.

O homem entrou para o interior da venda e conversou com a mulher. O que diabo teria o major?

— Está honrando alguma data hoje, major?

— Data nenhuma. O senhor precisa é aumentar este negócio, seu Salu. O senhor precisa é fazer o Clarimundo fechar as portas, quebrar.

O major estava de pé, de olhos fuzilando.

— O senhor não faz nada. Onde está o seu tino comercial? Vem para o Açu e fica como os outros da terra.

O vendeiro compreendeu a situação do velho. Ficou quieto, deixando que ele falasse sozinho. Outros copos vieram. E quando foi à noitinha, o major estava derreado no balcão, dormindo. Salu e a mulher levaram-no para dentro de casa. Estiraram-no na cama.

O Açu se encheu: o major Evangelista não aguentava mais a cachaça, estava de cabeça fraca. Caíra com o corpo na venda de Salu. O escrivão Paiva procurou o prefeito para falar. Se aquilo continuasse assim, com pouco mais havia desfalque. E era capaz do governo fechar a Coletoria. O coronel Clarimundo achava que fora apenas uma extravagância do major. Não sucederia mais coisa nenhuma.

Uma tarde o major apareceu debaixo da tamarineira, vindo dos lados da venda de Salu. Os olhos fuzilavam.

— Podem continuar a falar de mim.

— Ninguém está falando do senhor – respondeu Joca Barbeiro.

— Pois podem falar. Sou um homem de bem, sou um homem de bem. Não enriqueci com os cofres da prefeitura.

Joca Barbeiro quis dizer qualquer coisa.

— Cale-se – gritou o major. — Não vejo aqui um homem que possa levantar a voz para mim. Você – e apontou para Joca —, você é uma língua de jararaca.

O outro quis replicar, mas os companheiros fizeram sinal para ele.

— Vocês todos são uns cachorros.

Nisto os gritos de dona Fausta estrondaram no Açu. O major calou-se, virou as costas para a tamarineira e foi andando, andando.

— Coitado! – disseram. — Dizem que está dormindo com a garrafa de cachaça debaixo da rede.

Dona Fausta continuava gritando.

— Vocês já repararam – disse Joca Barbeiro — que toda a vez que toca o sino, ela abre a goela no mundo? Aquela bicha está precisando eu sei de que é.

E abriram na risada.

O major Evangelista abandonara os canários, relaxara os serviços. E nos dias de feira mais excitado ficava ainda. De manhã começava a andar de um lado para outro, falando com uns, implicando com os mascates, chamando-os de ladrões. Ninguém pagava imposto. Todos eram uns ladrões. E assim ninguém tinha mais respeito ao major. Riam-se de seus gritos, de suas impertinências.

Antônio Bento não sabia como, mas se sentia um pouco culpado de tudo. Via o major embriagado. E julgava-se responsável por aquela desgraça, porque podia ter dado um jeito a dona Fausta. Mais de uma vez ouvira dizer que a moça ficaria boa se se casasse. Ela só precisava de homem, afirmava Joca Barbeiro. E ele fugira de dona Fausta. Desde aquela tarde medonha em que ela o procurara. Se ele tivesse voltado, o major não estaria naquele estado.

O padre Amâncio, quando encontrava o velho cambaleando, gesticulando como um furioso, levava-o para casa. Ia com ele até a porta e dona Fausta aparecia com agradecimentos. Mas mal saía o padre, dizia horrores ao velho. Só mesmo a morte daria jeito a ele. O major fora de si não dava importância a nada, não ouvia nada. Caía na rede como um molambo.

Era o assunto do Açu. A filha dava no pai, dava de chicote como em cachorro. Havia quem tivesse ouvido até os gemidos dele. Pobre major. Bebia por causa da filha. E a diaba fazia aquilo com ele.

Dona Fausta sabia dos comentários. Fossem todos para os infernos, porque ela não precisava de ninguém para viver. Aquele menino da Pedra Bonita não quisera o corpo dela. E aí vinha na moça uma fome, um desejo desesperado. Se o pegasse outra vez, se o pegasse de jeito, comeria tudo que ele tinha, arrancaria a língua com um beijo, machucaria todas as partes dele com as suas, tiraria sangue do corpo dele. E com esta fome, vinha-lhe a vontade de gritar, de gritar para que todo o mundo soubesse e visse a sua necessidade.

Aqueles gritos chegavam em Antônio Bento como se fossem um chamado de afogado, de gente morrendo chamando por ele.

10

Desde a noite em que o encontraram caído no oitão da igreja, o major Evangelista não se levantou mais. Todos achavam que a bebida dera conta dele em pouco tempo. Não podia aguentar aquela sede de manhã à noite. Fora o primeiro caso ali do Açu. Caso de um homem que se entregara com aquela violência ao vício. Beber, beber até chegar perto da morte, como o major Evangelista fizera. Dera ele para inchar. Ficar de olhos empapuçados, ora lúcido, ora desconhecendo até os mais íntimos. Estava vencido, dentro da rede, minguado, sem ação de espécie nenhuma. O padre Amâncio ia todas as tardes visitá-lo. E quando o encontrava em melhores condições, conversava um pouco, dava notícias, animando o velho. Aquilo passaria. Vira um homem em pior estado do que ele, o José Amaro. Amarelo, só com os ossos, e escapara. O major não dizia nada. Uma ou outra palavra. Para ele já não existia o mundo. Era esta a impressão que dava, não perguntava por coisa nenhuma. Nem indagava pelos seus serviços, encolhido ouvia as visitas. Às vezes parecia que via somente. Doutras fechava os olhos enquanto falavam no seu quarto. As conversas se animavam. Chegava o momento que perdiam de vista o doente e era como se estivessem debaixo da tamarineira. Falavam de fatos estranhos, contavam histórias. A criada trazia café e dona Fausta não aparecia a ninguém. Todos eram uns miseráveis. Vinham ver o pai, os restos do pai. Pois bem, ficassem com ele.

E o major morria. Não era tão velho. Nem chegara ainda aos setenta, mas há muito tempo que vinha dando impressão de velhice avançada. Uma tarde padre Amâncio foi chamado. O major queria falar com ele e o vigário foi logo, encontrando o velho como se tivesse melhorado. Estavam a sós.

— Padre – foi lhe dizendo o doente —, nunca fui de igreja, mas não quero morrer sem confissão.

O padre Amâncio chegou-se para junto dele. O velho tentou levantar a cabeça:

— Não, pode ficar a seu gosto, major.

E ficaram os dois uma porção de tempo, trancados.

Depois ouviram o padre dizendo para ele, já com as portas abertas:

— Nada, major, o senhor vai melhorar.

Dona Fausta chegou na porta do quarto no fim. Parecia uma figura de estampa, magra, estranha.

— Como está passando a senhora, dona Fausta? – disse o padre Amâncio.

Ela não respondeu. Era de tarde e o sino batia a primeira badalada das ave-marias. A mulher voltou-se para o padre aflita:

— Padre, eu sou uma desgraçada.

E caiu no meio da sala, aos gritos. Veio gente de fora para ajudar. A casa agora vivia cheia de estranhos. Desde a doença do major que dona Fausta não mandava mais no que era seu. Agora estava ali gritando com a casa cheia. Dona Auta achava que aquilo era coisa do demônio, influência do diabo. Mas o padre Amâncio chamou-lhe a atenção na vista de todos:

— A senhora não deve dizer semelhante coisa. Trata-se de uma doença como outra qualquer.

Na tarde do outro dia, saiu o Santíssimo para visitar o major. O sino começou a tocar e o padre Amâncio e o sacristão Laurindo levavam o Deus do sacrário ao major. Foi uma tarde triste. Havia gente na sala. Ouvia-se a voz do padre devagar, e o pobre major nas últimas. À noite morreu. Dona Fausta, no seu quarto, não botava uma lágrima. Foi censurada: era um coração de pedra. E os homens do Açu, na conversa, todos elogiavam o major. Fora um homem de bem, um amigo de primeira ordem. O escrivão Paiva e Joca Barbeiro estavam lá. Todo o mundo sabia que eles andavam atrás do emprego do major. Mas a morte libertava todo o mundo de ruindade e dava direito a todos de estarem ali com o defunto, na intimidade. O major estava na rede de braços cruzados. O marceneiro Leôncio batia as tábuas do caixão. De madrugada o Açu ouvia o martelo nos pregos. As mulheres se agoniavam. Era uma coisa triste se ouvir aquilo, aquele bater de martelo. No outro dia de manhã o Açu inteiro foi levar o velho ao cemitério. Dona Fausta deu ataque na hora da saída do caixão. Antônio Bento, do alto da torre, tocava o sino, com desespero. Nunca em sua vida se sentira tão mal, tão culpado, tão vil. Ele podia ter feito qualquer coisa pelo major, e no entanto dera motivo à morte dele. Viu o caixão nas mãos dos homens de preto e bateu no sino. Começou a dobrar as badaladas com o coração partido. Se tivesse força, correria para Dioclécio. Ele somente era quem teria força para lhe tirar aquela impressão, aquela mágoa sem limites. O sol de dezembro caía de cheio na verdura da tamarineira. Ouviu como se fosse nos seus ouvidos os gritos desesperados de dona Fausta. As venezianas de vidro do coronel Clarimundo espelhavam. Saíam raios de lá como de espelho. O coronel tinha mandado fechar as portas do estabelecimento em homenagem ao adversário. E a gritaria de dona Fausta. Até que o caixão se sumiu no fim da rua, o sino tocou sinal. Depois Bento voltou para casa e encontrou a negra Maximina nos seus dias de bebedeira. Ela não podia ver defunto. Fora olhar para a cara do major e tivera vontade de vomitar. Nunca vira defunto mais feio. Defunto bonito fora ali no Açu um caixeiro-viajante que morrera de repente. Que cara moça e bonita. Que riso na boca, parecia até que o homem estava dormindo, num sonho, num sonho com alguma namorada.

— O que é que tu tem, menino, para estar tão abichornado? É capaz de estar por aí dando de perna.

E deu uma gargalhada das suas. Maximina não tinha limites nesses dias de bebedeira. Com os olhos vermelhos e falando, rindo-se, aperreando os outros.

— A vaca da filha não botou uma lágrima. Ficou foi inchando como uma porca no cio. Bicha ruim. Eu só queria saber o que aquela desgraçada espera do mundo. Não queria ser homem para ter uma coisa daquela como mulher.

Antônio Bento não queria conversar com Maximina. E ela foi se irritando com ele. Era assim mesmo. Quando era pequeno, vivia se esquentando no couro dela. Crescia, e estava ficando besta.

— Tu pensa que é melhor do que eu, Toinho. Tu é criado como eu, menino! Tu é branco, mas tu é criado.

O rapaz deixou a cozinha e foi para o seu quarto. De lá ouvia Maximina falando só, cantando, dizendo horrores de todo o mundo.

— Toinho, vem cá, menino! Este menino está pensando que é gente.

Bento não respondia. Se respondesse, Maximina ia mais longe. A morte do major pesava nele. Dona Fausta lhe mostrara o corpo, correra para cima dele, daria tudo que ele quisesse. E via nitidamente a cara da moça, o tremor da boca. Pegara-o para devorá-lo, comê-lo. O que ele podia fazer para se livrar daquilo? Fora ao padrinho pedir perdão a Deus dos seus pecados. E a coisa pegara, entrando para dentro de seu corpo. Ouviu então o padre Amâncio chamando por ele. Correu para o padrinho, ansioso por uma sombra.

— Antônio, vai preparar os cavalos. Temos que ir agora de noite ao Sobrado. Vou celebrar amanhã lá.

Ficou satisfeito. Pelo menos a viagem lhe daria tréguas naqueles pensamentos. E à tardinha, saíram de rua grande afora. O padre na frente e ele atrás. E a noite pegou-os na caatinga. A lua clareava a estrada como se fosse de dia. Os cavalos avançavam no baixo, no meio do silêncio.

— Antônio – chamou-o o padrinho.

Avançou com o cavalo e ficou lado a lado com o padre.

— Tu não foste mais à casa do major?

Ficou com vergonha. Mas respondeu com firmeza:

— Não senhor, não fui mais.
— Fizeste muito bem.

E calou-se. O cavalo do padre avançou e Antônio Bento ficou pensando. Seria que o padrinho desconfiava dele e não acreditava nas confissões que ele fazia? Depois foram avistando uma luz muito de longe. Era a fazenda Jurema, onde deviam dormir. Lá estavam esperando o padre. Sabiam da missa do Sobrado e na certa o vigário descansaria para de madrugada alcançar o Sobrado. A mesa de jantar estava pronta para a ceia. E todos da casa satisfeitos com a visita. O padre Amâncio ali era um grande. Aquela amizade vinha de uns quinze anos atrás. O filho do fazendeiro fizera uma besteira e fora com o auxílio do padre que o rapaz se salvara. Desde esse tempo que na Jurema o padre Amâncio ficara como o protetor da casa. Desmancharam-se em agrados. Todos estavam amedrontados com os cangaceiros que andavam agindo nas proximidades. O fazendeiro tinha até homens no rifle, obrigado a uma despesa daquela natureza, com cabras armados. Pensara até em mandar as meninas para a cidade. Ali ninguém podia dormir tranquilo.

— O governo não cuida do sertão, padre Amâncio. A gente destas bandas não merece cuidado nenhum. É um povo abandonado.

Estavam assim nessa conversa, quando ouviram um rumor de alpercatas, de vozes, no pátio da fazenda. Bateram na porta. E um pavor correu pela família. As moças fugiram para a camarinha, e a velha, branca de medo. O coronel Deodato olhou para o padre. Abriram a porta. Era o tenente Maurício com uma volante, pedindo pousada para uma noite. As moças saíram do quarto e reinou alegria na casa, outra vez. Aquilo porém durou pouco, porque o tenente não viera com boas maneiras. Tinha sabido que na Jurema se acoitara um bando de cangaceiros. O coronel e o padre deram informações diferentes.

— Ninguém pode acreditar em sertanejo não – disse o tenente. — Ando por esse mundo afora com a minha tropa, e se fosse atrás de conversa de sertanejo, caía em emboscada todos os dias. Eu soube que o senhor acoita cangaceiros.

O coronel protestou. O tenente cresceu a voz. Ele vinha com trinta homens dispostos a tudo. As moças espavoridas começaram a chorar.

— Chorando por quê? – gritou o tenente. — Dão de comer a cangaceiros de dente arreganhado, e mal avistam a gente do governo dão para chorar.

O padre Amâncio interveio. O tenente precisava saber que estava dentro de uma casa de família, de gente respeitável.

— Esta é a conversa de todos daqui. Para acoitar cabra safado ninguém faz cara feia.

— O senhor está enganado – disse o coronel.

— Enganado não.

Nisto apareceu um sargento com um empregado da fazenda preso:

— Este cabra estava armado ali por perto da porteira. Me parece que é do grupo.

— Do grupo coisa nenhuma – disse o coronel. — Este rapaz é um vigia. Pago a ele e a outros para de noite ficarem por aí.

O tenente levantou-se e foi falar com o rapaz.

— Sargento! Bote ele em confissão. Esse bichinho tem que confessar muita coisa.

E com pouco mais ouvia-se a gritaria. O homem no cipó de boi, para contar o que sabia dos cangaceiros. O padre Amâncio protestou.

— Amanhã na missa o senhor peça a Deus por ele, seu padre – disse o tenente. — Aqui neste sertão eu não respeito ninguém. E não se tira um. Até o padre do Açu anda metido com os coiteiros.

— O senhor está enganado. Eu nunca procurei cangaceiros para coisa nenhuma.

— Ah, é o senhor? Me desculpe. Eu tenho até uma conversa com o senhor.

— Estou às suas ordens – respondeu o padre.

— Não precisa de valentia não, seu vigário. O senhor é um velho e eu não faço desfeita a padre. Tenho ordem, carta branca para neste sertão não levar ninguém em conta. O governo quer acabar com os bandidos. Aqui mando eu. Não tem prefeito, não tem juiz, não tem padre. Me disseram que o senhor tem um cabra na sua casa. Um tal de Bento da Pedra Bonita. Eu soube disso no Recife. Foi o doutor Carmo quem me procurou para falar. Conheci o doutor Carmo na casa do major Nunes. E quando ele soube que eu vinha comandar a volante, me deu umas informações. Uma delas foi sobre o senhor.

O padre Amâncio rebateu a miséria.

— O senhor não está vendo, seu tenente, que eu não tenho cara de proteger cangaceiro? O senhor vá lá ao Açu, entre de casa em casa para saber quem é esse criminoso e eu o entrego à prisão, se encontrar uma só pessoa que lhe fale nisso. Isso é uma infâmia.

— Padre, eu estou acreditando no que o senhor está dizendo.

Ouvia-se o grito do homem na surra e o tenente nem parecia que tinha mandado fazer aquilo. O padre insistiu:

— Seu tenente, mande suspender isto. Eu conheço essa família há muito tempo. Aqui nunca deram guarida a cangaceiro.

— Padre, o senhor está na sua igreja, e eu é que sei onde se acoita bandido. Se a gente vai atrás da conversa desse povo, morre na bala. Tenho que sair hoje daqui sabendo onde está o grupo do Deodato.

Chegou depois o sargento. O homem não dizia nada. Nem podia mais falar.

— Pegue uma empregada da casa!

Nisto o coronel protestou. Era uma miséria.

— Miséria coisa nenhuma! Miséria é vocês acoitarem bandidos. Passe-lhe apeia, Minervino! Nós só saímos daqui com o fato esclarecido. Esse pessoal daqui vai ver o que é uma autoridade.

O coronel tremia os beiços de raiva.

— O senhor chama a isso autoridade? Estão fazendo pior que os cangaceiros.

Aí o tenente foi a ele.

— Velho filho de uma mãe! Me abra a boca que eu lhe enfio uma bala. Amarre esse cachorro, sargento!

As moças saíram do quarto. A dona da casa caiu nos pés do tenente:

— Não faça nada com o meu marido!

O choro crescia.

— Parem com tanto choro! Eu é que fui ofendido. Um tenente esculhambado por um barba de bode.

O padre protestou.

— Isto é um absurdo, tenente!

Ouvia-se a gritaria da mulher no pátio da fazenda. A lua iluminava o terreiro, o curral, os bois deitados, os soldados espichados pela calçada. Na primeira lapada a mulher confessou tudo. Os cabras tinham estado na fazenda há oito dias, tinham dormido duas noites e estavam na Guarita.

— Não disse ao senhor, seu vigário? O senhor pode entender do seu padre-nosso. De cangaceiro entendo eu. Soltem o velho. Sargento, prepare o pessoal de comida.

Esvaziaram a despensa, cortaram manta de carne de sol. Distribuíram farinha com as praças. As moças ainda choravam alto.

— Padre, mande parar com essa latomia! Aqui não há ninguém sofrendo! O homem acoita cangaceiro. Eu tenho ordem de mandar tudo o que é coiteiro para a cadeia. Pegando coiteiro, já sabe!

A madrugada vinha dando sinais, avermelhando o céu. Os galos cantavam. A Jurema havia recebido a força do governo. Antônio Bento foi selar os cavalos. Tinha que sair bem cedo, para chegar ao Sobrado em tempo para a missa. A família se despediu do padre Amâncio como se houvesse um morto na casa. O coronel disse:

— É isso que o senhor vê, seu vigário. Cangaceiro por um lado, a força por outro.

A tropa já estava no ponto de partida e o tenente falando:

— Agora já sabem! Já conhecem o meu riscado! Coiteiro comigo não brinca de esconder. Olhe, seu padre, pode ir dizendo por aí: o tenente Maurício está com carta branca, fazendo o que quer.

E de chapéu de couro na cabeça, com um rifle na mão direita e o punhal atravessado, parecia um cangaceiro que estivera com o grupo no Açu. Não fazia diferença.

Na porteira o padre Amâncio e Bento encontraram o homem estendido, melado de sangue. Apearam-se. O pobre estava quebrado de pau. Respirava com um fio de sangue saindo pela boca. Então o padre Amâncio e Antônio Bento voltaram para deixar o homem na fazenda. Os soldados já tinham abandonado o acampamento. O coronel deitou o pobre na rede e veio passar jucá por cima dos talhos de cipó de boi. Deram a tintura para o homem beber. A mulher que falara, na peia, estava chorando.

Tinha mentido para se ver livre. E a família debaixo do pavor:

— Fala baixo, menina, fala baixo!

A manhã estava clara. Pela caatinga afora iam o padre e Antônio Bento. O povo do Sobrado esperava pela missa. Bento foi pensando. O tenente falara dele como de um criminoso da Pedra Bonita, de um assassino que o padre Amâncio tinha como um guarda-costas. O tenente dissera aquilo com certeza. Se amanhã entrasse no Açu, não respeitava ninguém. Não havia fala de padre, de prefeito, de juiz, que servisse. Ele era criminoso. E o seu lugar era na cadeia, no meio daqueles pobres amarelos que conhecera. Teria que dormir, viver ali dentro, cheirar aquela podridão, ouvir aquelas histórias. Um tísico tossindo nos seus ouvidos. E os cavalos furavam a caatinga. O sol se espalhava pelos imbuzeiros arredondados. Cheiravam a terra e os matos. As primeiras chuvas tinham deixado a caatinga num mar de verdura. De vez em quando o vermelho das flores dos xiquexiques tomava conta dum pedaço. E tudo parecia vermelho daquele lado. O padre Amâncio marchava com vontade de chegar. A missa seria às dez horas. Bento atrás acompanhava o cavalo do padrinho. No Açu estivera ele com os cangaceiros. Fora até respeitado. E agora o tenente com aquela cara de deboche com o seu padrinho. O que diria Dioclécio de tudo aquilo? Já teria ele se encontrado com uma força assim, no meio do mato? Luís Padre o fizera cantar uma noite inteira, ficara com fala de tísico, deixaram-no na caatinga, sem força para dar um passo. O que teria feito em Dioclécio um tenente como aquele que passara na Jurema?

Começavam a aparecer casas. A caatinga ia ficando atrás. E gente aparecendo. Homens e mulheres, andando para a missa. Estendiam a mão para o padre, pedindo a bênção. O padre Amâncio respondia com o sinal da cruz. Naquele dia teriam padre na igreja do Sobrado, missa, sino tocando e à noite na porta da igreja jogariam bozó, e se houvesse cantador, cercariam o homem para ouvir as histórias que ele soubesse. Pediriam as bravatas dos pares de França e as façanhas de Antônio Silvino. E se aparecessem cangaceiros, correriam, se esconderiam com as mulheres e as filhas, porque eles vinham com fome de tudo. Se aparecesse uma volante, era a mesma coisa.

Antônio Bento voltara do Sobrado pensativo. Um fato maior que a morte do major tomava conta dele. O tenente Maurício mandava dar, desrespeitava um coronel de barbas compridas como o da Jurema, tratava o padrinho com desdém, como se fosse um qualquer, e falara dele Bento como de um criminoso. Tinha vontade de fugir, de andar pelo mundo como o seu amigo Dioclécio. Vida boa era aquela, de terra em terra. E foram-se os dias assim, sem que ele encontrasse uma saída para seus pensamentos. Ali no Açu tudo era contra ele. Até no Recife falavam dele, da Pedra Bonita. Se não fosse o seu padrinho, ganharia o mundo. Dioclécio começara assim, fora aprendendo, aprendendo e terminara um mestre. Podia até ser melhor do que Dioclécio. Sabia ler, decoraria versos, inventaria histórias.

E lá um dia o padre Amâncio chamou Antônio Bento para o seu quarto. Estava na estrebaria quando ouviu o padrinho chamando por ele.

— Antônio – lhe disse o padre —, tenho que ir ao Recife. O bispo de Pesqueira quer que eu o acompanhe na visita pastoral deste ano. Tenho que passar por lá uns três meses.

Maximina vai para Goiana, eu vou deixar os cavalos na cocheira do coronel Clarimundo e você deve ir passar esse tempo com o seu povo da Pedra Bonita. É a sua gente. Você precisa estar com eles. Houve um tempo em que eu pensei em lhe arrastar de lá. Sua mãe me pediu. Vinha sempre aqui me pedir. Não queria que você voltasse. Tinha medo de sua volta. Estive pensando. Isso era um erro, um grande erro. Lá está na sua gente. Falam de lá. Todo o mundo quer responsabilizar o povo da Pedra por uma porção de crueldades. Mas isto não tem importância. Vá passar esses três meses entre os seus. Procure viver bem com eles, ajudá-los. Você leva daqui experiência. Você é mais instruído. Eu queria fazer de você um padre. Faltaram-me os recursos. Eles de lá não gostam do resto do mundo. Nos odeiam, nos culpam pelos erros dos outros. Na verdade foram malvados com eles. Naquele tempo não apareceu um homem de juízo que tivesse força de levar os pobres pelo bom caminho. Foram a ferro e fogo, destruindo, matando. E o ódio ficou. No começo de minha carreira, quando cheguei aqui, ainda quis ir até lá. Fiz o possível. Levei até o frei Martinho para uma missão. Não me deram ouvidos. Aqui no Açu só mesmo sua mãe aparece de quando em vez. Ela queria que você fosse para longe, para aprender, para ser diferente de todos. Na seca de 1904 deixou você comigo. O povo do Açu, das fazendas, por ignorância, atribui a miséria do município à desgraçada Pedra Bonita. Se odeiam. Procurei modificar esta raiva, que vem de avô a neto. Foi inútil. Você mesmo deve ter sentido isto. Eles lhe olham como um estranho, um infeliz, como se você não fosse da mesma carne dos daqui. Quando eu lhe adotei, me censuraram. Até minha irmã se opôs. Ninguém criava uma cobra. E no entanto eu sei que você é bom, digno de todo o meu afeto. Só lastimo não ter podido mandar você para o seminário. Uma paróquia como esta do Açu não dá nada, não rende coisa nenhuma. Pedi ao reitor em Olinda, escrevi-lhe, insisti, mas nada se pôde fazer. Deus não quis que você fosse padre. Um padre de Pedra Bonita podia ter mais força do que eu para acabar com tudo isso que há. Deus um dia dará o sinal de sua graça. Iluminará o coração dessa gente. Vou passar uns três meses por aí fora. Fica com o teu povo. Experimenta a bondade dele.

O padre Amâncio se calou. Na cozinha Maximina batia ovos. E Antônio Bento ficou um pedaço de tempo no quarto do padrinho. Eram só a rede, aqueles cabides, aquela mesa de pinho, um guarda-roupa de amarelo, o luxo do seu quarto. Tudo aquilo era a riqueza do padre Amâncio, o conforto de vinte anos de vigário. Ali estava ele estendido na rede, velho, com vinte anos dados ao Açu, àquela gente que não prestava para nada. Pobre de seu padrinho! Não fizera nada, não podia se gabar de uma grande obra. A matriz fora obra dos outros, o Açu o mesmo que encontrara, as imagens da igreja as mesmas. Ninguém sabia de todo o seu esforço, de toda a sua luta, para não deixar que o tempo e a pobreza reduzissem a matriz a ninho de corujas e de morcegos. E estava ali, agora mesmo, confessando a ele, uma sua cria, que nada pudera fazer pelas almas de seu rebanho. O ódio que encontrara estava vivo, batendo. Duas espécies de gente com a mesma raiva. O Açu vendo na Pedra Bonita a sua desgraça e a Pedra Bonita desejando todo o mal ao povo do Açu. Maximina cantava a mesma moda de sempre, aquela *Margarida vai à fonte*, que ele vinha ouvindo desde menino. E o padre Amâncio, de olhos fechados, ressonava. Antônio Bento se levantou devagar para não acordá-lo. Era quase hora de tocar as ave-marias. Foi andando para a igreja com o coração pesado de tristeza. Subiu as escadas da torre. Os morcegos chiavam no telhado e a luz do Santíssimo vacilava com lentidão. O silêncio imenso da igreja pela primeira vez lhe fez medo. Lá no fundo da sacristia estava o caixão que servia para enterrar os defuntos pobres. Deu a primeira badalada do sino com força, como se quisesse chamar um companheiro, um amigo que viesse para junto dele. O som se perdeu por longe. Na tamarineira os homens se descobriam. Deu a segunda badalada mais devagar, mais senhor de si. Então dona Fausta começou a gritar.

SEGUNDA PARTE
Pedra Bonita

1

No pé da serra do Araticum ficava a propriedade do velho Bento Vieira. Aquelas terras vinham dos antigos da família. A casa pobre de taipa, o curral de pedra, o cercado de pau a pique diziam bem a idade de tudo. O lugar era triste. Nada dos horizontes extensos, de uma vista que enchesse de gozo o espectador. Um buraco, como diziam. Mas era que ali embaixo passava o córrego, nasciam águas que só deixavam de correr nas secas violentas. Procuraram o pé da serra por estas facilidades. Podiam ter construído a casa-grande no alto, lá em cima donde se avistava a caatinga se sumindo, se estendendo nos seus relevos, subindo e baixando como um mar. Quiseram fincar mesmo no pé da serra a casa-grande. O gado não precisaria de longas caminhadas para o bebedouro e o povo encontraria ao alcance da mão a água de beber, que era tudo por aquelas bandas. O povo do Araticum nunca quisera muita coisa do destino. Dessem-lhe de beber, que o mais se arranjava sem muitos cuidados. As terras do velho Bento Vieira recebiam gados de todo o mundo. Não eram extensas, não dispunham de um mundo como outras fazendas vizinhas. Mas tinham do melhor, do que havia de mais fresco pelo sertão. Outros levavam muito gado para as feiras, cultivavam, enchiam a casa de cereais. Mas nas secas não aguentavam o repuxo como o Araticum. Era pequena, mas dava bastante para os seus donos. Ouvia-se sempre dizer: "O Araticum é um ovo sem clara, só de gema."

O velho Bentão, como chamavam ao proprietário, não fazia figura nas partilhas de gado. Tinha pouco, não procurava estender as criações. Cobria as terras de roçado. Tinha medo das secas, se reduzia para melhor resistir. Vivia ele com a mulher e os filhos numa vida insignificante, como há um século vinham vivendo os seus antepassados. A casa-grande, que fora de seus avós, era aquela mesma. Não aumentara um quarto, não lhe fizeram uma puxada. O tacho de cobre de refinar o azeite de carrapato quase não tinha mais fundo. As gamelas de fazer farinha eram as mesmas. Apenas o fuso da prensa se partira, de tão gasto. As vasilhas eram aquelas em que há cem anos vinham espremendo a massa nas farinhadas. O curral de pedra resistira ao tempo. Do tamanho que era continuava a ser, e as estacas de aroeira do cercado podiam esperar por mais cem anos, de tão sólidas.

No Araticum as coisas seriam como as pessoas. O capitão devia ser igual a seu pai, como este fora igual ao outro. Corresse o tempo na sua corrida, no seu galope. Ali o jabuti andava no seu passo, despreocupado, manso, sabendo ao certo em que pedras pisava, que caminho transpunha. Só a seca de 1904 arrancara o capitão de sua rotina. Outras secas ferozes, outras desgraças tinham obrigado os Vieiras a caminhadas por terras que não eram as suas. Quem quisesse encontrar uma casa, uma terra amada pelos seus donos, não fosse ao Araticum. Povo e terra viviam ali há um século numa intimidade profunda. Mas sem se quererem, inimigos íntimos. O povo maltratando, a terra dando, sofrendo. Um pé de roseira, uma árvore nunca plantaram ali para se amar, se estimar. A casa do velho Bentão perdera a brancura de sua mocidade, era escura e suja, com um reboco de barro vermelho aparecendo. A calçada, torta, fora de nível, como se tivesse sido feita de brincadeira. Havia ainda pelas cornijas uns restos de tinta encarnada que a chuva e o sol não haviam conseguido extinguir. O telheiro era que no meio do negro apresentava aqui e acolá o vermelho de telha nova.

Por dentro era a mesma pobreza, parecendo miséria. Os bancos e os tamboretes da sala de jantar, com a mesa grande de pinho, um sofá de palhinha furada, umas cadeiras de amarelo na sala de visitas e quartos vazios com as redes desarmadas, pendidas no canto dos armadores. Muitos quartos e a cozinha com o fogão de lenha e o pilão para o lado, o negrume das paredes e do telheiro donde pendiam picumãs e cascas de laranja secas. Em cima da mesa de jantar, dependurado do telheiro, estava o jirau carregado de queijo, de farinha de milho. As lamparinas de azeite de carrapato com pavios de fora, espalhadas pelos quatro cantos da casa. E pelas biqueiras, a terra comida pela erosão. E a casinha dos bodes e dos carneiros fedendo, a estrebaria dos cavalos pegada à casa e um pé de juá, por onde as galinhas subiam para dormir. Era assim a casa-grande do Araticum. Devia ser assim cem anos atrás. Não seria o velho Bentão que a viesse modificar, dar-lhe formas novas. Quem o visse pela primeira vez, diria o homem que ele era. Alto e magro, de barba rala, deixada ao tempo, de olhar duro de gavião, e calado, furiosamente calado, como se o uso da palavra o constrangesse. Os vizinhos não gostavam de tratar com o velho. Desde moço que parecia um velho, um doente. Nem nas trovoadas de janeiro a sua mulher e os filhos viam o chefe da família mudar de humor. O mesmo de sempre, nas secas, nas trovoadas, na miséria, na meia fartura. Um homem duro demais.

 Em 1904 desceu com os seus, abandonou o Araticum, quando tudo havia se acabado. As nascentes há dois meses que nem minavam e a última cabeça de gado esticara a canela. A mulher e os filhos pequenos chorando às escondidas. Amanhecera um dia com o sol doendo na vista. Preparara os dois jumentos mais fortes e saíra com o seu bando, de cara fechada, insensível às dores, ao sofrimento de sua gente. Os parentes não gostavam do velho Bentão. Todo o mundo fugia do Araticum. Ninguém passava ali para descansar de um dia de viagem, dar uma conversa, esperar que o sol baixasse, para ganhar o caminho. Cara de pau, diziam do velho, unha de fome. E toda a família do Araticum sofria a mesma fama. Só a mulher, de quando em vez, se botava para o Açu em visita ao filho que o padre Amâncio criava. O chefe só saía de casa para vigiar o gado. Não ia à eleição, não fazia parte de júri. Naquele oco do mundo, escondido dos homens, Bento Vieira não tinha partido, não recebia ordens de ninguém, não devia favores. Comia e vestia de seu trabalho tacanho. Também todo o seu esforço só dava para isto. Desde que morrera o pai e que era dono do Araticum vivia daquele jeito. Não se sabia se era feliz ou infeliz, nem a mulher pudera espreitar no marido um desabafo, uma palavra de satisfação ou de dor. Parira, dera filhos à morte. Sofrera a seca de 1904 com Bento com a mesma cara, com as mesmas palavras duras, os mesmos gestos. Ela mesma reconhecia, media e avaliava o homem que Deus lhe dera para companheiro de seus dias. Mulher de sertanejo não tinha direito de escolher, de amar quem quisesse.

Sinhá Josefina era do mesmo sangue de seu marido. Vinha dos mesmos troncos. Desde rapaz que a fama de Bento Vieira se espalhara pelos arredores. Não fora de vaquejadas, de brincadeiras, sempre aquele homem de poucas conversas. Um dia o pai de sinhá Josefina lhe dissera: "Menina, o filho do compadre Aparício pediu a tua mão em casamento." E fizeram o casório. Veio viver com ele, sabendo já quem ele era. E vivia bem. Outra teria se arreliado, como fez a mulher do capitão do Jenipapo. Ela aguentou firme. Se queixar, não podia se queixar do marido. Em muita coisa podia passar por bom. Mau não era, não andava dando nos filhos, judiando com os meninos.

Isto não. O que incomodava nele era aquela secura de agreste, de pedregulho. Todo homem tinha as suas horas de agrado, de ternura para com os seus. Até aquele parente Julião Vieira, que fora ao júri mais de uma vez por crime de morte, agradava a mulher. Certa vez, quando ela ainda era solteira, passando pela casa do parente, o encontrara com um menino pequeno nos braços fazendo agrado. Bentão nunca dera este sinal de coração. O filho podia morrer de chorar na rede, que ele não se levantava para ver o que tinha. Mesmo quando ela estava parida de novo. Do seu canto ele não saía. Podia o pobrezinho ficar roxo do choro, que o pai não se dava a esse trabalho. E crescia sem ele achar graça nas besteiras dos filhos, rir-se, ficar cheio com os meninos dizendo as primeiras coisas. No começo ela sofrera com estas coisas. Depois fora se acostumando, o marido era de pedra. Passava até por doido. Uma sua irmã lhe dissera logo no começo de sua vida com Bentão: "Fina, teu marido uma noite te estrangula. Parece que ele tem raiva do mundo."

Aos poucos porém ela foi vendo que aquilo não era ruindade dele. Nascera assim, vivendo assim até a morte. Envelhecendo depressa. No segundo filho os peitos caíram. A cor se fora, a pele pegara mancha, sumira-se toda a sua beleza. Sim, sim, fora bonita. Nas festas, nas danças, todos os rapazes se botavam para ela. Não amara nenhum. Com dezesseis anos recebera intimação do pai para se casar com o primo. Era um rapaz esquisito, sem muitas palavras. Mas gabavam a vida pacata que ele levava.

Bento Vieira fora filho único. O pai enviuvara no começo de sua vida de casado e aquele filho se criara sem mulher, entregue a uma preta velha que estava com a família desde a escravidão. Já era muito velha para saber gostar de um menino. E Bento foi assim sem mãe, sem carinho de ninguém. O pai se não era de seu feitio, pelo menos vivia sempre por fora. Diziam que ele dava de quando em vez uma ajuda a um grupo de cangaceiros que agia para as bandas do Cariri. Ali pela Pedra Bonita o capitão Aparício deixara fama de valentia. As terras em suas mãos viveram sempre no abandono. A casa nunca tivera um caibro novo botado pelas suas mãos. O gado era vasqueiro, umas reses minguadas. O Araticum era mesmo que não ter dono, mas ninguém lhe pusesse as mãos para derrubar uma aroeira, plantar um palminho de terra, porque o clavinote de Aparício estrondava por aquelas quebradas em cima do primeiro que se atrevesse. Fora ao júri a primeira vez por causa do Araticum. Um vizinho que tinha um vaqueiro novo e atrevido metera o pobre para os lados de Aparício. E foi o que se viu: o homem com uma descarga na cara, que deixou um rombo. Aparício abandonava a fazenda, se perdia. Dias e dias longe do filho, mas não havia quem tivesse coragem de tocar no Araticum. Respeitava-se, com ele ausente ou não o Araticum seria sempre o mesmo. E Bento Vieira cresceu assim, como seu pai, naquele vaivém. A negra morrera com ele menino. Foi a mesma coisa. Quando Aparício teve que sair, não procurou companhia para o filho. Com doze anos de idade, viveu só, cuidou de si, como se não existisse ninguém no mundo. Aos quinze anos chegou-lhe um dia a notícia em casa. Tinham matado na feira de Dores o grande Aparício Vieira. Três cabras foram em cima dele de pistola e punhal. Dois ficaram estendidos com ele e o outro de bucho rasgado para morrer dias depois. A briga ficara falada nas redondezas. Até versos tiraram com ela. E Bento Vieira ficou com tudo que fora de seu pai. As terras e o gadinho, e sobretudo com a tradição de sua coragem, de seu valor, pesando em suas costas. Ficou solteiro muito tempo, isolado do mundo, tratando de suas reses, só no Araticum com uma mulher para lhe fazer a comida. Todo o mundo falava daquela solidão. Homem tinha que ter a sua família, a sua mulher, os seus filhos. Assim como vivia ele, era melhor que fosse para o cangaço. Mas Bento se dava bem. Vivera assim desde menino, não lhe fazia falta o contato com os seus semelhantes. Espalharam histórias a respeito dele. Falavam de ligações com o demônio. Por fim Bentão, como já era conhecido de todos, pediu moça em casamento. Quem seria a pobre que tivera esta coragem? Era Josefina, coitada, uma menina tão alegre, tão dada. E o casamento se fez. Bentão estava de roupa branca, de barba feita. O rosto comprido, os cabelos claros, os olhos azuis não lhe ficavam mal. Rapaz bonito, podia-se dizer sem exagero. O pai de Josefina deu a sua festa, matou o seu peru e o harmônico tocou, as violas gemeram e as moças dançaram. Bentão e a noiva não se mexeram do seu lugar. Josefina bem desejava estar com as outras na brincadeira, mas a cara do marido não era para essas coisas. À meia-noite saíram os dois. Bentão e a mulher na garupa do seu alazão, sem acompanhamento. A mãe de Josefina chorou com as irmãs. O seu coração dizia que a filha ia sofrer. Mas o velho mandou que ela se calasse. E as violas continuaram a gemer, mesmo com os noivos distantes.

  Sinhá Josefina pensava nessas coisas: tivera filhos, envelhecera, descera na seca de 1904, reduzidos a nada, voltaram para o Araticum, deram um filho ao padre Amâncio. E a vida era a mesma para ela, como desde o princípio do seu casamento. Mudar uma natureza como a do seu marido só mesmo um milagre. No fundo ela estava conformada com a sorte. Os filhos vieram para o seu consolo. Encheram-lhe a vida de alegria, deram-lhe tudo que não lhe veio de outras bandas. Eram quatro e estavam grandes, todos homens feitos. Bentinho nascera quando ela nem esperava mais novidade. Já estava até esquecida daquelas coisas, quando Deus lhe mandou Bentinho. Gostou mais dele que dos outros. Já estavam grandalhões, quando lhe chegaram os primeiros sinais da gravidez. Ficou radiante. Aquele seria afilhado de Nossa Senhora, seria a flor da casa. As dores do parto foram terríveis. Era o último fruto da árvore. E com que esforço ela entregou ao mundo o seu filho mais moço! Foram três dias de suores e de dores, de medo da morte. A parteira Venância já abanava a cabeça. Passara horas inteiras no tamborete furado, fazendo esforço. Por fim, nem podia mais levantar a cabeça quando sentiu que estava se aliviando. Chamou a velha com um sinal, fez toda a força que podia ainda, e Bentinho chorou nas mãos da velha Venância. E ela se sentiu mãe como nunca. Foi de uma cavilação extrema com ele. Dera-lhe leite até quando os peitos murchos secaram, como as nascentes do pé da serra, nas grandes secas. Até a última gota Bentinho bebera. Amava este filho com uma espécie de desespero. Lembrava-se bem da seca de 1904. Iam com os outros já rapazes para o acampamento do governo. Bentinho tivera bexiga doida. Parecia um palito de magro. Teve medo que ele morresse. Foi quando chegaram no Açu. Fora ao padre Amâncio e dera o filho para ele criar. Ela queria era que o filho ficasse ali por perto, para quando fosse da volta pegá-lo vivo, bem-tratado, gordo. Bentão não quisera. Ficou danado, mas a seca de 1904 amolecia até os corações de pedra. Desceram, esperaram lá embaixo que Deus se lembrasse do povo infeliz. E nas primeiras chuvas Bentão preparou-se para voltar. Já aí tinham perdido o filho mais velho Deodato, que se fora embora com os retirantes para longe. Uma tarde chegara o filho mais velho com aquela história. O povo estava indo todo para a cidade e de lá se botava para o Amazonas, uma terra onde havia riqueza para todo o mundo. E água corrente de inverno a verão. Onde o mato nunca ficava seco. Fora-se embora. Bentão não disse nem sim nem não. Ela chorou. Deodato era bom, tão diferente de Aparício, o segundo filho, que era brigão, estouvado. Deodato deixou-os para sempre naquela tarde. Nunca mais dera notícias, nunca mais seu filho mandara dizer coisa nenhuma. Quando soube que havia lá para as bandas da Pedra Bonita um homem que tinha voltado do Amazonas, muito cheio de riqueza, procurou-o para perguntar pelo filho, se não tinha visto Deodato por lá: "Qual, sinhá Fina, ninguém pode ver não. A terra é grande demais, morre muita gente." Para ela Deodato era defunto. Fora para sofrer. Tinha o filho mais moço. O padre Amâncio falara em mandar o menino para ser padre. Seria o primeiro padre da família Vieira, o homem mais importante de toda a Pedra Bonita. Só um padre podia tirar as desgraças de cima deles. Sonhava ela com essa ventura. Aos poucos porém foi perdendo essa esperança. O padre Amâncio muito pobre não pudera mandar Bentinho para os estudos. Mesmo assim ela se orgulhava do filho que tinha. Ele sabia mais do que todos os da Pedra Bonita. Vira-o no Açu ajudando missa, vestido nos trajes de croinha, sacudindo a campainha, suspendendo os paramentos do padre. Bentinho valia mais do que todos eles. Adorava-o nas suas noites de solidão, com o marido espichado na rede e os outros dois filhos por longe. Um deles, Domício, era dado às tocatas de viola. Todos diferentes do pai. Nenhum puxara aquela secura, aquele coração de pedra. Neste ponto sinhá Josefina se sentia bem. Os meninos nunca lhe deram desgostos. Eles mesmos lhe diziam: "Mãe, tu precisas de sair de casa, tomar um arejozinho por fora." Queriam levá-la à casa dos parentes. Ela porém recusava. Vivera assim com o marido sem ver gente e assim viveria até o fim. As viagens ao Açu é que lhe enchiam a vida. Davam verdor aos seus dias. Sonhava com elas dias, noites seguidas. E numa madrugada saía sozinha a pé, puxando léguas, de chinela na mão, de caatinga afora, com uma ansiedade de quem procurava uma grande coisa. Ia para o filho. Três vezes por ano, três grandes datas para ela. E fazia gosto. Bentinho era outro, de outra gente, de cara, de corpo, de um mundo que não parecia de Araticum, da Pedra Bonita. Se ele tivesse ido para padre (e ela pensando nas suas viagens ao Açu, imaginando no meio da caatinga, ouvindo de quando em quando o grito lancinante das seriemas na carreira), se ele voltasse padre, em que quarto da casa do Araticum dormiria? Como um padre poderia dormir num quarto daquele, gotejando, de chão frio? Não, a casa se transformaria para receber o filho que tinha cantado a primeira missa e que era o homem maior de toda a Pedra Bonita. A madrugada na caatinga era fria. Ela parava para comer um imbu, chupar um imbu e ouvia, naquela imensa solidão, os pássaros cantando. O rompante do espanta-boiada, com um grito de gente. Nunca tivera medo de andar sozinha. Os filhos falavam. Que iria ela fazer assim no Açu sem uma companhia? Mas ela queria era ir sozinha, não levar ninguém da Pedra Bonita para lá. Não queria que o filho tivesse vergonha dos irmãos, do pai. Sentia que aquilo era um mal, que aquilo era errado. Mas não queria que ele visse os seus, tivesse vergonha dos seus. E voltava sempre do Açu animada de uma grande esperança. Bentinho seria um homem à parte, no meio de sua família. Comparava-o com os outros irmãos. Via Deodato como morto, mas tinha os outros dois. Aparício forte, alegre, cheio de vontade, falando de brigas, com armas no quarto, experimentando pontaria nos pés-de-pau. Via Domício tocador de viola, sempre de festa em vista, do tamanho do pai, respeitado nas vaquejadas. Eles dois nunca lhe deram aperreio. Deus a livrasse de ver um filho com a tropa atrás dele, com processo, precisando de proteção de gente de fora. Mas a grande esperança da sua vida estava no Açu, aprendendo com o padre Amâncio. O marido fora buscá-lo uma vez. Voltara e não lhe dissera uma palavra. Nunca Bentão lhe falara mais no moço ausente. De Deodato uma vez ou outra se lembrava para se queixar. Só ele era quem sabia tratar das abelhas. Todas as ocasiões em que tirava mel dos cortiços, lá vinha o velho com Deodato. Ele era quem sabia tratar daquilo. Os cortiços estavam desaparecendo, com as abelhas fugindo para outras partes. Deodato sabia de segredos, tinha a mão boa para as bichinhas.

    De Antônio Bento o velho não tinha de que falar. Saíra ele menino com cinco anos e parecia uma criança de três, de tão definhada. A princípio tocara na mulher a respeito disso. Um filho dele estava vivendo à custa de um estranho. Montou a cavalo e procurou o padre Amâncio. O padre lhe dissera tanta coisa, que voltara sem o menino e se esquecera para sempre do filho. O Araticum viveria sem ele muito bem. Eram dois os perdidos: Deodato e Bentinho. Este era mais dos outros, da gente de baixo, do povo inimigo.

    Havia por aquelas bandas um ódio extremado. Estava dentro da terra, dos corações, dos matos, nas pedras. Vinham gerações sobre gerações, mas ia ficando o ódio, o povo do Açu não valia nada para eles. Faziam feira em Dores, andavam mais duas léguas para ouvir missa de festa e comprar e vender. Por isso mais de longe ainda o velho Bentão via o seu filho mais moço. Quando desceram em 1904, a fome não lhe dera coragem de contrariar a mulher. Também pensara que o menino se acabasse, morresse. Voltando para o Araticum, quis trazê-lo para junto de si. A mulher metera na cabeça deixá-lo com o padre. E que ele ficasse por lá mesmo. Os dois filhos estavam dando conta de tudo como podiam dar.

Aparício tinha muito do avô; o outro, da gente da mãe. O sogro de Bentão tivera cantadores na família e não era demais que viesse um neto com aquele gosto estragado. O que para ele valia um homem abrindo a boca no mundo para cantar, vivendo de viola na mão como um leso? Bentão no começo brigou com o filho. Não queria aquela quizília dentro de casa. Depois foi deixando. Era curioso como o duro capitão se deixava levar pela vontade dos meninos. Aparício e Domício andavam por onde queriam, fazendo o que bem quisessem. E o pai não brigava. Era o mesmo, sem uma palavra. A mulher que olhasse para eles. Quem os parira fora ela. Dessem eles conta do serviço e tudo estava muito bom. Aparício cavasse a terra, limpasse o mato do roçado. Domício conduzisse o gado, curasse as bicheiras, cortasse as ramas para a ração, e o mais que corresse ao deus-dará. Muitas vezes a mulher brigava, censurava. Pedia para ele agir contra os filhos: "Bento, tu precisas ver a vida desses meninos. Domício não sai da viola. Aparício dormiu a noite fora de casa." E o velho com a cara que estava, ficava. Fizessem o serviço, dessem uma ajuda no Araticum e tudo podia ir conforme os ventos.

O córrego passava no fundo da casa. Mais para baixo se desviava de umas pedreiras e se espalhava procurando caminho. Os pés de oiticica faziam um bosque de encher a vista, com as suas copas arredondadas. O riacho descia, beijando a raiz das árvores. Nas grandes secas, tudo secava, a areia branca do leito espelhava ao sol. As oiticicas resistiam aos anos mais cruéis, dispunham de forças como os juazeiros, os catolés, os cardeiros, as aroeiras da serra. Muitas vezes os cargueiros de aguardente vinham pedir ao capitão ordem para descansarem por ali. Armavam rede por debaixo das oiticicas, faziam fogo, a carne ardia no espeto e às vezes ficavam até de madrugada.

Fora com eles que Domício aprendera os toques e os versos que sabia. As oiticicas do Araticum ficaram um pouso certo dos cargueiros, dos viajantes de longos caminhos. Nada pediam à casa-grande. Só queriam mesmo as sombras das árvores e a água doce do riacho, que era por aquelas bandas um presente de Deus. Quando a ventania era forte, vergava os galhos espalhados das oiticicas. O rumor de suas folhas sacudidas chegava até longe. O velho Bentão se zangava com os aguardenteiros. Aquilo era uma gente sem terra e sem família, uns estradeiros. Mas nunca negara um pouso. Havia porém um dos chefes deles que era conhecido do capitão. Este vinha, com a cartucheira atravessada, contar coisas que sabia ao pessoal da casa-grande. Comia na mesa com o velho. Ele tinha sido conhecido do antigo Aparício. Quase menino, numa luta, levara uma bala numa emboscada com o pai do capitão. Era baixo, de barbas brancas, de alpercatas com brochas douradas. Era só esta a única visita que Bento Vieira recebia no Araticum. Nem os parentes vinham ali. Só o velho, que em menino conhecera o velho Aparício. O capitão conversava com ele.

No Araticum a vida era sempre assim. A seca de 1904 secara as águas do pé da serra, secara a terra inteira, e eles desceram para as terras dos outros. Um filho se fora para longe e o outro ficara no Açu, dado ao padre Amâncio. A velha Josefina tinha esperanças. Para Bentão a terra não seria para dela se tirar riquezas, cultivar, crescer, ficar mais rico que os outros. O pai lhe deixara o Araticum como estava, como estava ele o deixaria para os filhos.

Muitas vezes, esticado na rede do copiar, o velho ouvia o aboio de Domício, o latido do cachorro ou a pancada da foice nas cabreiras e nos xiquexiques. Ouvia a terra e a gente falando para os seus ouvidos, de coisas que só ele entendia. A mulher lá para dentro mexia nas tigelas e pisava milho. Aquilo era o Araticum. As abelhas saíam para o campo atrás de material para as mestras. Soprava um vento que chega e sacudia as franjas da rede. Aquilo era o Araticum, a sua terra, a terra que Aparício recebera dos velhos, dos antigos Vieiras da Pedra Bonita. Outro que se cansasse na engorda do gado, que dormisse pensando com a fartura dos cereais. Queria só o que desse para comer e vestir. E o mais que a seca comesse, que a chuva levasse. Se não fosse aquele filho na casa do padre e o outro perdido por longe, e outro que sabia tratar das abelhas, ali no Araticum, tudo estaria bem para ele. Descera com fome na seca de 1904 e fora atrás do pedido da mulher. Um filho dele, dos Vieiras, servindo de criado no Açu. Melhor que tivesse morrido na câmara de sangue, que os bichos o tivessem comido na estrada. O velho Bentão balançava-se na rede que a mulher fizera, sentindo-se dono, senhor do Araticum, que tinha água corrente naquele sertão infeliz.

2

— Eu bem te dizia, Josefina, o menino está perdido. Está aqui há mais de mês e não faz nada.

— Fazer o quê, Bentão? Tu querias que logo no dia que ele chegou aqui ganhasse os campos? Ele não vai ficar aqui não. O padre quando voltar, ele volta também. Tomara que ele já volte logo.

Bento tinha chegado no Araticum e andava ainda tonto com as coisas. Saíra dali com cinco anos e a sua memória não dava para ir muito longe, aos começos de sua infância. Lembrava-se de pouca coisa. Lembrava-se do banho de água fria que lhe dava sua mãe, de manhãzinha. Doía-lhe a água, como um castigo. Pouco ficara nele do Araticum. E agora estava no meio dos seus como um estranho. Não se sentia ligado à gente e às coisas. A mãe fazia cavilação com ele, fazendo dele uma criança, com mimos, com cuidados. Boa criatura. O pai, de cara fechada, sem dar uma palavra. Fora assim desde o dia em que chegara. Ninguém o estava esperando. Chegara no Araticum com o dia alto. A mãe se abraçara com ele, numa alegria imensa. Teve-o nos braços, chorando. O velho deu-lhe a mão para beijar, como se a estendesse para um filho que tivesse acordado naquele instante, seco, indiferente. Só de noite conheceu os dois irmãos e gostou deles. Aparício quis logo saber se ele trazia arma de fogo e Domício o agradou extraordinariamente. Mesmo na noite da chegada tocou para Bento ouvir a sua viola. Foram para fora de casa e Domício encheu o silêncio do Araticum de um canto triste, como de aboio. Os da casa-grande estariam dormindo, e eles dois ali por baixo das oiticicas, gozando a lua. Bento se extasiou com o irmão. Aquele daria um Dioclécio, era da mesma marca de seu amigo. Pediu para o irmão cantar. Pediu histórias, queria ouvir histórias que comovessem, que arrancassem lágrimas. Mas Domício não sabia. Aprendera pouco. O aguardenteiro não tivera tempo de lhe ensinar. Então ele falou ao irmão das coisas de Dioclécio. Domício não conhecia. Nunca ouvira falar desse cantador. Sabia que tinha havido outros, como Romano e um cego do Piancó, que era o maior de todos e que deixara fama pelo sertão. Bento sentiu que ele não conhecesse o amigo. Dioclécio para ele era o maior cantador. Sabia histórias e inventava versos de cabeça. Ninguém como ele. E contou as histórias do amigo, a surra dos cangaceiros no velho, as filhas ofendidas, o sangue correndo no chão. Contou a história da mulher do fazendeiro.

Ela era bela e tinha os cabelos que vinham nos pés. E dormiu com Dioclécio, somente porque ele era cantador e tocava viola com sentimento. Domício ouvia tudo calado. Aquele seu irmão sabia de coisas, e foram dormir bem tarde da noite. Roncavam Bentão e Aparício dentro de casa. Entraram devagar, com jeito, e caíram na rede para o sono. Bento quase que não dormiu naquela noite. O Araticum era aquilo que ele via. O pai tinha cara de poucos amigos; a mãe, um anjo; e os irmãos, bem bons. Domício seria seu amigo, seria um Dioclécio para ele. Acordou de madrugada com um barulho no curral. Domício já não estava na rede e dentro de casa ouvia-se o mexido de gente acordada. Levantou-se e abriu a janela. Os pássaros cantavam e o sol vinha chegando para cima dos altos. Pulou para fora e saiu andando. Viu o pai tirando leite, e Aparício e Domício no meio do gado, fazendo outras coisas. Cantava na tigela o esguicho do leite. Fazia frio ainda. Lá para cima subia a serra verde, bem verde. E as nascentes eram para o outro lado, lá para os fundos da casa. A água brotava ali, como se viesse andando léguas e léguas por baixo da terra. Chegava no pé da serra e chorava e gemia, fria e branca, como uma bondade de Deus. Bento ficou olhando um tempão, olhando as nascentes, descendo como uma bica da serra e caindo embaixo procurando o leito para ir correndo, correndo até secar nos pedregulhos de longe, quando a seca estorricava tudo. Depois ouviu o grito da mãe chamando por ele. Tinha-se ficado feito besta olhando a água, ouvindo o cantar das cigarras que ali no sertão só se encontravam mesmo pelas serras. Encontrou o pai e os irmãos comendo de tigela na mesa. Comiam de colher o leite com farinha. A tigela de Bento esperava por ele. Comiam calados. A mãe ao lado do velho, olhando para o filho, embevecida. E quando os outros saíram, ela falou com ele. Teve pena de sua mãe. Estava velha, muito mais velha do que dona Eufrásia. Não tinha dentes, com a boca murcha, com a cara enrugada. Magrinha, de tanto trabalhar para os seus. Mas como ela se enchia de alegria falando dele! Perguntava por tudo, pelo padre Amâncio. Quando voltaria ele para o Açu? Bento foi lhe dizendo tudo e ela esperava a resposta do filho devorando as palavras. Sentia nela uma escrava que quisesse lhe adivinhar os pensamentos. Pobre mãe! Só restava mesmo dela aquilo que ele via, aqueles últimos dias de vida. Pensou logo que ela não poderia viver muito. Quem sabe se ele não viera para o Araticum assistir à morte dela? Mas aos poucos foi se habituando. E há um mês que estava ali, e já não olhava para a mãe com aqueles pensamentos ruins. Via-a fazendo tudo na casa, na beira do fogo, batendo roupa, e viera-lhe uma confiança nas forças dela, na resistência dela. Não podia se conformar era com a secura do pai. Sabia que era assim com todos, mas não se conformava. Era a têmpera dele, como diziam, a sua maneira de ser.

Apesar de tudo, Bento não se acostumava ainda com o pai. O velho não lhe dizia uma palavra. Nem uma vez, durante todo o tempo de sua estada. Falou com Domício sobre aquilo. E o outro só fez lhe dizer que o pai era assim mesmo. Só tinha mesmo coisas com os bichos. De fato, o velho Bentão tratava dos bichos como se fossem gente. Ia para o cercado de tarde tratar dos animais e passava horas e horas alisando-os, cuidando das vacas leiteiras. Criava um bode que andava por dentro de casa como gente da família. O animal só comia milho nas suas mãos. O que o velho Bentão não tivera para os filhos e a mulher, desperdiçava assim, à toa. Por mais que Domício falasse do pai, explicando-lhe o gênio, Bento não se conformava. Que diabo, eles não eram inimigos; não estavam ali na cadeia com o carcereiro tomando conta. Domício saía com ele.

Já conhecia os cantos, os lugares de terra como a palma de sua mão. Conhecia tudo e agora dera para ficar em casa, cismando. Sentava-se no copiar horas seguidas, e o mundo lhe passava pela cabeça em quadros, em cenas que ele desejaria viver. Dioclécio solto tirando verso de tudo. Lá embaixo era o Açu, o povo que não gostava dele. Dona Fausta aos gritos, querendo-lhe o corpo para se servir, tirar coisas dele; o major Evangelista morrendo de vergonha; Joca Barbeiro tomando o emprego do velho. E as conversas da tamarineira. Dona Francisca do Monte, dona Auta de quartos quebrados pelo ferro do médico, as duas velhas, todo o Açu lhe aparecia como adversário. Só o padre Amâncio era seu, fazia as coisas para lhe agradar. Maximina era boa e dona Eufrásia dando gritos, mandando como se todos fossem uns negros da Costa. De tarde tinha um sino para tocar. De madrugada acordava o povo do Açu com o seu toque. À tardinha fazia os homens tirarem os chapéus, as mulheres rezarem. Era ele que fazia a tristeza no Açu com as suas badaladas. Provocava saudades, recordações, medo da morte. Os homens tiravam os chapéus, e as mulheres batiam os beiços na reza. Era um instrumento de Deus, uma palha que Deus movia. Nas missas, ele e o padre Amâncio ficavam no altar. Eles dois, e lá embaixo os outros que se ajoelhavam, que se benziam, que batiam nos peitos. Deus estava trancado naquele sacrário, fechado com chave de ouro. Ele sabia onde se guardavam as hóstias consagradas. Vinham do Recife, e o padre Amâncio as guardava naquelas latinhas. Sabia onde se guardava o vinho, que era o sangue de Deus. Uma vez não se conteve. O diabo o tentou e bebeu do vinho que o padre Amâncio deixara na sacristia. Sentiu um fogo queimando, o sangue de Deus nas suas entranhas queimando. À noite havia confissão, e contou o que fizera, ao seu padrinho. Não era um pecado tão grande, porque a penitência que teve não foi além das ave-marias e dos padre-nossos das outras vezes. O vinho só era sangue de Deus no instante da missa, na celebração.

    Ali no Araticum Antônio Bento verificava que de fato ele valia mais que muita gente. Pelas suas mãos passavam objetos sagrados, com as suas mãos fazia coisas grandes. Há um mês que deixara o Açu e viera viver com a sua gente. E até sentia saudade de lá. Nunca que pudesse imaginar isso que estava imaginando: tinha saudades do Açu. No Araticum havia sua mãe e havia Domício. Sentia-se ligado aos irmãos. Domício era mais velho. Aparício tinha aquelas coisas, mas, no fundo, queria muito bem à velha. Deodato, o que se fora, era como se não tivesse nascido para ele. Não fazia nenhuma ideia do irmão ausente. A mãe falava, se estendia em descrever as qualidades do outro. Era ele quem tomava conta de tudo com mais cuidado que Bentão. Se tivesse Deodato ficado no Araticum, tudo teria ido para a frente. Bentão não se importava com o futuro. Não plantava um palmo a mais no roçado. O que ele fazia quando se casara era o que plantava hoje, com dois filhos homens dentro de casa. Então Antônio Bento nas suas cismas calculava a vida como se ele tivesse ido para o seminário. Seria o maior da família. O próprio pai teria que se abrandar para falar com ele. Era uma coisa que ele queria ver: pai de padre. O filho mandava nas coisas de Deus, era pessoa de Deus na Terra, representante de Cristo. E o pai maior do que ele. E o filho obedecendo ao pai. Bentão, com ele padre, mudaria de fala. A mãe moraria com ele. Levaria a pobre para a sua freguesia, e o povo vinha lhe trazer presentes de ovos e de galinhas. Seria a dona Josefina, a mãe do vigário. E a casa se enchia de beatas para agradar a mãe do vigário. Quando ela passasse pelas calçadas, de fichu na cabeça, todos olhavam para ela com respeito: "Lá vai a mãe do padre!" E seria boa para os pobres, para os miseráveis, não gritaria como dona Eufrásia. A voz de dona Josefina não se elevaria para impor medo a ninguém. Doce, terna, todos veriam na mãe dele uma protetora. Uma vez por outra chegava Bentão para visitar o filho. Daria uma rede para o velho se espichar no alpendre. E na mesa do almoço e do jantar o lugar de honra seria do velho. Conversariam. Bentão falando de suas safras, do gado que mandara vender nas feiras, do ano seco, das vacas leiteiras, dos queijos de coalho, do preço do milho. Aparício e Domício seriam rapazes muito bem-casados. Ele, o padre Bento, casaria os irmãos com as moças das melhores famílias da sua freguesia. O povo do padre não faria vergonha.

Aí, um urro de boi, um cantar agudo de pássaro, o chamado da mãe tiravam Bento das cismas. E o Araticum estava a seus olhos, nas suas tardes, nas suas manhãs de todos os dias. Não era tristeza o que ele tinha. A mãe lhe perguntara uma vez. Não era tristeza. Bento não sofria, Bento cismava somente. Domício era o seu grande amigo. O velho passava os dias do mesmo modo que ele. Só de tarde e de madrugada se entregava aos bichos. O bode velho parava junto da rede do senhor e ali ficava horas seguidas deitado. Bentão acariciava a cabeça chifruda do animal, dava de comer na mão, como a filho pequeno. E o bode, de barbas grandes, se sentia um senhor do Araticum. Vivia de sala, comia do melhor. Bentão passava os dias na rede, de pernas cruzadas, olhando o tempo. A água do Araticum corria lá embaixo, não morreriam de sede. As suas vacas lhe dariam leite; a terra, o milho; as carrapateiras, o azeite para a lamparina. Tudo estaria muito bem, tudo ia admiravelmente, se não fosse o filho mais novo chegado do Açu. Era um estranho na casa, diferente de Aparício e de Domício. Bem que ele dissera à mulher que não deixasse o menino se criar por longe. Mas a seca mandava neles todos como o maior cangaceiro. Dissera a Josefina que o menino não valia mais nada. E não valia mesmo não. Lá estava ele sentado no outro lado do copiar a olhar para o mundo. Por que não se danava pelo mundo como os outros, para acabar com aquelas cismas? Por outro lado Bentão via o filho no Açu como um castigo. Criado de padre, servindo, levando recado. Antes tivesse morrido na estrada, na retirada penosa, com os urubus voando por cima. Antes tivesse ficado enterrado na areia quente. Nunca tivera maior arrependimento. Mas a mulher quisera, e agora era o que se via. Um filho estranho dentro de casa, como se fosse uma criatura que nada tivesse de seu sangue e de sua carne.

Bento desconfiava do velho, sentia as hostilidades, e por mais que Domício lhe dissesse que ele era assim com todos de casa, não se conformava. Se não fosse Domício, o que seria dele no Araticum? O amor de sua mãe não teria força para prendê-lo. Domício gostava também do irmão. Vivera sempre com Aparício como cachorro com gato. Aparício era o mesmo, com outro gosto pelas coisas, outras conversas, outras vontades. Enquanto ele amava a sua viola, gostava de cantar, o irmão mais velho debochava de tudo isso. No dia em que ele voltava de Dores com uma viola comprada de novo, Aparício deu risadas. Tocador de viola! Aquilo era para Aparício uma ocupação humilhante. Domício juntara dinheiro, levara meses, levara um ano, e na noite em que voltou de Dores com o instrumento de seus sonhos, Aparício debochou. Teve ódio do irmão, um ódio de inimigo rancoroso. Mas foi tudo passando e nem se importava mais com as implicâncias do mais velho. Apareceu Bentinho. E Domício encontrou neste o que lhe faltava no Araticum: um amigo. O velho era aquilo que se via; a mãe, falando de Deodato e de Bentinho. Se não fosse a viola, já teria se danado no mundo, como os outros rapazes que deixaram o sertão para toda a vida. Viera Bentinho, e Domício exultara. Aquele era diferente de todos, gostava de ouvir a viola gemer, gostava de olhar para as coisas do Araticum como ele olhava. Para a lua, para os matos. Gostava de ver e de ouvir.

Deram os dois para sair juntos. Domício ensinou ao irmão todos os cantos da terra. Fora com ele diversas vezes à serra. E lá do pico viram o mundo se espalhando, a caatinga sem fim e o azulado das serras distantes, das outras serras que eram mais altas que a do Araticum. Agora, porém, Bentinho dera para cismar, e Domício começou a preocupar-se com o irmão, pensando que talvez não estivesse gostando de ficar entre eles, que estivesse imaginando em fugir o mais depressa possível dali. E por isto resolveu vencer as saudades de Bentinho. Muita coisa ele teria de mostrar ao irmão mais moço. Já tinha vinte e cinco anos, era um homem, já podia ter filhos, família grande. Bentinho tinha dezessete. Para ele era um menino.

E Domício começou a levar o irmão para os seus passeios.

— Hoje, Bentinho, vamos à furna dos caboclos.

E de madrugada saíram com bode preparado para um dia inteiro de ausência. A madrugada na serra, com a névoa cobrindo os arvoredos de branco. Domício na frente, chapéu de couro e gibão. E Bento de botas. Pela primeira vez calçava aquelas botas duras de sola. Foram subindo. Às seis horas toda a serra se cobria de sol e cantava cigarra de aborrecer. Aroeiras, pau-ferro. Atravessaram a mata fechada e com pouco descobriram um descampado. Via-se de longe a ondulação das outras serras e para um canto descia um caminho muito pisado de gente. Pararam por ali. Já tinham andado mais de quatro horas. Debaixo de um arvoredo pararam um bocado. E Domício contou para Bento a história da furna dos caboclos. O povo dizia que a mãe-d'água cantava lá no fundo da gruta. Era uma cabocla bonita, de cabelo arrastando no chão. Não era como a mãe-d'água dos rios, com metade do corpo de peixe. Era toda mulher. Mais de um sertanejo tinha caído ali dentro da furna atrás da cabocla.

    Foram andando e com pouco mais chegaram perto da furna. Um imenso buraco se abria na terra. Sacudia-se uma pedra e ouvia-se depois a pancada d'água nas profundezas. A abertura era de uma gigantesca cacimba que fosse se afinando como um funil para dentro da terra. Lá embaixo havia água e diziam que nas grandes secas chegava-se a descobrir ossadas de gente. Domício começou a contar ao irmão o que sabia da furna misteriosa: uma cabocla cantava ali de quando em vez. O canto era tão forte, que acordava gente a cem léguas de distância. Quem ouvia este canto ficava de cabeça virada. Precisava ter força de verdade para ficar senhor de si. Do contrário, se era um vaqueiro, selava o cavalo, se preparava para uma viagem e vinha ouvir a cabocla da furna. E o resultado era encontrarem o cavalo do pobre como doido, vagando pela serra sem o dono. Caíra nas profundezas. Os urubus rondavam por cima. O canto da cabocla tinha pegado o pobre de jeito. Bicho bom fora um vaqueiro do Mussu. Estava ele em casa, de seu, quando ouviu o canto da cabocla. Ele disse mesmo depois: parecia um aboio, um gemido chamando. A princípio pensou que fosse o vento nos carnaubais. Escutou mais. O aboio era como se fosse dentro do cercado. Preparou o cavalo, armou-se de rifle, pois andava com medo de visagens e saiu atrás do canto. Andou uma, duas léguas. E o aboio chamando. Subiu a serra e foi logo desconfiando do chamado da cabocla. Mas não teve medo. Tinha o corpo fechado com oração. E foi andando atrás da cantiga. Agora o canto era mais triste. Era mesmo de enfeitiçar. Um canto de namorada saudosa. Desta vez a cabocla ia conhecer um homem. Chegou-se para perto da furna e viu a coisa mais bela deste mundo. A cabocla nua, de cabelo caindo, com os peitos duros, chamando-o, fazendo sinal para ele. O vaqueiro se lembrou dos outros que haviam morrido. Aquilo era uma miserável, uma desgraça, uma pessoa do diabo. Pegou no rifle e deu no gatilho. Disparou a carga toda da arma. E quando acabou, viu a bichinha sorrindo para ele, viu uma lágrima correndo dos olhos dela. Esporeou o cavalo, e o animal não saía do lugar. Quis gritar e não pôde. A língua estava pegada no céu da boca. Aí a cabocla se levantou. Viu o corpo dela, viu as partes como se estivessem a um passo dele. Cheirava o corpo como um pé de jasmim. Estava perdido, quando se lembrou da oração que trazia dependurada no pescoço. Segurou com fé na oração, pediu pelos santos, pediu pelos poderes de são Cosme, e viu a cabocla se espichando, os ossos estalando. Ela tinha a cara de uma mulher no ato, uma cara danada. Os olhos dela se fechavam, a boca se torcia. O vaqueiro se fez mais ainda nas orações, e quando ouviu, foi o baque da cabocla na furna. Ouviu a água lá de dentro fumaçando como um caldeirão e subiu uma fumaça que foi para as nuvens. E uma chuvinha começou a cair, peneirando. Aquele pedaço de serra cheirava como se todas as flores da terra se estivessem abrindo naquela hora. O vaqueiro vencera a cabocla da furna. Quando ele chegou lá em cima, o cavalo estava alagado de suor. Mas o pobre desde aquele dia que foi ficando aleseirado. Deu para chorar, para gemer, com um canto que ele dizia estar ouvindo. E hoje quem for à feira de Dores encontrará ele transtornado, um homem perdido para sempre. Daquela cabocla ninguém escapa.

    Bento ouvia o irmão contar a história, meio descrente. Domício lhe falava da aparição como se falasse de uma vaca do curral, de um pé de pau do Araticum, com a certeza absoluta da coisa. Subiram para a serra e foram andando calados. Depois Domício falou:

— Tu não acredita, Bentinho?

O irmão sorriu.

— Pois tu devia acreditar. Aparício também não crê. Ele manga dessas coisas, eu tenho medo que suceda uma desgraça com ele.

Bento falou ao irmão com franqueza. Se ele fosse contar aquilo ao padre Amâncio, o seu padrinho dizia logo que era superstição, ignorância.

— Nada, Bentinho, isso não é coisa de Deus não. Isso vem de outras bandas. A cabocla existe. Existe mesmo. Tu sabe, não é pra dizer besteira não: acredito mais nela que em muito santo.

Nisto apareceram na estrada uns cavaleiros, e eles deram passagem para os homens. Na frente ia um velho e atrás quatro cabras de rifle nas costas.

— É o coronel Filipe dos Pirins – disse Domício. — Ele tem uma fazenda no pé da serra, do outro lado, que tem até subterrâneo. A casa é uma fortaleza. É toda de pedra, com buraco para as armas de fogo. Ali nunca esteve cangaceiro, fazendo estrago. E uma vez que ele brigou com o governo, foi a briga maior deste sertão. A tropa cercou a casa, o tiroteio durou três dias e três noites. Já tinha morrido gente como diabo, e quando não pôde mais, o coronel fugiu com os cabras pelo subterrâneo. E depois só voltou aos Pirins com o novo governo. Quando ele era mais moço, fazia medo. Hoje, não, está velho. E um filho que tinha foi ser padre. É o padre Quincas que toca flauta. É o maior tocador de flauta do sertão. O velho não gostou da coisa. Amansou de vez. Mas quando sai de casa, é ainda com esse aparato. O padre filho dele não quer outra vida. É tocar flauta e fazer música para se cantar nas igrejas.

Vinham descendo a serra. O sol incendiava. Sol de serra era mais quente, queimava mais. Domício se calara. Bento concentrado. Com pouco mais o irmão falou:

— Bentinho, tu nunca ouviste falar na desgraça da Pedra Bonita?

O outro estremeceu. Era a pergunta que ele se preparara várias vezes para fazer a Domício, mas nunca com coragem de fazê-la. Desde menino no Açu que falavam na Pedra Bonita como de um acontecimento terrível.

— Não, Domício, nunca ouvi falar.

— Lá em casa – disse Domício —, ninguém fala nisso. Nem o velho nem a velha. Eu ainda não te levei à Pedra Bonita por isso mesmo. Minha mãe me pediu: "Domício, tu não fala a Bentinho da Pedra. Aquilo foi há muito tempo, mas a gente ficou com a ferida aberta." Eu não queria te falar. Eu até sou franco. Pouca coisa sei do fato. Dizem por aí que foi uma mortandade sem igual. Agora, quem sabe de tudo, tim-tim por tim-tim, é o velho Zé Pedro do Serrote Preto. Dizem até que o velho faz coisas na Pedra, que ele conhece os segredos de lá. Nós amanhã podemos ir ver este velho. Mas tu não diz nada à mãe. O velho Zé Pedro vive sozinho no Serrote. Aqui no sertão o povo malda logo quando vê um homem assim sozinho, sem mulher, sem filho. Começam a falar coisas do sujeito. Conheço o velho Zé Pedro há muito tempo. Quando a gente era menino, ouvia lá em casa se falar dele. Um irmão de minha mãe conhecia ele de amizade. E dizia lá: "Zé Pedro para ser santo só falta a fama. Tu não pode calcular, Fina, que homem é ele diferente da gente. Tu pensa que ele come carne de bode, carne de boi? Qual nada! Ele vive de raiz de pau. E sabe de reza pra tudo que é doença. Tapuru de boi cai das bicheiras com as rezas dele." Amanhã, Bentinho, nós vamos falar com ele. Vontade eu tinha de procurar o velho, mas não tinha companheiro. Nós vamos amanhã. E a gente fica sabendo de tudo.

Vinham chegando. De longe viam a casa-grande, o verdume das oiticicas balançando ao vento. Era mais de meio-dia. O velho Bentão, espichado na rede, olhou para ver quem vinha chegando. E desviou a vista quando os reconheceu. O Araticum estava num dos seus dias de dezembro. Para as bandas do norte formavam-se nuvens escuras. No armador de pau as cordas da rede do velho Bentão rangiam. Sinhá Josefina apareceu no alpendre. Os filhos tinham chegado.

— Vem, Bentinho, mais Domício, comer coalhada com rapadura.

O velho olhou para ela e fechou os olhos. Os armadores rangiam. Bentão cismava. As nuvens escuras para as bandas do norte eram a grande coisa do dia.

3

Domício ficou pensando uns dias se levava ou não Bento ao velho Zé Pedro. A mãe pedira para ele encobrir do filho mais moço a história da Pedra Bonita. Afinal de contas ele teria que saber. E Bento não era um menino para viver de segredos dessa natureza. Mesmo assim Domício sentia-se sem coragem. E se não fosse Bento, não teriam saído naquele dia com destino à Pedra Bonita. A manhã estava linda. Saíram de casa com o clarear das barras e já estavam em plena caatinga, os pirins branqueavam tudo com o seu florido, imbuzeiros desabrochando, com as primeiras pancadas d'água. Bento ia ansioso, e Domício calado pensando no que estava fazendo. Desobedecera à velha. Sabia que a mãe queria que o filho mais moço fosse diferente de todos de casa. Podia ter se enciumado com esses desejos de sua mãe, mas nunca ligara. Pobre dela, que vivera uma vida de cachorro com Bentão. Um marido que não sabia o que era mulher, com aquela cara fechada desde que acordava até que dormia. Achava natural que ela se enchesse daquela ambição no tocante a Bentinho. Deixara-o com o padre, fora dos seus, procurando para o menino uma vida acima do Araticum, de todos os da Pedra Bonita. Em Dores, quando ele ia às feiras e dizia que era da Pedra, os matutos tinham sempre uma coisa para dizer. Todos tinham a gente da Pedra Bonita na conta de impiedosa, cruel, doida. Por isso a velha não queria que Bentinho soubesse a história dos antigos. Em pequeno, ele se lembrara, aparecera no Araticum uma velha que era da família. Dessas que não faziam pouso em parte nenhuma, uma tal de Naninha. E ela contava a eles o que fora o caso da Pedra Bonita. Parecia uma história de Trancoso o que Naninha lhes contara. Mas quando a mãe ouvira a velha falando, não deixara que continuasse: "Para com isso, tia Naninha. Deixa os meninos. Isso não é história para menino." E assim eles pouco sabiam da história da Pedra. Ficava ali a uma légua e meia de distância. E pouco ele sabia do que se passava por lá. Várias vezes tivera vontade de procurar o velho Zé Pedro e tinha uma espécie de medo. Desde menino que aquilo vinha sendo escondido pela mãe. Ficara com medo de saber. Vontade não lhe faltava. A história, como a velha Naninha contava, tinha coisas medonhas. Um homem, que era mesmo que Deus, um tal de Ferreira, manobrando com sangue de gente e de bicho, fazendo e prometendo um novo mundo para o povo. Iam se aproximando.

Tinham descido a caatinga e agora subiam por uma encosta da serra. Depois desceram outra vez. E um grande vale apareceu à vista de Bento, um grande vale coberto de catolezeiros, como uma floresta, gemendo ao vento. Fazia barulho a pancada do vento nas folhas das palmeiras. Imbuzeiros enormes. E mato, muito mato. Para um canto estavam as duas pedras gigantes. O sol caía em cima de uma delas e espelhava como se estivesse se derramando num espelho. Saía faísca como num incêndio. As malacachetas coruscavam ao sol.

— É aqui que fica – disse Domício para Bento.

Bento parou o cavalo para olhar com mais vagar. O vale se estendia até longe. As pedras, no fundo, quase na encosta da serra, como duas guardas, e a vegetação abundante, uma verdadeira floresta se estendendo a perder de vista. As duas pedras se distinguiam no meio de tudo. Subiam e se entregavam ao sol, num brilho de festa.

— É ali, Bentinho, o lugar da história. Ali vem gente de léguas e léguas rezar, sem saber o quê. Lá em casa não se fala nisso. E quando passa retirante de longe e pede pouso e o velho sabe que é para a Pedra Bonita, não deixa ficar por baixo das oiticicas. O velho tem medo da Pedra Bonita. Mas o povo daqui não tem não. O velho Zé Pedro mora mais em cima. Vamos falar com ele.

Antônio Bento estava como se tivesse caído num reino encantado. Era ali a Pedra Bonita. O sangue dos inocentes correra por aquelas terras e diziam no Açu que a terra secara, que os campos tinham secado para sempre. Não era verdade. Os catolezeiros gemiam ao vento, os imbuzeiros cresceram, estavam ali imensos, e as duas pedras, bem no pé da serra, como dois gigantes invencíveis. Foram subindo. Domício falando, dizendo tudo que lhe vinha à cabeça, e Bento escutando, de ouvidos abertos para tudo. A estrada que dava para a casa de Zé Pedro estava batida de pé de gente e de casco de cavalo. Mais para diante encontraram uma família que sem dúvida vinha de lá. Um homem a cavalo, com um menino na frente, e uma mulher a pé, de saias arregaçadas.

— Isso é gente que vem do velho – disse Domício. — Ele ensina tudo ao povo. Faz até negócio de terra. Estou até pensando no que a gente vai dizer a ele. O bom é a gente não falar no Araticum. Vamos conversar como se a gente fosse de Dores. Tu mesmo não tem cara de gente dessas ribeiras.

Foram andando. A casa de Zé Pedro ficava no meio da mataria. Era uma casa de palha e de barro escuro. Defronte, um pé de pau-ferro dava sombra. De lado um curral de pau a pique, com uma latada para a criação. Bento e Domício não viam ninguém.

— Ô de casa! – gritou Domício.

Lá de dentro saiu um velho, meio acaboclado, de cara lisa.

— Sejam com Deus. – E chegou-se para a porta: — Amarrem os cavalos, meninos.

O velho parecia ter a vista curta, pois se chegava bem perto para falar com Domício.

— Nós somos de Dores. Disseram à gente que o senhor sabe de coisas para aconselhar.

— O que eu sei, todo o mundo sabe. O povo é que inventa essa história. Mas no final das contas vocês vieram de Dores pra falar comigo?

Domício teve medo da mentira. Quis confirmar, mas não teve coragem. O velho sabia de tudo. O melhor era falar a verdade.

— Não, Seu Zé Pedro. Nós somos mesmo destes arredores. Este meu irmão é que chegou do Açu e me pediu para saber a história da Pedra. Lá em casa ninguém sabe direito.

O velho Zé Pedro olhou para eles, chegou-se bem para perto, sondou, examinou:

— Mas tu não sabia de nada da Pedra Bonita? Teu pai não contou, tua mãe não contou? Tu donde é, menino?

Domício informou. O velho sorriu e disse claro:

— Teu pai e tua mãe não contaram, não podiam contar. O sangue dos Vieiras desgraçou a Pedra.

E fechou a cara. Levantou-se:

— O sangue dos Vieiras. Mas não tem nada. Tu nada tem que vê com a história da Pedra. Deus andou castigando por lá. Na Judeia também fizeram o mesmo. O sangue dele correu na Judeia como correu na Pedra. E como há de correr pelo mundo. O sangue de Cristo não para de correr, meninos! O mundo foi feito com sangue, meninos. Foi com sangue que Deus preparou Adão. O sangue tem força pra tudo, para entrar pela terra e varar as profundas. Tu quer saber a história da Pedra. Eu te conto.

Aí o velho saiu um pouco, tomou ar. Era curvo. Tinha o corpo envergado pela idade, a boca murcha, pés no chão e olhar absorto.

— Eu conto a história da Pedra, como são Pedro contou a história do Criador.

Bento ficou com medo. Fazia medo a voz rouca e arrastada do velho. Agora ele parecia atuado:

— Tou ouvindo o sino tocando. Tu não escuta porque os ouvidos do povo vive entupido. O mal do mundo é este, meninos. O povo tem os ouvidos entupidos e os olhos fechados. Tu quer saber a história da Pedra. Ah! eu conto. Eu conto tudo.

Eu conto tudo, gemido por gemido, dor por dor. Lá vem Batista com as pedras na mão. Ele vem do Piancó. Ele diz pra todos: "Ainda não sou eu. Só tenho as três pedras. Uma é o Padre, a outra é o Filho, a outra é o Espírito. Eu venho pra dizer que o Filho não tarda. Ele se chama Ferreira, vem no corpo de Antônio Ferreira, vencer os demônios, abrir a porta dos homens que não querem abrir para os pobres, botar os pobres no lugar dos ricos e os ricos no lugar dos pobres." Batista vem vindo do Piancó. Chegou na Pedra falou para os homens: "Fica queta, gente. Ele vem, ele chega. Ele traz tudo que o Senhor diz que existe. A lagoa do sal vira em ouro." E vieram os malvados e levaram Batista para os confins. Mataram ele e tiraram o couro como se faz com os bodes. Mas as três pedras ficaram enterradas na Pedra Bonita. No pé de Pedra ficou as pedrinhas. Era o Pai, era o Filho, era o Espírito. Lá um dia os catolezeiros começaram a gemer, os pés de mato a gemer, a terra a bulir, a Pedra grande a suar. Descia da Pedra grande um suor frio de gente, era o Filho que vinha chegando na carne e no corpo de Antônio Ferreira. Era o Filho que vinha sofrendo pelos homens. Aí, menino, a Pedra ficou como nas missões do frei Fabiano. Vinha gente de cem léguas, povo de todo mundo, pretos e brancos, ricos e pobres. O capitão Venâncio dos Olhos-d'Água vendeu tudo para viver por lá. Vendeu a fazenda, vendeu o gado, deixou a mulher e veio para junto da Pedra. Lá embaixo estavam as pedrinhas que eram o Pai e o Espírito. Antônio Ferreira começou a fazer os milagres do Filho. Vinha cego de nascença, e ele curava. Vinha feridento de feder, e ele curava. Vinha entrevado, e ele curava. Mas o Filho queria o sangue dos inocentes para o milagre grande. O sangue dos que não estivessem sujos de pecados. O sangue dos meninos e das donzelas para o grande milagre. Lá longe estava a lagoa de sal. Quando a seca chegava, a água se sumia e ficava aquele brancume por cima da terra. Era das lágrimas dos homens, dos homens que sofriam, das mulheres que não podiam parir, dos meninos que não podiam falar. Daquela lagoa tinha que sair a felicidade do mundo. Daquela saía o ouro que dava para fazer a riqueza do mundo. Os pretos ficavam brancos, os doentes com saúde, as mulheres maninhas pariam meninos gêmeos, os assassinos veriam os ofendidos satisfeitos, os ladrões entregavam os roubos, os cangaceiros as suas armas. Tudo viveria na felicidade, se a lagoa se desencantasse. O Filho dizia isto nas orações, gritava pra o povo de cima da Pedra grande. Todas as donzelas teriam que parir das entranhas do Filho. Todas teriam que dar a virgindade para que a força do Filho entrasse de madre adentro e secassem as ruindades, a porcaria do mundo. As virgens viravam santas pela força do Filho. "Ah! menino", me contou meu pai, que era menino nesse tempo, "o povo dançava, chorava, gemia com a fala do Filho. Os pais vinham dar as filhas pra o ato. As mães preparavam as meninas, defumavam o corpo delas, lavavam com água de cheiro o corpo por onde entraria o Filho de Deus. E as donzelas vinham vindo do santuário com a felicidade pegando fogo na madre. Era um pedaço de Deus que ficava lá dentro. Havia para mais de cinco mil pessoas debaixo dos imbuzeiros e dos catolezeiros. E chegando gente. E chegando gente, e se curando gente. E o Filho se preparando para o grande dia. Lá uma madrugada ele gritou para o povo: 'Acorda, gente, hoje é o dia da nova criação do mundo. Deus meu Pai precisa do sangue dos inocentes para a obra da criação. Do sangue dos inocentes tinham que sair o mundo novo, a terra feliz. Deus mandou Abraão fazer como Isaac, e ele não teve coragem de fazer. Deus mandou que eu descesse para salvar os homens, acabar os pecados.'"

Aí Zé Pedro parou um pouco. Tomou a respiração e continuou na narrativa:

— Meu pai me contou: a cabeleira do Filho o vento sacudia e o céu parecia feito de sangue com a madrugada. O povo tremia. As mulheres agarradas com os filhos sem querer dar e os pais soluçando. E o Filho de Deus no corpo de Antônio Ferreira gritando: "Eu quero é o sangue dos inocentes. O sangue dos meninos que chupam os peitos das mães. O sangue que é leite ainda e que é como o sangue do Menino Deus." E as mães choravam. O Filho de Deus foi mais para cima da Pedra grande e gritou com mais força: "Eu quero é o sangue dos inocentes. Deus meu Pai me mandou para desenterrar os tesouros da terra e salvar o seu mundo." Aí as mulheres correram com os filhos para junto dele. E o Filho de Deus foi cortando cabeça por cabeça e banhando a Pedra. Mas as mulheres choraram com pena dos filhos. Era uma latomia de fim de mundo e o milagre não se deu. As mulheres choraram com pena dos filhos. A carne é podre, menino. De tarde os urubus cobriam a Pedra Bonita. Era uma nuvem que cobria o sol. O Filho de Deus chorava embaixo. Saía sangue dos olhos dele. Deus tinha abandonado o seu Filho. Ele chorava tão alto, que veio gente olhar. E saíram gritando. Saía sangue dos olhos dele. E as mulheres que choraram pelos filhos tinham aborrecido a Deus. Que morressem todas elas. Que se matassem as mães venenosas, as mães infelizes. Correram atrás das mulheres pela caatinga. Degolaram muitas para ver se as lágrimas do Filho de Deus ficavam brancas sem o sangue que era o sangue do mundo. Aí, meninos, apareceu um desgraçado. A grande desgraça que acabou com a visita do Filho de Deus na Terra. Fugiu do meio do povo um traidor, um Judas correu para as bandas do Açu, fugiu para o meio das feras e foi contar.

E sucedeu a maior judiação de todas. O Filho de Deus chamou o povo e disse: "Vamos morrer. Vem gente de longe atrás de nós." E botou a coroa na cabeça, a coroa de mato verde, e saiu cantando com o povo de mato afora. Meu pai foi também. Era já tarde no meio da caatinga, quando se ouviu uma cavalhada andando. Parecia o tropel do demônio. Era a tropa. E se deu a desgraça. O Filho de Deus varado de bala, com o corpo sangrando, com cem punhais no coração. E a mortandade dos outros. Para mais de quinhentos estendidos na caatinga. O resto fugiu e os urubus tiveram carniça pra muitos dias. O corpo do Filho de Deus foi levado pelos devotos. Disseram que ele cheirava como um pé de roseira. E tudo se acabou como no dia de juízo.

O velho parou de falar. Olhou para os dois rapazes e continuou de voz trêmula:

— Menino, tu me disseste que era filho de Bentão do Araticum. Pois fica sabendo. O homem que correu pra ensinar o caminho à tropa foi um de tua gente, um Vieira. Tu não tem culpa de nada. Mas Deus não esquece. Tu viste como morreu teu avô Aparício. Aqui ele veio me falar pra fazer reza. Aqui ele chorou pedindo perdão como menino. Ele que era chefe de cangaceiro, como tu deve saber. Teu pai Bentão é outro infeliz. Tu não tem culpa não, menino. Eu estou contando por contar. Bentão não fala com ninguém. Tem terra com água corrente e não vai pra diante. Casou-se com mulher bonita, e a mulher ficou feia. Cria, e a criação não cresce. Aplanta e não enriquece. Tu sabe o que é? É o sangue do parente. É o sangue de Judas nas veias. Sangue de Judas, menino, sangue de Judas. Teu irmão Aparício já teve comigo. Falou de fechar o corpo. Rezei pra ele, sabendo que não tinha força. O sangue de Judas, menino.

Antônio Bento olhou para o velho apavorado. Domício queria se levantar e não tinha coragem. Mas ainda falou para o velho Zé Pedro:

— E não tem jeito pra a gente não?

— Tem, menino. Quando nascer uma donzela, quando uma virgem sair das carnes dos Vieiras e ela entregar o corpo ao padre da Pedra. Porque ela precisa parir um homem, que seja filho do sangue que correu, que embebeu a caatinga.

Os dois irmãos ficaram olhando para o velho com pavor.

— Menino, tu não tem culpa de nada. O Filho de Deus um dia aparece e enche o mundo de felicidade. A lagoa se desencanta. E o mundo inteiro cantará os benditos do filho de Deus. E Deus vem para a Terra. As pedras ficam moles, os riachos dão para correr dia e noite. E o sertão verde. Verde pra todos os tempos.

A história da Pedra Bonita tinha atemorizado a Domício e a Bento. Saíram eles da casa do velho à boquinha da noite. Quando avistaram a Pedra Bonita, era a lua que se derramava por cima dos dois penedos. Tudo ali parecia envolvido nas palavras do velho Zé Pedro. A ventania soprava nos catolezeiros. Vozes de mortos gemendo. As mães chorando e o sangue dos inocentes lavando a pedra.

— Domício, tu acredita? – perguntou Bento.

O outro se calou. A história do velho devia estar trabalhando dentro dele. Os cavalos ganhavam para o alto. Lá embaixo ia ficando a Pedra Bonita, a terra que chupara sangue, os lajedos que se banharam em sangue de meninos, de donzelas, de mães infelizes.

— Tu acredita, Domício? – perguntou outra vez o irmão.

— Acredito, Bentinho. A gente vive na desgraça por causa dos outros. Eu não sabia da história. Lá em casa ninguém sabia disso. Bem que Aparício me disse uma vez: "Domício, isso aqui não vai para diante... Melhor vale o cangaço. O pai do velho foi cangaceiro. O velho Aparício foi do cangaço." Pois é o que eu te digo, Bentinho. A família da gente vai se acabar.

A lua tomava conta da caatinga inteira, ia até por debaixo dos imbuzeiros, se enfincava pela mataria rasteira.

— Domício, tu não queres sair desta terra?

— Vontade não me falta. Tenho pena de mãe. Tenho pena de tudo. Estou feito nas coisas do Araticum. Bem quisera me ver livre desse pegadio e me danar pelo mundo, andar pelas feiras como cantador. Mas cadê coragem? O diabo do velho contou tudo aquilo que tu ouviste. Raça de Judas é a da gente.

Em casa Bento e Domício ainda conversaram sobre a história da Pedra. Não podiam dormir.

— Sabe do que mais, Bentinho? O melhor é a gente sair para fora.

E Domício pegou da viola. E saíram os irmãos para fora do quarto pela janela. Os de casa dormiam a sono solto. Eles nem tinham reparado que havia aguardenteiros debaixo das oiticicas, de redes armadas. Foram se chegando para lá. Os homens conversavam com a lua batendo na cara. Não podiam com aquele clarear. Domício e Bento chegaram-se, e eles entraram logo na conversa. Era a tropa de um dos conhecidos de Domício.

— Menino, eu já tinha ido perguntar por você na casa. E me disseram que você tinha ido com um irmão para as bandas da Pedra. Capaz de ser coisa de reza, hein?

Domício sorriu. O homem reparou na viola e disse para ele:

— Vamos ter cantata?

E se levantou da rede e foi para um canto. Voltou com a viola.

— Eu estou até enferrujado. Há mais de quinze dias que não dou uma tocata.

E começou a pinicar as cordas do instrumento.

— Canta primeiro, menino.

— Não senhor. O senhor é quem sabe.

— Deixa de lorota. Sai com a toada.

Domício obedeceu. E cantou. Para Bento era novo aquilo tudo. Nunca pensara que o irmão soubesse daquelas coisas. Domício cantava a história de um homem que se perdera da família na seca grande. O pobre procurava a mulher, procurava os filhos. A voz de Domício soluçava nas lamentações do pobre sertanejo. O verso saía triste, pungente. Quando parou, o homem falou para ele:

— Isto é de lavra?

Domício sorriu.

— Pois eu vou ser franco. Há muito tempo que cantador não me agrada assim. Anda por aí um tal de Dioclécio do Araçá. Vi ele cantando na feira de Dores. Cantou de deixar gente chorando, com pena das desgraças de um sertanejo nas unhas dos cangaceiros de Luís Padre. Mas isto que você cantou é melhor, menino.

Bento perguntou logo pelo cantador Dioclécio. Falou dele, era seu conhecido. E o homem informou:

— Só vi ele esta vez na feira. O bicho estava de cabelo comprido como penitente. Me disseram que era coisa de mulher. O cantador não dava conta de si e vivia naqueles trajes sujos, fazendo de conta que era retirante.

Aí o cargueiro começou a pinicar na viola. E saiu-se com a sua toada. Começou em voz baixa, como se estivesse se acostumando com as dificuldades. Depois a voz cresceu e encheu a noite de plangências. Soprava um vento nos galhos das oiticicas, e no curral o gado acordado como se fosse de dia. A viola devia atravessar os matos do Araticum, subir as serras, descer para a caatinga. O homem cantava forte. Os seus gemidos pareciam aboios de vaqueiro disposto. Os outros cargueiros tinham se levantado para ouvir. A história era triste como as outras. Uma moça queria se casar com um rapaz pobre, e o pai rico não queria. Filha dele tinha que casar com homem remediado. Então a moça fora falar com o pai. Aí vinham as lamentações, os soluços, os pedidos, a angústia da amorosa. Depois, já sem esperanças, ela mandou uma negra para o namorado. E começa a despedida. Começa a falar às coisas de casa, aos bichos, às paredes, à rede onde dormia, aos passarinhos que ouviam, à negra que a criara. A fala da moça cortava os corações. O namorado esperava por ela na beira do rio. Ela se penteava, sentada defronte do espelho, olhando para a sua cara, como se fosse para tudo que era da casa do pai. Por fim abandona a casa. E era a corrida pela caatinga. O namorado esporando o cavalo. O velho pai mandara gente atrás. Mais de vinte cabras no encalço da filha. Já iam longe. Mas o cavalo do namorado cansou. E pegaram os dois. Começa aí o suplício. Chorava tudo, todos de casa com pena dos pobres. Choravam as negras da cozinha, choravam os passarinhos da gaiola, chorava o gado no curral. E o velho duro: queria a morte dos dois, queria ver o sangue dos dois correndo para se contentar. E mataram os namorados, numa tarde de seca. A moça se despedia do rapaz e o namorado da moça. Tudo isto nos versos mais tocantes que Bento já tinha ouvido em dias de sua vida. Quando o homem parou de cantar, havia lágrimas nos olhos dos companheiros.

— Zé do Monte está hoje na veia do pranto – falou um companheiro idoso.

— Com uma lua desta a gente só tem vontade de botar pra chorar.

Já era muito tarde. Bento e Domício voltavam para o quarto. O dia e a noite tinham sido de tristezas. Só de tristezas.

4

Domício andava triste desde a viagem à Pedra Bonita. Bento começou a se importunar com a tristeza do irmão. O outro era mais velho oito anos. Sabia mais coisas da vida do que ele, e no entanto andava assim, como se uma desgraça qualquer o perseguisse. Por mais de uma vez Bento fora a ele. Não era nada, era só cisma de sertanejo, dizia-lhe Domício. E Bentão de rede passava os dias com o bode a seus pés. Esperava a chuva ali de seu canto. O céu vinha escurecendo há dias e nada de chuva certa. O bode velho se deitava na calçada do copiar. Cada vez mais o velho implicava com o filho mais moço. Vinha até falando à mulher, coisa que pouco fazia. Melhor que o menino se fosse. No Araticum não cabia mais ninguém. Mas a velha se arreliou. Pela primeira vez em sua vida deu para contrariar o marido. Não tivera medo de se colocar ao lado do seu Bentinho.

— Mulher – dizia Bentão —, este menino vai dar desgosto a nós todos.

— Cala a tua boca, Bentão. Deixa o menino viver. Vai para a tua rede. Tu não pode falar de cisma de ninguém. Tu mesmo só vive cismando. Bentinho qualquer dia destes vai-se embora. O padre Amâncio não tarda a chegar no Açu.

O velho replicava:

— Este menino não presta, Josefina.

A mulher se calava, virava as costas para Bentão, mudava de conversa. O velho vinha com milho na mão para o bode comer. Alisava o couro do bicho e falava com ele como se fosse com gente. Quem estivesse de fora, sem ver, pensava que fosse conversa de gente. Era Bentão na intimidade, nos agrados com o animal. A mulher se danava com aquela mania. Falava até com os filhos. Aparício dizia que era caduquice. Mas o velho sempre fora daquele jeito. Quando não era com o bode, se pegava com outro bicho qualquer. Já fora de uma cutia que criara desde pequena. Alisava a bicha, vivia com ela dentro da rede até que ela morrera. E Bentão fechou mais a cara dias inteiros, sem dar uma palavra à mulher. Que homem! Nunca pegara num filho pequeno, nunca dera de comer a um filho pequeno, e andava com aquela cutia de rede e agora com aquele bode com agrados de toda espécie, quando não ficava horas inteiras no curral, alisando as vacas leiteiras. Foi por esse tempo que se deu o crime de Aparício. Naquele dia Domício andava por fora tirando rama para o gado. Bentão deitado na rede do copiar, e sinhá Josefina lavando rede na beira do rio. E Bento para a banda das oiticicas. Aparício chegou de cavalo afrontado. Chamou o velho e foi dizendo:

— Deu-se uma desgraça na feira de Dores. Eu estava na conversa com um sujeito aqui da Pedra, quando apareceu um vaqueiro do coronel Zé Gomes. Se ele vinha bêbado, eu não sabia. Só sei que o cabra me desfeiteou. Até nem queria brigar. O homem voltou com uma coisa. Foi ali que começou a briga. Dei uma bofetada no bicho, que ele caiu no chão de papo pro ar. Quando vi, vinha mais gente. Mais três sujeitos e um praça. Me fiz na garrucha e derrubei o primeiro. Foi o praça. Caíram em cima de mim, e eu no punhal. Furei muita gente.

Corri de rua afora até a cachoeira do Neco, e só tive tempo de selar o cavalo e cair no campo.

O velho Bentão ouviu o filho sem dar uma palavra. Bento veio chegando. Só depois de algum tempo o velho perguntou a Aparício:

— Tu não vai te entregar?

— Eu? Só se estivesse leso. O praça ficou estendido no chão. Se eles me pegam, me cortam em pedaços.

Aparício estava calmo, sem nenhum sinal de emoção forte.

— Bento, tu conta isto a Domício. Mãe onde está?

Aparício saiu com o irmão para a beira do rio. A velha ficou espantada com a chegada dos dois filhos.

Caiu no desespero. Quis agradar o filho mais velho, e as lágrimas lhe pulavam dos olhos:

— Meu filho, meu filhinho!

— Não precisa de visagem, mãe! A coisa se deu, está dada. Vim pra me despedir. O velho falou em me entregar. O velho só sabe mesmo tratar de bode. Já estou de rota batida pra o bando de Deodato.

— Menino, não faça isto – disse a velha. — Menino, não se desgrace. Tu não deve ir para o cangaço. O teu avô morreu nesta vida.

Mas Aparício não permitia alvoroço:

— Mãe, eu só vim dizer adeus.

A velha caiu para um lado. Baixou a cabeça em cima dum lajedo do rio e começou a soluçar alto. Bento ficou com ela, consolando. Não precisava chorar tanto. Mas ela sabia a desgraça que viria sobre eles. Com um filho entrando no cangaço. A família do Araticum com mais esta nas costas. E ficou chorando. Depois saiu com Bento para casa. Bentão estava na rede com o bode junto. Era quase de tardinha. Ouvia-se o aboio de Domício na caatinga. E o Araticum parado, com o céu escuro, tudo suspenso. Um silêncio tremendo. A velha soluçava no quarto e Bento se sentiu só, inteiramente só. Àquela hora no Açu saía ele da casa do padre, subia a torre, pegava na corda do sino e tocava, tocava as ave-marias. Dona Fausta dava gritos. Dona Fausta queria que ele estivesse em cima dela com todo o peso do seu corpo, machucando as suas coisas. O povo da tamarineira tirava o chapéu. Rezavam no Açu quando ele puxava corda do sino. E o som furava a rua, se perdia até longe. Agora ali no Araticum via o dia morrer no silêncio. Se não fosse o aboio distante de Domício e o soluço da velha por causa de Aparício, nada se ouviria ali que dissesse que havia gente no mundo. O pai era um bicho. Então foi para o quarto e pegou na viola de Domício. Começou a mexer, a dar com os dedos no instrumento. Animou-se mais, quis cantar, fazer qualquer coisa que estivesse mais perto de sua alma. Ninguém ouviria o que ele cantasse. Ninguém estaria vendo Bento experimentando o seu coração.

No outro dia de noite ouviram barulho em redor da casa. E um grito de fora, um grito de raiva.

— Abram a porta!

Domício falou para Bento.

— É a tropa de Dores atrás de Aparício.

— Abram a porta!

E uma pancada de coice de arma estrondou na casa. O velho Bentão levantou-se de ceroula e camisa. E a velha tremendo chegou-se para junto dos filhos. O sargento já estava dentro da casa com as praças da diligência.

— Velho safado – foi dizendo o homem. — Nós estamos aqui atrás do bandido do seu filho, que matou um soldado na feira. Você tem que dar conta dele ou o pau vai roncar aqui dentro.

— Seu sargento – disse Bentão, com a fala arrastada —, meu filho esteve aqui ontem e ontem mesmo foi-se embora. Mandei até que ele se apresentasse.
— Deixa de mentira, cachorro velho.
Sinhá Josefina caiu nos pés da autoridade. Bento e Domício já estavam presos para um lado.
— Onde está o bandido? – gritava o sargento.
A resposta era uma só.
— Pois eu sei um jeitinho de fazer vocês todos falarem. Cabo Faustino, amarre este velho aí no alpendre!
Pegaram Bentão.
— Com cinco cipoadas ele descobre.
O couro cantou no corpo do velho. O menino tinha ido embora, ele não sabia para onde. Aí Domício gritou para o sargento:
— Bandido! Dá num velho porque não puderam com Aparício.
— Pega ele, Faustino, dá um ensino nesse safado.
E o couro cantou pela cara, pelas costas, pelas pernas de Domício.
— Fiquem sabendo o que é força do governo, filhos de uma égua. Pega o frangote, que ele descobre.
Bento estava mais morto do que vivo.
— Com ele não – disse a velha se atravessando na frente. — Nele não, nele não.
A primeira cipoada cobriu a mãe e o filho. A velha arriou no chão. E o cipó de boi cortou o couro fino de Bento.
— Aperta o velho.
Bentão parecia sem sentidos. Domício rosnava.
— Então – disse afinal de contas o sargento — vamos levar pra Dores o valentão – e apontou para Domício. — Lá ele fala direitinho.

Os soldados se riam. Era já madrugada. As candeias de azeite davam uma luz de quarto de defunto. No chão, deitada, a velha Josefina chorava como um menino apanhado. O velho Bentão, para um canto, meio desfalecido. E Domício amarrado para ser levado para Dores. O Araticum escangalhado. Depois fizeram a velha se levantar para fazer café para os praças. E com o dia raiando saíram. Domício na frente com os braços amarrados para trás. As alpercatas tiniam no barro duro. Bento nem sabia onde estava. O sangue corria-lhe da cara e doía o lombo que nem podia se mexer. A raça dos Vieiras estava pagando, pagando a traição. Ficou ele assim no alpendre olhando as coisas. O Araticum se enchia de vida com a manhã bonita. Lá estavam as oiticicas de galho balançando e os pássaros cantando. E o gado no curral esperando por Domício. Viu Bentão se arrastando sair para o curral. Foi com ele. Tinha que fazer o que Domício fazia. O velho tirava o leite devagar, e ele curava as bicheiras. Eram umas vinte cabeças de gado. Toda a riqueza dos Vieiras do Araticum. O leite cantava na tigela. O cercado, onde Domício mandava, o gado que conhecia as suas mãos. Bento teve pena do irmão. A primeira grande pena de sua vida. Maior que a que sentira com a partida de Dioclécio. Um inocente pagando pelos outros. Aparício solto com os cangaceiros, e lá ia Domício de caatinga afora, ele que nunca pensara em matar ninguém, que tocava viola, que cantava com a voz tão doce, tão boa. Viu Bentão com a cara dura tirando leite, com o lombo sangrando por debaixo da camisa. Quis chorar, e teve vergonha. O velho duro nem parecia que apanhara tanto há poucas horas. O sol estava alto e o gado devia sair para o pasto. Teria que fazer os trabalhos de Domício. E foi para o pasto de cima, que estava verde. E à tarde, quando voltou, Bentão estava na rede com o bode aos pés. Nem se virou quando ele passou por perto. O gado estava no curral. O velho se levantou devagar, descadeirado, e foi tratar dos pobres. Domício já devia ter chegado em Dores, devia estar com os presos, cheirando aquela fedentina infeliz. O velho Bentão cuidava das vacas, e a tarde caía de manso por sobre as coisas do Araticum. Dentro de casa a mãe Josefina ainda chorava. Mal ela viu Bentinho, foi logo indagando pelas feridas das costas. E trouxe jucá para banhar as marcas do cipó de boi.

— Coitado de Domício – disse ela. — Tu não pode calcular a bondade daquele menino. Nem parece irmão de Aparício. Não sei não. Mas vai tudo virando para a gente. Deus queira, Bentinho, que o padre Amâncio já volte pro Açu pra tu te ires embora desta terra.

Bento consolou a mãe. Domício voltaria logo. Aquilo era só para fazer medo.

De noite sentiu-se ele mais só ainda. Ali estavam as coisas do irmão, a viola, a rede, a roupa de couro. Domício tinha mais do que ele oito anos, e no entanto nunca lhe falara de mulher. Nunca lhe dissera nada com relação às mulheres. Era cantador e nada cantava como Dioclécio, da vida. O mundo dele era ali nos campos, na caatinga, por baixo dos imbuzeiros, atrás do gado, ouvindo os passarinhos, cheirando os matos. De mulher Domício só lhe falara da cabocla da furna. Esta vivia na cabeça do irmão. Levara-o para ver a furna, o buraco na terra, onde dormia a cabocla nua que cantava para os sertanejos, fazendo tentação, chamando os homens para o fundo da terra. Só a cabocla da furna, a mãe-d'água, vivia na mente de Domício. Uma noite ele se lembrava bem. Estavam dormindo. Era numa noite de lua. E tinha vindo para a rede bem tarde. Domício andara cantando, tocando viola. Por fim, pegaram no sono.

E quando foi tarde da noite, ele ouviu o irmão batendo na rede dele, tremendo com uma coisa esquisita:

— Estás ouvindo, Bentinho?

— Ouvindo o quê, Domício?

— Acerta o ouvido e vê se tu não escuta.

O silêncio da noite era imenso. Somente os sapos davam sinal de vida lá embaixo no rio.

— Não escuto nada não, Domício.

— Pois, Bentinho, ainda não pude pregar olhos. Só faço ouvir o cantar da cabocla. Não escutaste não?

Domício tremia e Bento procurara acalmá-lo. Que canto, que nada! Aquilo era somente impressão dele.

— É nada, Bentinho! Não é a primeira vez que ela canta pra mim. Tu não sabe o que é sofrer como eu sofro. Fico aqui nesta rede com uma agonia no coração, um frio infeliz no peito. E quando é assim noite de lua, a bicha começa a cantar como se fosse um aboio pra rês perdida. Tu não sabe o que é. O coração bate numa carreira doida, os pés da gente esfriam e vem uma vontade de correr, selar o cavalo, e correr pra a serra, encontrar a cabocla e ir com ela para as profundezas.

Ele se espantava com o irmão, que lhe parecia fora de si com aquela cara estranha, aquele falar quente. Vira aquela cara assim em dona Fausta naquela tarde horrível. Sim, era o mesmo jeito da boca, o mesmo tremer de lábios. Coitado de Domício. Sofria, se agoniava, dava para ouvir o canto do que não existia. Os seus ouvidos tinham se habituado com aquela impressão. Ele lhe falara do vaqueiro que dera o tiro na cabocla, que se desgraçara, perdera o juízo por causa dela. E sonhava com a visagem. A mãe-d'água de corpo de mulher, com todas as partes de mulher. Diziam que, quando ela ficava nua em cima da pedra, cheiravam os campos como se todo pé de mato fosse um pé de imburana-de-cheiro. Agora estaria ele no meio dos criminosos, o pobre Domício ouvindo aquelas histórias de desgraça no meio daquela gente amarela, restos de gente, de cadeia.

No outro dia de manhã Bentão amanheceu se preparando para ir a Dores. Bebeu leite com farinha, e às seis horas saiu todo encourado, para saber notícias do filho. A mulher fez recomendações. Procurasse o capitão Antônio. Ele mandava em tudo. Bentão calado saiu no seu cavalo em busca dos homens de Dores para contar a sua história. Atravessou a caatinga com aquilo no pensamento. O filho na cadeia, inocente, ele e a família apanhados por uma força do governo. Fora a primeira vez que sucedera aquilo. Uma ocasião, quando ele era menino, bateu uma tropa no Araticum atrás do pai dele, o velho Aparício. Pegaram o vaqueiro e saíram dando no homem de facão. Lembrava-se bem dos gritos. Ficara em casa, sozinho, com dez anos. Agora tinham entrado em sua propriedade e metido o cipó de boi na família inteira. Josefina estava de cara cortada e o outro perdera muito sangue. Tudo por causa de Aparício. Já fora filho de cangaceiro. Agora era pai. Perseguição da polícia não pararia mais no Araticum. Tudo que era tropa teria que tirar a sua diferença na gente do Araticum porque Aparício matara um praça e era do grupo de cangaceiros. Ali, naquele raso de caatinga, por onde ele ia passando, comia gado. Via o ferro. Era o G grande do coronel Zé Gomes. Bem que ele podia se valer do coronel Zé Gomes do Araçá. Mas não ia. Já estava de rota batida para Dores. Lá ele encontraria um que lhe desse razão. O velame entupia de verde a lagoa seca. E Bentão cheirando a caatinga. Cheirava tudo com a primeira floração do ano. O manacá, o velame, as imburanas. Naquele momento ~ havia flor do sertão que não cheirasse de aborrecer. Com o sol queimando, parou debaixo de uma caraibeira, que parecia um pau-d'arco de serra. O bicho estava todo coberto de flor amarela. O chão amarelo. Bentão afrouxou os arreios do animal, tirou os alforjes e começou a comer a sua carne de sol com farinha. Domício era um menino bom, e Deodato o mais caprichoso de todos. Aparício era o avô cagado e cuspido. E havia aquele mais moço, aquele não era deles. Viera de fora. A mãe dera ao povo do Açu para criar. Não era filho dele. Não se parecia com a gente do Araticum. Podia ter morrido na retirada de quatro. O velho se estendeu na sombra da árvore e aspirou forte o ar da caatinga abrasada. O sol estava forte. As primeiras pancadas d'água serviram somente para enverdecer o pasto, encher de flor, de ramos os matos. O gado comia, enchia a barriga. Tudo muito bem, se não fosse a desgraça de Aparício. Pai de cangaceiro não parava mais de sofrer. Preparou outra vez o cavalo, acendeu o cigarro e saiu de caatinga afora. Encontraria em Dores um cristão que ouvisse a sua história. E em Dores procurou o capitão Antônio, o escrivão do lugar. Contou a história do filho. O menino viera preso e era inocente, tão inocente quanto ele. Que culpa tinha a família com a morte que Aparício fizera? O capitão ouviu tudo calado. Depois falou:

— Seu Bento, o seu menino é inocente, eu acredito. Mas o sargento foi fazer uma diligência, foi com vontade de agarrar o assassino do soldado melhor que ele tinha aqui. E só podia chegar na sua casa como chegou. Não tendo encontrado o criminoso, se enfureceu. E o senhor bem sabe o que é um praça com raiva. O seu filho chegou aqui ontem, não foi? Agora, seu Bento, o que o senhor precisa é se alistar. Botar esses meninos no alistamento. Se o senhor fosse meu eleitor, não sucedia uma coisa dessas. Logo que eu soubesse que o sargento ia fazer essa diligência, dizia logo ao homem: "Tenham cuidado, tenho lá na Pedra gente boa." É verdade que as suas terras ficam no município de Açu. Mas isso não quer dizer nada não, e o senhor deve se alistar com os seus meninos aqui comigo.

Bentão ouviu o homem como se fosse um rei falando.

— O senhor voltará com ele. Gente minha não sofre em Dores. Vou agora mesmo falar com o sargento e tudo se acaba. Gente que vota comigo não sofre. Veja se o senhor pode mandar um recado para o seu filho Aparício, eu arranjo tudo no júri. É para isto que servem os amigos.

5

Quando Bentão apareceu com Domício era noite alta. A velha Josefina chorou de alegria. E Bento abraçou-se com o irmão, como se ele estivesse há um ano fora de casa. Ficaram os dois no quarto, a princípio calados. Depois Domício falou:

— Bentinho, vamos lá para fora. A lua está muito bonita.

Pularam pela janela. E Domício contou a sua história:

— Tu nem queira saber, Bentinho, o que eu aguentei. Os soldados foram falando em me matar até dentro de Dores. Atravessei esta caatinga toda pensando na morte. Muitas vezes tive até vontade que aqueles pestes me atirassem, me deixassem na terra para os urubus me comer. Era melhor que o que eles foram fazendo. Que culpa tinha eu pela morte feita por Aparício? Passamos por perto da fazenda do coronel Zé Gomes. O sargento queria ir lá fazer um serviço. O coronel está de baixo, na política. Ouvi o sargento dizendo que tinha um serviço pra fazer no Araçá. Parece que ele desconfia que o velho é coiteiro deste tal de Deodato. Aparício está é com este cabra. Fiquei pensando em Aparício. Se ele chegasse com o bando dele, não ficava nenhum vivo daqueles soldados. Nunca tive vontade de ser cangaceiro, mas agora eu tenho. Tu não avalia, Bentinho, o que foi que eu passei. Dois dias e duas noites no meio dos pobres. Menino, fedia que tu não calcula. A gente fazia as precisão ali mesmo, num balde. Depois o sargento me levou pra o interrogatório com o delegado. Eles queriam saber onde estava Aparício. Chegou-me vontade de inventar uma coisa, para me ver livre daquilo. Quis até dizer que Aparício estava na fazenda do coronel Zé Gomes. Mas não tive coragem. Eu não sabia nada. O delegado mandou então que eu voltasse pra cadeia. Sabe quem estava lá, na cadeia? Aquele Dioclécio de que tu me falou! Prenderam ele na fazenda de um coiteiro. Ele me contou coisas dos diabos, Bentinho, tu nem pode imaginar. E tocou viola. Aquilo, sim, que é um tocar. Havia um preso de Vila Bela que disse à gente que cantar como Dioclécio só mesmo o velho Romano. O homem me contou tanta história deste mundo, que me deu até vontade de me danar por aí afora. Ele saiu livre comigo no mesmo dia. Ficou em Dores, porque ia pegar a feira no sábado, procurar tirar dinheiro pra mudar de terra. Chamei ele pra vim comigo aqui pra o Araticum. E ele me falou franco. Em casa de família de cangaceiro não metia os pés. Família de cangaceiro paga por tudo, fica bode expiatório de tudo que o filho faz. Na cadeia me contaram coisas medonhas. Lá estava um doido, um sujeito que tu falando com ele não dizia que era doido. Pois o homem só falava de coisa certa. Mas tempo de lua amarravam ele. Os presos não podiam dormir pensando no doido. Felizmente nos dois dias que passei lá ele não fez nada. Só queria era conversar, saber de tudo. Não sei não. Mas eu tenho pra mim que aquele homem tem é culpa escondida. Bentinho, tu não deve mais sair do Araticum. Sem tu aqui, eu me dano no mundo. Quando o homem me disse que eu estava livre, eu quis ficar com Dioclécio. Ele tocava viola, eu tocava também, a gente cantava e se ia por esse mundo como Deus quisesse. Me lembrei de ti. Só não fui por tua causa.

E calaram-se os dois. A lua ia se sumindo, e com pouco mais começaria a clarear a madrugada. O velame cheirava atrás de casa, e as folhas das oiticicas gemiam alto com o vento.

— Vamos dormir, Bentinho!

No outro dia Domício entrou no serviço como sempre.

— Bentinho, vai preparar o teu cavalo. Vamos dar uma olhada no pasto.

Era a primeira vez que Domício chamava o irmão para o serviço. O velho Bentão já estava de rede quando os dois saíram. Domício todo encourado e Bento de botas. Era de manhãzinha. Domício levava o bode no alforje, porque só voltariam de noite. Já estavam longe da casa, no meio da caatinga.

— Vamos entrar por aqui – disse Domício. — Lá pra baixo fica um raso, onde o gado deve estar comendo.

E entraram de mato adentro.

— Cuidado com o rasga-beiço, baixa a tua cabeça.

E foram entrando. Mais para diante ouviram um rumor de vozes. Aproximaram-se. Aí ouviram um grito conhecido. Um chamado pelo nome deles. Era Aparício. No espojeiro com o grupo. Os cangaceiros espichados por debaixo do imbuzeiro. Levantaram-se de repente de rifle na mão, quando viram eles chegando a cavalo. Aparício falou para o chefe. Eram os seus irmãos. E foram para um canto. O irmão cangaceiro queria saber de tudo que se tinha passado. Domício contou tudo. A surra no pai, na mãe, a prisão dele, as lapadas na cara de Bentinho. Aparício ouviu tudo calado.

— A gente tem que dar um jeito nesse sargento – falou ele para Domício. — Eu não te chamo pra isto porque tu não tem jeito mesmo. Senão te chamava. A gente só pode se vingar do que ele fez com o pai e mãe no cangaço.

E foram andando mais para longe. Os pássaros cantavam bem perto dos cangaceiros. A caatinga inteira ouvia-os. Voavam periquitos em bando e de quando em quando um grito de alarma enchia o acampamento. Era uma seriema que dava as horas como os jumentos.

— A vida no grupo é ruim – continuava Aparício. — A gente come fogo. Tu não sabe o que é passar quinze dias por aqui, comendo carne-seca com farinha. Se não fosse os imbus, eu nem sei como se vivia. Tive até vontade de ir me entregar em Dores. Mas pensei. Eles me matavam. Pra morrer, eu morro no cangaço. A vida é danada, Domício, mas a gente aguenta. Outro dia nós demo um fogo pra lá da Vila Bela. Morreu dois dos nossos. A tropa era grande. Tivemos que correr cinco dias e cinco noites sem parar. Comendo e bebendo sem parar um minuto. Nesta carreira viemos parar aqui. Nós vimo há uns oito dias quando a tropa passou pra o Araticum. O chefe não quis atacar. Nós estava no descanso. Nós tivemos a notícia por um coiteiro que mandou dizer. Mas não tem nada não. O sargento de Dores vem por estes dias na fazenda do coronel Zé Gomes. O chefe já teve notícia dessa diligência. O coronel é amigo do chefe. Vai ser uma carniça dos diabos. O chefe já tem um vigia no caminho para prevenir a passagem da tropa. E nós vamos nos entrincheirar nos lajedos lá em cima. Tu vai saber da desgraça.

Os cangaceiros falavam alto, na jogatina. Aparício mandou os irmãos embora. Domício e Bento saíram impressionados.

— Tu ouviste, Bentinho! Coitado de Aparício. Com pouco mais fica aí de dente arreganhado para o sol. Morre num tiroteio e se acaba de uma vez. Vida desgraçada é essa de sertanejo!

Foram andando. E num raso de caatinga encontraram o gadinho de Bentão comendo. Eram uns dez garrotes. Estavam gordos, de rego aberto.

— O velho deve vender essas reses logo. Tu não ouviste Aparício dizer que vão botar tocaia na tropa? Pois fica certo. Vão cair em cima da gente depois do caso.

Debaixo de uma catingueira se apearam. O raso da caatinga tinha pasto para uma boiada. Soprava um ventinho bom. Domício tirou o alforje, fez fogo e assou no espeto de pau a carne-seca para ele e Bentinho.

— Coitado de Aparício – disse ele. — Não diz à mãe que a gente esteve com ele. Pra que fazer a velha sofrer mais?

A caatinga cheirava por todos os paus.

— Nunca vi tanto pasto, Bentinho. A chuva foi de três dias e tudo está assim. Mas a gente não vai pra diante. A gente fica toda vida com o Araticum naquela miséria. Não se pode ter nem um vaqueiro. É a história da Pedra em cima da gente. Sangue de Judas, Bentinho. Isso não passa mais.

Bento achava que não. Não acreditava naquilo.

— Tu acredita, Bentinho. Não quer é dizer. Mas tu acredita.

De fato, Bento parecia que acreditava. Ouvira no Açu todo o mundo falando, todo o mundo botando para a Pedra Bonita a razão das desgraças da vila. O grande segredo era aquele. Quantas vezes não se apavoraram com as referências ao seu povo! Agora estava ele sabendo de tudo. No Açu era a Pedra que respondia pelas desgraças. Na Pedra era a gente dele que trazia consigo o estigma tremendo. Sangue de Judas. Saíra de uma família que dera o vendedor do Filho de Deus. Não podia ser verdade. O padre Amâncio falava das superstições. A verdade estava na igreja. O mais era heresia, pecado contra o Espírito Santo. Toda aquela gente da Pedra vivia no pecado monstruoso, na mais baixa ignorância. Domício acreditava naquilo como acreditava na cabocla encantada. Ele, que se criara por fora, não tinha o direito de se nivelar com os seus, de se entregar ao que ele sabia errado, uma fraqueza. Devia então estar reagindo contra as crendices do irmão. E assim Bento fazia todos os seus cálculos, tomava as suas providências. Em casa a vida marchava no mesmo passo. Bentão cada vez mais calado. Domício esperando a cada instante a desgraça dos cangaceiros com a tropa, e a mãe doida para que o filho mais moço voltasse para junto do padre, que saísse dali quanto antes. Ela sabia que não teriam mais descanso com a vida que Aparício escolhera. Por qualquer coisa a força da polícia estaria batendo em casa, fazendo absurdos.

Uma noite, sentiram a casa com gente por fora. Ouviram então a voz do filho. Era o grupo de Aparício que vinha de rota batida para o Araçá. Sinhá Josefina levantou-se para fazer café para os homens. Apesar de ver o filho no meio deles, teve medo daquela gente. Infeliz do filho que se metia naquela vida. Os cabras beberam café, conversaram muito, sentados pelo copiar, e o velho Bentão palestrou com o chefe.

— Ah! capitão – dizia o cangaceiro —, o seu filho é macho de verdade. Rifle na mão dele vadeia como um brinquedo. No tiroteio da Vila Bela o rapaz atirou de enjoar.

Aparício lá para dentro conversava com a mãe, que se maldizia da vida:

— Tu não pode encontrar outro jeito de vida, menino? Olha o destino de teu avô.

Aparício se ria com a velha. Tinha que ser. Tudo já estava traçado lá em cima.

E lá para a madrugada saíram. As alpercatas tiniram no barro duro. Bento e Domício ficaram com pena do irmão. Os cabras nem pareciam ter a vida no risco que tinham. Bebiam café no descanso, no deboche uns com os outros. Domício disse para Bento:

— É o que eu te dizia, eles vão botar tocaia no sargento Venâncio. Tu vai vê é a notícia.

E ficaram acordados o resto da madrugada.

— Bentinho, nós devemos é voltar pra falar com o velho Zé Pedro.

— Falar o quê? Domício, aquele velho vive como doido, dando tudo que é invenção do povo como verdade.

— Bentinho, tu acredita também.

E assim ficaram dias. Bento nas suas cogitações. Domício no serviço, dando conta de suas obrigações, pouco falando da Pedra. Estavam na expectativa da tocaia no sargento Venâncio. E o Araticum todo verde. Chuvas de bom inverno tinham caído. A caatinga firmara a rama e o gado andava gordo. Bentão na rede cismava. O dia inteiro ali sem dar sinal de vida. Só o bode merecia os seus cuidados. Só ele fazia com que o velho se levantasse para lhe dar a ração de milho. Ou então mudar a água do caco onde o bicho bebia. Corresse o mundo no seu eixo, andassem os cangaceiros pelos serrotes, pelas caatingas, passassem as volantes, Bentão não se alterava. A mulher achava aquilo uma doença, uma moléstia do marido. Todo homem no sertão tinha as suas coisas para dar conta. O seu era naquele cismar desde que se casara.

Agora Bento também tocava viola. Não fora difícil aprender. Nas noites de lua Domício ensinava o irmão:

— Tu precisa é de sentir a música bulindo dentro. A gente fica com ela no corpo, até que ela sai. O verso também sai. É só a gente ter coração para a coisa.

E Bento pegava no instrumento e ia até tarde no aprendizado. Domício fazia verso, inventava. Inventava histórias. Lá vinha ele com as suas histórias, os incidentes com os cangaceiros, com os soldados. Tudo com a doçura de amor.

— Dioclécio, Bentinho, canta como nunca eu vi ninguém – dizia Domício. — Lá na cadeia ouvi o bicho pinicar a viola e deitar o peito no mundo. Vi um preso chorando, um ladrão de cavalo. Ladrão de cavalo é bicho duro de chorar. É gente ruim de verdade. Pois o cabra chorou com a história do amarelo. Tu me tinha falado de Dioclécio, e eu pensei que fosse coisa de menino. Não é não. O bicho é cantador de verdade. Aquele cargueiro que toca ali nas oiticicas, aquele cabra, se vivesse no mundo como Dioclécio, ia dar muito muito. Cantador precisa de andar, de correr terra, saber de coisas. Eu aqui no Araticum não dou mais pra nada. Aprendi com os passarinhos. Ah! Bentinho, tu não sabe o que é a gente estar sozinho na caatinga, ficar debaixo de um pé de imbuzeiro, na fresca, e ouvir um bicho deste abrir o bico no mundo. Só mesmo coisa de Deus. Aquilo vai dentro. Tu nunca ouviste uma juriti pela boca da noite cantando. Dá nó na garganta. Eu posso dizer que aprendi com os passarinhos. Quando o bichinho para e a gente vem andando de caminho afora, a coisa fica no ouvido, fica guardada dentro da gente. Depois o cantador pega da viola, manda os dedos nas cordas e canta, Bentinho. Muita vez eu estava no corte de facheiro pra o gado. A seca está solta no mundo. O sertão pegando fogo. E eu de foice na mão pra o serviço. O céu é uma cor só, azul, azul que não se acaba mais. Eu paro. Fico pra um lado olhando as coisas. Tudo parado, os gravetos, tudo seco. Pois, menino, aí me vem uma vontade de pegar da viola e tocar. Você chega escutar os gravetos se partindo, estalando, como um bordão espichado. Vem uma vontade danada de cantar. Tudo aquilo pega a gente de jeito. Cantador só precisa é de andar. Dioclécio é um baita por isto. Só não me danei com ele, eu te digo, foi por tua causa. Pois não é que estou com a cisma de que não posso mais te deixar ir embora?

Domício parava e Bento mudava de conversa. Domício no Araticum valia para o irmão mais moço por tudo e por todos. Havia a mãe, mas Bento não sabia por que sentia por ela um amor como se fosse uma coisa passada, finda. No irmão vivia tudo que ele mais amava. E tinha pena de deixá-lo, de ir para o Açu e abandonar Domício só no Araticum. Quem o pegaria nas noites em que ele ouvia a cabocla cantando?

— Bentinho – lhe disse uma tarde Domício —, tu ainda não foste a uma festa aqui na Pedra. Pois eu, antes de tu chegar aqui, vivia de festas. Mãe se queixava, dizendo, brincando, que eu só dava mesmo pra festeiro. Não era por isto não. Lá eu entrava e o povo me cercava logo pra ouvir. E é bom, Bentinho, vê gente atrás de nós pra ouvir. Ia mais pra isto. Não tinha fogo pra as outras coisas. Nunca tive vontade numa mulher, numa moça.

Bento quis desviar a conversa, mas Domício insistiu:

— Tu já tiveste?

O outro se calou.

— Menino, eu nada disto sei dizer. A outro eu não falava, mas a ti eu digo. Eu não sei que gosto tem esse bicho de mulher. Eu vi Aparício se pegando nas danças, andar por aí atrás das outras, contar história de namoro. E eu nada. Pensei que fosse doença, e quem sabe se não é? Cantador assim como eu, Bentinho, é mesmo que novilho capado. Tenho desgosto.

A voz de Domício era de quem falava para se confessar:

— Desgosto eu tenho, pra que negar? Antes de tu chegar aqui, mãe me disse uma vez: "Domício, tu não te casa? Estou ficando velha, e aqui em casa a gente precisa de um adjutório."

Me ri para ela. Me ri pra esconder o desgosto. Nunca tive vontade disso. Aquele velho Zé Pedro da Pedra, também falam dele. Eu sei que falam de mim. Podem me chamar de festeiro, mas nas vaquejadas eles nunca me passaram a perna. Mas só vou a festa pra tocar. As moças no começo se danaram. Hoje não. Nem fazem caso de mim. E eu até gostei.

A confissão de Domício era triste. Bento ouviu o irmão compungido. Pobre dele que nem aquilo tinha para viver no Araticum. Seria que ele também fosse assim como Domício? Lembrava-se que nunca tivera namoro no Açu. Criado de padre. Todos falavam que ele iria para o seminário, e havia um certo respeito por parte das meninas para ele. Nunca tivera como os outros do Açu aventuras pela rua da Palha. Lembrava-se de dona Fausta e daquela tarde em que ela o pegara com uma fome canina. Lembrava-se que sentira uma coisa boa, um frenesi que lhe fora da cabeça aos pés. Ficara com medo. E nos seus sonhos com a mulher do Dioclécio, aquela de cabelos compridos, ele se sentia dono de tudo que era dela. E só. Domício, com mais oito anos do que ele, confessava, se abria naquele sentido com uma voz tocada de vergonha. E Domício, que era mais forte, que derrubava bois, que corria pela caatinga, cortando por cima dos xiquexiques, furando ramadas de rasga-beiços; o irmão, que gritara para o sargento Venâncio, lhe confessava aquela fraqueza medonha. Então Bento pensou na maldição da Pedra Bonita. Seria mesmo o destino dos seus extinguir-se, levar o diabo? O velho Zé Pedro falava de uma virgem que aparecesse para ser comida por um novo Filho de Deus. Teria que aparecer um novo santo na Pedra, teria que aparecer uma criatura da família Vieira, que desse o corpo e a alma para o santo purificar. Tudo aquilo não passava de superstição, de ignorância do seu povo. Via o velho Bentão com o rosário no peito cabeludo. Domício e

Aparício não deixavam os seus rosários. Todos acreditavam em Deus, pediam a Deus, exigiam de Deus o bom inverno e a boa sorte. Sua mãe rezava como as outras mulheres do Açu. Domício rezava antes de dormir com ele. Aparício devia rezar também nas caatingas, por baixo dos imbuzeiros. Deus existia para todos. Era uma força de cima, que dava de bom e de ruim. Eles do Araticum tinham a sua sina. Domício botava tudo para o caso da Pedra, e daquilo ninguém o tirava. Bento lhe dizia que não. Todos precisavam fugir das heresias, das superstições, dos erros.

E assim iam. Domício no serviço, Bento acompanhando o irmão. Bentão no copiar, de rede, com o seu bode de lado, como se fosse um filho mais moço. E a vida no Araticum pacífica, doce, com as vacas dando leite, o milho crescendo no roçado e o gado gordo. Tudo muito bem. Há três meses que Bento chegara ali e nada de aparecer notícias do padre Amâncio. Ele mesmo muitas vezes desejava voltar. Afinal de contas nada tinha que fazer por ali. O seu lugar era mesmo na igreja do Açu, ligado com as coisas de Deus, com o seu padrinho, com a negra Maximina. Sentia falta do Açu. Há três meses que estava na Pedra e vira muito e soubera muito. Lembrava-se de Domício e esfriava nos seus desejos. Tinha o irmão, que era uma coisa nova para ele. Aquele irmão forte, corajoso, sem medo da morte e tremendo de noite por causa de um canto de uma cabocla que não existia. Domício que derrubava bois na caatinga, que furava os espinheiros brabos, com medo da cabocla nua que chamava os vaqueiros para o fundo da terra. Como ficaria Domício sem ele? Aparício se fora. Apesar de tudo, ele era dentro de casa uma força, um encosto para os outros. Domício ficaria sozinho, e quem sabe se não iria atrás dos cantos da cabocla nua, não se perderia para sempre? Mas tinha que ir para o Açu. O pai não gostava dele. Estava ali há três meses, e nem uma palavra o velho lhe dissera. Via-o com ódio, com raiva, naquela rede com o bode ao lado. Um homem infeliz. Pobre da mãe, que vivia quase sozinha naquela casa. E Bento ficava pensando nestas coisas, sentado no alpendre, do lado oposto ao velho. As abelhas zuniam na boca do cortiço. Dizia Domício que elas estavam com os favos cheios, com a obra do ano terminada. Quando Deodato estava ali, sabia fazer os serviços dos cortiços. Agora o velho Bentão entregava à mulher aquele trabalho. Ali no Araticum não havia assalariado. Só a família. Mesmo ninguém queria tomar terras por ali. Havia água, havia a serra verde. Mas o povo não queria saber das terras dos Vieiras. Era uma raça marcada por uma desgraça qualquer. Se ele ficasse, pensava Bento, podia ajudar a Domício. Ser uma força a mais no Araticum. Tinha idade e aprendia as coisas com toda a facilidade. Seria útil aos seus, à sua gente. Vinham-lhe, porém, as saudades do Açu. De manhã com a madrugada os toques de sino, as chamadas para a missa. A importância que havia adquirido na vila. Seria sacristão, mandando na igreja, ajudando missa, sabendo latim, alguma coisa acima de muita gente. Ali no Araticum havia Domício. E o irmão tomava conta de suas preocupações. Domício acreditava na Pedra e no destino infeliz de sua gente. Domício não amava, não tinha forças para o amor. Ali do alpendre, onde estava, Bento ouvia o pai dormindo. E a paz do Araticum era imensa. Agora com a tarde escutava, vindo da caatinga, o aboio distante de Domício. O aboio para o gado, mas era tão triste que parecia que era para um ente querido. Aparício no bando, nos lajedos, esperando a hora do fogo. Bentão roncando. E a mãe na mão de pilão. E Domício atrás do gado, com aquele canto que era como se fosse para adormecer um amor.

6

Aí se deu o tiroteio dos lajedos do Araçá. A volante comandada pelo sargento Venâncio ia de rota batida para a fazenda do coronel Zé Gomes, quando caíra na emboscada, numa garganta da serra. O tiroteio durou pouco. Com umas duas horas tudo estava acabado. O sargento e dez praças estendidos. Encontraram os corpos mutilados. A cabeça do comandante espatifada com os miolos em cima da terra. A notícia correu pela Pedra com pavor. No Araticum vieram a saber um dia depois.

Domício chamou Bento.

— A gente vai sofrer, Bentinho. O melhor é tu deixar o Araticum e ir pra o Açu. Eu me dano no mundo. Só com os velhos eles não fazem nada de mais. A volante nova vem por aí e vai ser uma desgraça.

Bento não acreditava. Eles nada tinham que ver com aquilo.

— Tu vai ver, Bentinho.

A velha ficou aflita. Não teria acontecido nada a Aparício? Não tinha morrido cangaceiro nenhum no encontro.

E começaram a correr as notícias de uma volante que vinha surrando, botando tudo para correr. Apareceram os aguardenteiros para o pouso debaixo das oiticicas. E disseram que era o tenente Maurício que vinha com poderes para agir em todo o sertão. Ele mandava em tudo, não respeitava chefe político, não havia juiz, delegado, nada que tivesse força para se opor ao tenente Maurício. A tropa que ele comandava tinha entrado na fazenda dos jardins de Garanhuns e prendido um criminoso sem dar satisfações.

— Menino – disse o aguardenteiro —, Aparício está metido nisso. Eu, se fosse vocês, caía no mato. O tenente Maurício vem por aí como o batalhão do 14, do quebra-quilos, arrasando tudo.

Domício e Bento voltaram para casa assustados.

— Eu não te dizia, Bentinho, só há mesmo um jeito: é a gente ir para o mato. Com os velhos não é possível que a volante faça nada. Vamos subir para a serra. Eu sei de um lugar que não há rastejador que descubra.

E se prepararam para a viagem. Domício tomou todas as providências. Arranjou um bode para muitos dias, enchendo os alforjes com carne-seca e farinha. E Bento foi falar com a mãe. A velha deu para chorar. A sina deles agora era aquela. Não teriam mais descanso. Tinham que pagar por Aparício. Com pouco Domício estava com tudo preparado. Falou com Bentão, que achou boa a retirada. A volante devia vir com o diabo dentro para vingar os soldados mortos. E de tarde saíram. Foram mesmo a pé. Domício achava perigoso. Seria mais fácil para os rastejadores pisada de animal. E saíram. Domício com os alforjes nas costas, a viola, e Bento com os cobertores enrolados, como faziam os soldados.

— Bentinho – foi dizendo Domício —, eu bem que te dizia outro dia. A vida da gente agora nesse Araticum vai ser nesse rojão. Tu não sabe o que tenente Lucena fez com o pessoal do Zé do Vale do Pão de Açúcar. Cercou a casa. Lá dentro estava o homem criminoso. Pai, mãe, irmão, tudo ficou de papo pro ar. Matou a raça toda. Este tenente Maurício é do mesmo calibre. Quando um homem deste sai com o fim de acabar cangaceiros, sai assim matando, dando, sem escolher.

Já era de noite quando atingiram a serra do Araticum.

— Vamos lá para as bandas das furnas – disse Domício. — Eu sei de uma loca que ninguém adivinha onde é.

Subiram para um lado e depois foram descendo. Lá para meia-noite Domício parou.

— Vamos nos agasalhar aqui mesmo.

Estenderam as redes no chão. A gritaria dos bichos da noite era enorme. Era o zumbido de tudo que era grilo ou coisa parecida. Bento não pôde dormir. Domício se mexia.

— Isso é assim no primeiro dia. Depois a gente tem que se acostumar.

De madrugada a mata foi recebendo o sol, como um hóspede muito esperado. Havia árvores cobertas de flores, outras pingando orvalho. E o sol foi chegando devagar, beijando uma, cobrindo outra. Por fim era dono de tudo. Domício fez fogo por debaixo de um pé de cedro e preparou café para beber com rapadura. Estava triste.

— Tu não dormiste nada, Bentinho. Eu também não. Fiquei pensando nos velhos, imaginando que o tenente é bem capaz de fazer uma desgraça neles. O infeliz vem seco em cima da gente. Não encontra e mete o cipó de boi nos pobres pra descobrir. Não sei não. Mas até fico pensando que Deus não protege a gente não. Sangue de Judas, Bentinho.

— Qual nada, Domício! Tudo isso passa, e a gente volta para o Araticum. O tenente deve ser um homem como os outros.

No entanto Bento sabia que a coisa devia ser como o irmão estava pensando. Ele bem que se lembrava do tenente Maurício naquela fazenda onde ele estivera com o padre Amâncio. O homem não respeitou ninguém. Mandou dar no vaqueiro e até nas negras da cozinha. Mas nada podiam fazer. Tinha que ser como fosse. E o dia correu assim mesmo. Domício e Bento andando pela mata, escutando, espreitando ansiosos para saber do que haveria lá por baixo. Entraram na noite. E dormiram com a mesma ansiedade, sem um sono pesado que os acalmasse. Bento começou a pensar na vida. Teriam que levar dias seguidos assim, sem saber de nada, fugindo do mundo como dois criminosos, dois perigos, dois monstros? O que teria acontecido com os velhos? A serra era aquilo que se via. Domício trepando para ver se encontrava araticum maduro. Uma tarde ouviram rumor de vozes como se fosse de gente próxima.

— Não é aqui por perto não – disse Domício. — Isso é gente que vai passando lá pelo alto. É capaz de ser a volante à procura de nós. Mas não há rastejador que pegue a gente. Os bichos são danados na caatinga. Aqui por cima não dão pra nada.

Depois sumiram-se os rumores do mundo. Tudo que havia no mundo por ali eram aquelas vozes que passaram de longe. Três dias já estavam naquela vida. Domício se lembrou que podiam fazer um reconhecimento. Foram andando mais para o lado da propriedade do pai. Era de noite. Tudo escuro. Foram andando. Tinham já perdido o medo.

— Bentinho, vamos sair bem em cima da casa. A gente está descendo por onde nunca ninguém andou.

De fato a mataria rasteira era grande. Não havia vereda nenhuma.

— A gente vai cair em cima das vertentes.

E com pouco o Araticum estava pertinho. A madrugada clareava. Chegaram-se mais para perto e não havia sinal de gente na casa. As portas abertas, as janelas abertas. Que negócio era aquele? Domício falou para Bentinho, espantado:

— Terá gente lá dentro?

Foram se chegando, Bento e Domício já estavam dentro da casa. Tudo quebrado, tudo virado de papo para o ar.

O que havia lá dentro estava em pedaços. Os cortiços no chão, cortados de foice, com as abelhas zunindo sem saber para onde ir. Tudo arrebentado.

— Sabe o que foi isso, Bentinho? Foi a volante. Eles levaram os velhos pra a cadeia de Dores ou pra a cadeia do Açu. Deram nos velhos, quebraram eles de pau e estão com os pobres na cadeia. Tu está vendo a coisa como é. Não puderam pegar a gente e se vingaram nas coisas.

No silêncio da madrugada o Araticum era aquilo que se via. Domício acendeu uma lamparina. E foram, de canto em canto, vendo o estrago. Na casa de farinha o machado caíra em cima das peças, o forno espatifado, o cocho de espremer massa reduzido a pedaços. Uma desgraça completa.

— Vamos deixar clarear, Bentinho. A gente se agasalha ali na caatinga por debaixo de um imbuzeiro qualquer. De manhãzinha a gente volta pra ver direito. Vida de sertanejo é esta que tu está vendo. Quando não é cangaceiro, é a volante fazendo essa desgraça que tu está vendo.

E ficaram pensando nos velhos. Domício imaginou a caminhada dos dois pobres pela caatinga. Teriam andado léguas a pé com os soldados castigando. De manhã a impressão que tiveram do Araticum foi ainda pior. O curral das vacas com as manjedouras, com o cocho dos animais beber água destruídos. E as vacas soltas pela caatinga. Ouviram o berreiro dos animais. Vinham de longe, de pescoço caído. Teriam andado sem rumo atrás de qualquer coisa que lhes faltava.

— Bentinho, a gente não pode mais ficar por aqui. É capaz de haver vigia tomando conta da estrada.

Nisto ouviram um grito de cargueiro. Era uma tropa de aguardenteiros que vinham para as oiticicas. Eles deviam saber de qualquer coisa. Era o velho Zé Joaquim, conhecido de Bentão. Foram falar com ele. E o velho espantou-se de vê-los ali.

— Meninos, vocês estão por aqui? A volante passou por aí afora como pé de vento, levando tudo de rojão. Soube que Bentão e a mulher estiveram na cadeia do Açu. O governo está dizendo que cangaceiro tem que acabar. E o tenente não respeita nem mesmo Nosso Senhor, se aparecesse por aí como coiteiro. Aparício está no bando de Deodato, não é verdade? Pois não vai haver mais descanso neste Araticum. É cortar até o fim.

Domício conversou com os homens e chamou Bento.

— Tu ouviste o que o velho disse? É assim mesmo. Eu vou vaquejar o gadinho do velho, ajuntar o que resta dele e entregar na fazenda do capitão Hilário. Pai não gosta dele, mas é o jeito. Isto assim como está é que não pode ficar. Os cavalos a volante levou.

Domício saiu e Bento ficou só no Araticum. Viu o irmão se sumir na estrada e os aguardenteiros levantaram acampamento para viagens de dias. Teve vontade de ir com eles. Queria se perder nos lugares muito distantes. Tudo aquilo, aquelas noites na mata, o medo da volante, a desgraça dos pais lhe deram um desejo de ser de outra terra, de outra raça, de outros campos. Domício... Lembrou-se do irmão. Como ele era diferente de toda aquela gente! Diferente do padre Amâncio, da negra Maximina, da mãe, de tudo que ele Bento amava. A velha só queria que ele fosse outro, bem diferente dos irmãos e do pai, um ser à parte da família, acima dos seus. Domício era aquilo que ele via. Um grande em tudo. E, no entanto, padecendo, corrido, um ente perigoso para a volante que queria o pobre para meter-lhe o cipó de boi, levá-lo para a cadeia, misturá-lo com a gente de lá, com os ladrões de cavalo, com os criminosos de morte.

O Araticum estava só. E Bento foi olhando e lá de cima da vertente ele viu um vulto escuro, como se fosse um homem assentado. Olhou mais atentamente e viu o bicho andando. Vinha andando, descendo, se chegando para perto. Era o bode de Bentão. O bode velho que se chegava para o alpendre, onde o velho lhe dava de comer, desde pequeno. Já teria vindo mais de uma vez e estaria surpreso em não encontrar a mão que lhe dava o milho, lhe dava a água para beber. E berrou no silêncio do Araticum. Foi triste para Bento ouvir aquilo. Era o amor de seu pai. Todo o encanto do velho. Aproximou-se do bode. E o bicho fugiu arisco. Bento foi ver se encontrava uma espiga de milho. Trouxe-a e debulhou. No começo ele repugnou. Vinha comendo desde cabrito nas mãos de Bentão. Mas a fome era maior que o hábito. E ele comeu o milho. Bento trouxe água no caco, e ele bebeu. Depois saiu, olhou as coisas e foi devagar deitar-se ali no alpendre, onde o velho ficava na rede, alisando-o, fazendo as suas carícias de pai bondoso. Olhando aquilo, Bento ainda mais se entristeceu. O Araticum estava no fim. Os Vieiras no fim. A raça perdida. As terras dos pais eram boas, tinha ali nascentes que só secavam nos anos de seca grande. A terra dava tudo. Todo o mundo invejava a riqueza do Araticum, e estavam assim como o chefe da família deitado na rede, pensando em coisas que ninguém sabia o que eram, alisando um bode, com um filho no cangaço, o outro filho perseguido, obrigado a ganhar o mundo. O Araticum estava no fim. O silêncio era enorme. Só os pássaros cantavam. Bento reparou nas oiticicas grandes, de galhos gigantes, dando sombra aos cargueiros. Reparou em tudo que para ele se acabava de uma vez para sempre. Os velhos não resistiriam por mais tempo e as volantes não deixariam Domício tomar pé na vida. Aparício em breve entregaria a alma para o diabo. Tudo se acabava no

Araticum. Ali, das oiticicas, Bento via a casa que fora dos antigos. A família estava reduzida a cinco pessoas. Nem um empregado, nem um vaqueiro os Vieiras podiam ter. Eram eles sozinhos no Araticum. E por fim tudo se acabaria, tudo se findaria. Daquela casa saíra um Vieira há quase cem anos para trair o santo da Pedra Bonita. Acreditar naquilo era uma tolice sem nome. Teria que ser assim pela vontade de Deus. Soprava um vento bom no Araticum. O sol ardia. Debaixo das oiticicas, na fresca boa, tinha vontade de espichar o corpo. E deitou-se uns minutos. Depois começou a ouvir o berro do bode. Levantou-se para ver. O bicho rodava pelo alpendre, como se estivesse atrás de alguma coisa. Faltava-lhe qualquer coisa. Era uma saudade de gente que fazia aquele animal reclamar daquele jeito. Bento ficou mais triste ainda. Que era de Domício que não chegava? E ele estava com medo de ficar só ali, naquele isolamento. Entrava e saía na igreja do Açu sem medo. Poucas vezes tivera pavor ou medo de se sentir só no meio dos santos, com aquele caixão de defunto no meio da sacristia. Mas agora sentia medo. O berro do bode era um lamento, uma tristeza de gente infeliz. O sol tinia lá fora. Depois Domício veio chegando. E era o mundo que entrava no Araticum. A existência do mundo que dava sinal. Domício falou-lhe:

— O capitão Hilário vai ficar com o gado. A volante também passou por lá. E o tenente Maurício disse que havia de acabar com a raça de Aparício. Levaram os velhos pra o Açu. Lá, Bentinho, tu tem conhecido. Tu pode tirar os pobres da cadeia. Eu vou ficar por aí. O capitão me emprestou este animal. Tu vai nele pra o Açu e espera um dia de feira e manda trazer. O capitão Hilário foi homem de coração comigo. O velho não gostava dele. Também o velho não gosta de ninguém. O capitão fica com o gado e na volta dos velhos entrega tudo. Tu deve seguir para o Açu amanhã de madrugada. Eu vou ver se conserto os troços do velho e depois tomo destino.

Bento não queria aquela solução. Queria era ficar com ele.

— A gente não faz tudo que quer, Bentinho. O jeito é ir como o destino quer. Nós somos do sangue de Judas.

A palavra de Domício era de cortar o coração. Bento fez força para não chorar. Nisso o bode deu para berrar outra vez.

— Está chamando o velho – disse Domício, compungido. E Bento começou a soluçar. Domício saiu para um canto. Era de tarde. Tudo acabado no Araticum. Domício sabia que não havia mais jeito.

A noite veio e os irmãos muito conversaram.

— Bentinho, tu deve fazer os gostos de mãe. Fica por lá mesmo. Deixa isto por aqui. Amanhã, daqui a tempo, quando as coisas mudarem, eu volto e ajudo os velhos. Mas tem esse negócio da Pedra. Bentinho, a gente está é desgraçado.

O irmão mais moço entrou a consolar. Não acreditava nisso não. Deus não havia de fazer isso assim. Que culpa tinham eles pelos erros dos antigos? O negócio da Pedra fora uma desgraça igual a outras. Depois quem poderia afirmar que o velho Zé Pedro não estava mentindo?

— Não é mentira não, Bentinho, é verdade. Eu sinto isso mesmo. Aparício sentia. Tanto sentiu, que foi pro cangaço.

O bode estava andando pelo copiar, batendo com os cascos na calçada. Era a última noite que os irmãos passavam juntos no Araticum. E não puderam dormir.

De madrugada, Bento sairia para o Açu. Lá estavam os pais na cadeia ouvindo a tosse do menino doente, ouvindo as histórias dos inocentes, dos amarelos. Bentão com aquela cara, aquele olhar desconfiado, e a velha Josefina encolhida, reduzida a pele e ossos. Mãe de cangaceiro teria que pagar, que sofrer pelos crimes do filho. A casa que fora deles estava naquele estado de destruição. De madrugada Domício levantou-se da rede:

— Bentinho, está na hora.

E foi selar o cavalo.

— Bentinho, tu vai soltar os velhos. Pede ao padre. Ele já deve estar lá de volta.

Fazia frio. Bento estava que não podia se manter de pé. Uma dor funda o prendia ao Araticum. Domício fingia calma.

— Depois que eu arrumar isto por aqui, vou andar. Mas eu volto. A gente pega amor ao lugar. Eu tenho que voltar. Só vou pro cangaço no último recurso. Vai-te embora, Bentinho.

Bento abraçou o irmão, montou o cavalo e saiu chorando para o Açu.

Domício viu o irmão se sumir, desaparecer na estrada. Olhou para os cantos. O Araticum reduzido a bagaço. Tinha mesmo que dar ordem às coisas. Os pais voltariam e encontrariam tudo nos seus lugares. A casa vazia, deserta. E a manhã surgia para mais autenticar a desgraça da casa velha, do cercado, do curral. Domício ouvia a passarada que ele vinha ouvindo a vida inteira. Eram os mesmos pássaros que cantavam as mesmas cantatas de sempre. Tinha que debulhar milho para o bode velho. Lá se fora Bentinho, a maior alegria de sua vida. Estava só. Só de tudo. Aparício no cangaço, vingando as desfeitas ao seu pai e à sua mãe. Viera o tenente Maurício para vingar o sargento Venâncio. Era o sertão. Ele teria que viver dias e dias perdido na serra, escondido, comendo araticum, dormindo aqui e acolá, até que eles se esquecessem, até que outro tiroteio desviasse a tropa para outras famílias e outro pai e outra mãe de cangaceiros entrassem a pagar pelos crimes dos filhos. Até lá a sua vida só poderia ser aquela. Não tinha vontade de entrar para o cangaço. Muitos tinham ido para lá sem querer, levados pela perseguição. Mas ele não iria. Só iria no fim de tudo. A viola estava dependurada. Era o seu consolo. Há quase uma semana que não pegava nela. E tirou-a do saco de algodãozinho e começou a pinicar na companheira. Estava só. Ninguém ouviria o que ele cantasse. Então Domício começou a falar de Aparício. A contar a história do cerco do Araçá. O pai e a mãe tinham apanhado de cipó de boi. O irmão tivera a cara cortada de chicote. Ele tinha ido para a cadeia de Dores, e Aparício no rifle, solto na caatinga. E Aparício no bando, de rosário no pescoço, chorando a desgraça do pai e da mãe. Aí o cangaceiro pensou em se vingar. E foi o tiroteio do lajedo. Morreu tudo que foi praça. A terra ficou molhada de sangue. Duas horas lutaram, os cabras atrás das pedras e os soldados no raso. A viola gemia, Domício gemia. Morreu tudo. Aparício se vingara da desgraça da sua gente.

 E sem querer o poeta tinha improvisado uma cantata completa. Parou de tocar. O bode estava berrando com pena do velho Bentão, que estava no Açu, nas grades. Meteu o seu instrumento no saco e olhou o tempo, vendo a beleza da manhã no velho Araticum dos antigos Vieiras. E de repente lhe chegou a ideia da Pedra, a história do velho Zé Pedro. Havia mesmo caveira de burro por ali. Um Judas correra daquelas terras e fora trazer os soldados, os inimigos para matar o Filho de Deus e os devotos dele. E agora eles estavam pagando, curtindo a ruindade do outro. Com este pensamento triste começou Domício o serviço de reparação. Reparou tudo que era possível. Fincou estacas no curral, trouxe pedras para o cercado, botou ordem na casa de farinha. E depois de tudo feito, fechou a porta, trancou as janelas. O Araticum podia esperar pelos velhos. Agora era cair no mundo, viver como bicho pelas grutas, pelas furnas.

O cangaço seria o último recurso. Não queria matar ninguém. Não gostava de armas de fogo como Aparício. O irmão mais moço se fora. Aquele sabia ouvir a viola dele, entender os gemidos dele. E agora, quando a cabocla cantasse, de corpo nu, com as partes aparecendo, quem o seguraria para não correr atrás da sedução?

7

Antônio Bento parou o cavalo na porta do padre. A casa estava aberta. A negra Maximina gritou contente:

— Só quem adivinha!

Eles tinham chegado no dia anterior. O padre Amâncio tinha sabido da prisão dos pais de Bentinho e estava esperando o tenente Maurício, que saíra numa diligência. Mas ela levava comida para os velhos.

Bento botou o cavalo na estrebaria e correu à cadeia para ver os seus. Nem reparou na rua, no povo da tamarineira. Saiu cego de casa para a cadeia. E lá viu o pai e a mãe em petição de miséria. O velho sentado num canto com os outros presos e a velha num quarto com uma doida que viera de longe para ir para o asilo do Recife. Bentão não teve uma palavra. Nem se levantou de onde estava para olhar o filho.

— Bênção, pai – lhe disse Bento.

— Bênção de Deus – respondeu o velho, sem sair de onde estava.

E virou-se para o outro lado.

Sinhá Josefina falou. Chegou para o buraco da porta. A cara com os talhos ainda abertos da surra.

— Tu nem sabe o que foi a viagem, Bentinho. Os praças chegaram no Araticum com a moléstia dentro. Parecia cangaceiro tomando vingança. E o tenente foi logo pegando Bento teu pai e metendo o cipó. Queria saber onde estava Aparício. Nós não sabia de nada. Queria saber onde estava Domício. E foi o diabo. Apanhamos até o sangue espirrar. Os cangaceiros tinham matado dez praças e o sargento Venâncio. Estavam dizendo que Aparício era o chefe do bando. E viemos apanhando de lá até cá. Quebraram os troços todos da casa. E só não mataram o gado, porque Domício antes de sair teve a ideia de soltar os animais pra o pasto. Senão, ficava tudo estendido para os urubus. Aparício só tem dado desgosto à gente.

Depois a velha quis saber como eles tinham levado o tempo, onde se esconderam e para que lugar Domício se botara.

— Deus queira que ele não siga o irmão. A vida de Aparício deve ser uma vida infeliz. Andando por este mundo de Deus. Matando, escondido como bicho, tirando dos outros. Ah! Bentinho, tu nunca mais deve voltar pra aquelas bandas. O padre teu padrinho já esteve aqui. É um santo. E eu pedi a ele pra não deixar tu sair mais do Açu. Ele ia mandar gente atrás de ti. Sinhá Maximina vem todo dia trazer a comida da gente. Ainda existe gente boa neste mundo.

E voltou a falar de Domício.

— Tenho medo do pobre. Domício tem vez que não regula direito. Teve ataque em menino. Ficou bom por milagre. Eu desconfiava, quando via ele pra um canto, só. Ia pra as festas, e Aparício me contava: Domício, só faz tocar e cantar pra os outros." Falei pra ele se casar: "Procura uma mulher que te sirva, Domício." E ele nem como coisa. Na viola, nos trabalhos dele. Felizmente não puxou à cara amarrada do pai. Bentão faz medo a quem não conhece ele. Nenhum filho tem essa coisa de Bentão. Até Aparício é um bom menino. Só foi pro cangaço por causa do crime. Quando era menino, eu tirava da cabeça dele essa história de cangaceiro. Um aguardenteiro tinha falado a ele do velho Aparício, o avô que morreu de briga. Os aguardenteiros encheram a cabeça do menino com as histórias dos antigos. E sempre eu dizia: "Aparício, não anda com essa história de armas de fogo." E ele vinha com a história do avô. Até que deu pra coisa. Mas tem bom coração. Não sei mesmo como ele está vivendo no meio de tanto cangaceiro malvado. Coitado do Domício. Tu deixaste ele sozinho, não foi? Ele não aguenta viver só. Ele tem um mal qualquer, uma coisa com ele que me faz medo. Nunca vi menino mais triste. Na retirada de 1904 ele ficava de olho grelado pra um canto, que me fazia medo. Parecia morto. Batia no menino pra ver a pestana bulir. E foi assim até ficar grande. É muito capaz de fazer uma desgraça.

Bento falou com a velha. O padre andava procurando meio de soltar eles todos. Voltariam para o Araticum, encontrariam Domício lá, viveriam bem. Os soldados não iriam mais fazer o que fizeram. O padre Amâncio falaria com o tenente. O homem deveria ter coração como os outros. Até cangaceiros tinham. Ela ficasse tranquila, que tudo voltaria ao que era.

— Volta não, Bentinho. Enquanto Aparício viver como vive, a gente não tem mais descanso. Tudo que é volante vai fazer no Araticum o que o tenente Maurício fez. Mas a gente tem é que se conformar com a vontade de Deus.

Bento deixou a cadeia com um nó na garganta. Precisava procurar o padrinho. E foi andando de rua acima. Lá estava a tamarineira. Passou por perto dos homens na conversa. O sobrado do coronel Clarimundo incendiado de sol nas vidraças. Foi andando. Em casa encontrou o padre, que o abraçou com efusão, dizendo para Bento que o achava mudado, queimado, maior, um homem feito. Perguntou-lhe se já tinha ido visitar os velhos. E deu-lhe esperanças. O novo juiz falaria logo que chegasse o tenente. Pediria para mandar os velhos para casa. E quis saber de tudo.

Padre Amâncio foi para o quarto, puxou uma cadeira para Bento e pediu que ele lhe contasse tudo. O rapaz narrou incidente por incidente. A saída de Aparício, a prisão de Domício, o tiroteio nos lajedos, a destruição do Araticum, a surra no pai e na mãe. Ficou com os olhos molhados narrando, contando as desgraças dos seus. O padre Amâncio falou emocionado: era aquilo mesmo. Estava há vinte anos naquele sertão e era sempre assim que combatiam o cangaço. Não sabiam escolher os perigosos, descobrir os maus. Iam em cima de criaturas mansas como se se atirassem em cima de feras. Os tenentes não eram culpados. Chegavam ali às tontas, castigando, implantando o terror para ver se davam jeito à coisa. Tudo errado. E o cangaço assim aumentava sempre.

— Domício, seu irmão, se tivesse outra natureza, teria caído no grupo, e você mesmo também. Há meninos que se metem nos bandos por essas coisas. O governo devia agir de outra maneira. Mas não. Pensa que o cangaço é coisa que se acaba matando, dando surra.

Padre Amâncio ficou de olho fechado, como era o seu hábito. Bento levantou-se e foi conversar com a negra Maximina. Queria saber de todas as novidades da terra. A maior de todas era a história de dona Fausta com o sargento Lourenço da força. O homem era casado no Recife. Mas estava vivendo com a filha do major.

— O engraçado, menino, é que ele acabou com a gritaria. Tudo era marmota da sem-vergonha. Queria era homem pra dormir com ela. O novo juiz é até um bom homem. Logo que a gente chegou aqui, ele procurou o padre Amâncio. Dona Eufrásia ficou em Goiana. Ela vem depois. Só não me danei no mundo por causa do padre Amâncio. Nunca vi mulher mais cheia de noves fora. Passei três meses em Goiana na casa dele pra nunca mais botar os pés lá. Aquilo é lá gente! O marido é um banana, um leseira. E a mulher gritando com todo o mundo. Só gostei dela lá uma vez. Tinha visita na casa e o marido deu pra falar do padre. Ele dizia que o padre tinha perdido a carreira querendo ser bom demais. A mulher deu neles uns gritos. A visita baixou a cabeça e o marido veio pra o alpendre endireitar as gaiolas de passarinho. O bicho é doido por passarinho. Não tinha que ver o maluco do major. Esse negócio de criar passarinho só mesmo para sujeito daquela marca.

Vieram outras notícias do Açu: Joca Barbeiro estava no lugar do major. E quem estava mandando muito era o escrivão. O tal tenente não saía da casa dele:

— Estão até dizendo que ele namora a filha do capitão Paiva. Nós chegamos na terça-feira e o tenente ainda estava na terra. O padre nem pôde falar com ele logo. Quando soube da prisão do teu pai e da tua mãe, o homem já tinha saído com a força pra os lados de Dores. Quem me veio contar aqui todas essas coisas foi dona Auta do sacristão. Tem agora também umas filhas dum cabo Laurindo, umas moças do Recife, muito das enxeridas. As bichas andavam na moda e davam dança em casa. Dona Fausta se engraçou logo do sargento. Dona Auta me disse que ela deu ao homem pra mais de cinco contos pra botar na caixa. Tinha guardado o dinheiro dos bordados que fazia de encomenda. Entregou tudo ao macho. Sem-vergonha. E dizer que vivia na igreja. Dona Auta me contou tudo isto. Aquela dona Francisca não me entra. Destas beatas só mesmo dona Auta. Tu já deve saber que nos tempos antigos esta Francisca andou aqui com um caixeiro-viajante. Agora vive aí de crista arriada. Menino, tu não pode calcular como tudo mudou no Açu. É uma pouca-vergonha que não tem termo lá pra as bandas da rua da Palha. E as tais filhas do cabo é gente sem eira e nem beira. Com pouco mais tu vai ver o vigário dar um estouro por causa dessa pouca-vergonha. Ele não teve medo do juiz, quanto mais disto.

Bateram na porta. Era um homem que queria falar com o padre Amâncio:

— Seu vigário – disse o homem de chapéu na mão. — Minha mãe morreu hoje das febres. E eu vim pedir ao senhor o caixão da caridade.

— Pois não – lhe disse o vigário. — Bento, vai à igreja e dá o caixão. A chave da igreja está em casa do compadre Laurindo.

Bento saiu com o homem pensando. Era o primeiro trabalho que ia fazer, aquele que tanto o confrangia. Passou pela porta da cadeia, e lá dentro estavam seus pais. Teve vontade de entrar, mas tinha o mandado de seu padrinho a fazer. Abriu a igreja. Há mais de três meses que não fazia aquilo. E sentiu o bafo de casa fechada. Aquele cheiro que ele tanto conhecia. Devia estar mais suja. Três meses sem os seus cuidados, sem a sua assistência. De fato, os morcegos chiavam mais no teto. Devia haver corujas em seus ninhos pelo coro. Foi à sacristia. Abriu a porta do depósito, e lá estava, preto, com uma cruz branca em cima, o caixão da caridade. Empoeirado, coberto de teias de aranha. O homem puxou-o para fora e saiu com ele para o oitão da igreja. Limpou-o, bateu com a tampa e saiu com o caixão na cabeça. Centenas de outros tinham saído de casa para o cemitério naquele caixão triste e pobre. Bento fechou a igreja e voltou para casa. Teve vontade de voltar para a cadeia e ficar com a mãe. Vendo-a, era o Araticum que ele via. Sem saber por que, estava com uma saudade enorme do Araticum. Chegara ao Açu pensando que fosse se satisfazer, e era do Araticum que se lembrava. Do irmão Domício. Do irmão tristonho, do irmão diferente dos homens que ele conhecera. Estaria ele àquela hora procurando lugar para ficar, perdido no meio da mata, por entre as árvores e os bichos da serra. Quando a mãe e o pai se livrassem, ele Bento iria com eles para sempre. Nada de ficar longe da terra que era sua. Dos seus, dos antigos. Havia a maldição da Pedra Bonita. Não valia nada. Superstição, como mais de uma vez lhe explicara o padrinho. Na primeira confissão que fizesse, falaria disso. E o padrinho lhe diria mais uma vez que tudo não passava de atraso do povo, de falta de religião verdadeira. Deus não podia ser instrumento da ignorância daquela gente. Ele deveria voltar com seus pais e acabar com aquela história de Judas na família. Domício acreditava porque era desprevenido de instrução.

No outro dia a força entrou no Açu, de volta. Eram uns trinta praças e o tenente. Entraram como um bando de cangaceiros. De chapéu de couro, de cartucheira atravessada, de punhal, de rifle no ombro. O padre Amâncio esperou até a tarde, e foi procurar o tenente em companhia do juiz. Conversaram muito. E por fim o vigário entrou no assunto: vinha ali pedir pelos velhos da Pedra Bonita. Os pobres não tinham culpa da vida do filho.

— Pode ficar certo – lhe respondeu o tenente — que são responsáveis. Aquilo é um ninho de cobra. A emboscada que botaram no pobre Venâncio foi sabida de todos de lá. O povo do Araticum não gostava do sargento por causa duma diligência que ele tinha feito lá.

O padre e o juiz insistiram na defesa dos velhos. Até que o tenente cedeu, dizendo:

— Vou soltar essa gente, seu juiz. Mas fique certo que é uma gente perigosa.

E assim os pais de Bento se viram livres. Foram para a casa do padre. Bentão quase que não podia andar de todo quebrado. E a velha ansiosa para ganhar a estrada do Araticum; dando a impressão de que não queria ficar mais tempo com o filho. Era que, para ela, Bentinho não devia ver ninguém do Araticum. E os dois saíram de madrugada, a pé, destroçados, como se fossem voltando de uma seca. Em 1904 devia ter sido assim. Bento ficou com vontade de acompanhar o seu povo. Mas sabia do desejo imenso da mãe de não querer ver o filho mais pelo Araticum. E cedeu. Em breve eles estariam outra vez senhores da casa velha, do curral, das coisas ínfimas, da terra que lhes deram os antigos. Domício voltaria, e enquanto não passasse por lá outra volante com o diabo no couro, viveriam bem.

O Açu tinha mesmo se modificado, como lhe informara Maximina. Os trinta soldados, um tenente, toques de corneta, tudo isso dera à vila uma cara diferente. O povo melhorou de situação, cresceu de importância. Ali agora era a sede de um destacamento grande. Do Açu saía tropa para o resto do sertão. Diziam até que o governo cogitava de mandar um batalhão para ali. E que iriam construir um quartel. Havia esperança, sonhos de grandeza no burgo apodrecido. Nos dias que paravam descansando das diligências, as praças se divertiam no Açu a seu jeito. Dentro do mercado se aboletaram uns cinco soldados. Eram os mais pobres, os mais novos no ofício. Tinham saído do sertão há coisa de dois meses. O tenente Maurício queria gente que fosse conhecedora dos segredos da caatinga, rastejadores. Bento sem querer fizera amizade com um deles, um tal de Severino. Este viera do Pajeú. Sentara praça quase sem querer. Fora à feira, e um camarada o influíra para seguir a carreira. Estava cansado de ser aquilo que era sempre, vaqueiro. Correndo atrás de gado a vida inteira, e estava agora com o tenente Maurício. Severino tinha uma coisa que prendeu logo Bento à primeira vista: tocava viola, cantava. Lá de dentro do mercado saíam para o Açu os seus gemidos, que eram daqueles de Dioclécio e de Domício. E Bento acabou se acamaradando com Severino.

— Menino, eles me botaram pra rastejar. Eu sabia descobrir rasto de boi na caatinga. Aquilo pra mim era besteira. O tenente me disse que o meu trabalho era esse, descobrir pé de gente na terra, nas pedras. E é o que eu faço.

Severino sabia de cantorias que agradaram a Bento.

— Tu é sacristão, menino?

Bento lhe explicou. Era cria do padre.

— O tenente disse à gente que o vigário daqui acoitava cangaceiro. Mas ele não bole com ele. Tem medo. Um oficial que desfeiteou o Padre Cícero não durou um mês. Comeram o bicho na bala.

Bento então quis saber da surra no povo do Araticum. E Severino contou:

— A tropa vinha com sede. A gente ainda viu a marca do sangue na terra. O tenente pegou a pedra que espatifou a cabeça do pobre sargento. Tinha soldado que parecia cascavel com o veneno perdido, trincando o dente de raiva. Se a gente pegasse o bando num raso, não ficava um pra semente. Aí o tenente levou a força pra a diligência. E pegaram os velhos desprevenidos. Pareciam duas gatas, de medo. Metemos o pau nos velhos. O velho aguentou calado. E a velha chorava que só bezerro desmamado. O sargento Lourenço queria liquidar o pessoal na bala. O tenente não deixou. Fiquei até com pena dos pobres. Eu sou do sertão. Sertanejo vive sofrendo como couro de fazer torrado. É um apanhar que não tem conta. Quando não é cangaceiro, é a força. Eu estou nesta vida, mas estou doido pra sair. Viver de borco aí como calango, cheirando a terra, cheirando o mato, pra descobrir passagem de gente. Isto não é vida. Agora eu digo: melhor é vaquejar. O tenente fica danado quando se perde a batida dos cabras. Cangaceiro tem astúcia do diabo. A gente vai indo atrás do bicho. Lá vai a marca das alpercatas, e, quando se dá fé, é como se os cabras estivessem voltando pelo mesmo caminho. E desmancham. Fazem visagem. Escapolem da vista da gente. Aquilo não é pé de boi, que se conhece no maneiro. Muita vez o tenente está pensando que é safadeza. Eu bem desconfio que o homem malda da gente. Capaz de pensar que nós estamos de combinação com os cangaceiros. Te digo com franqueza. Pegando cangaceiro vivo, eu só tenho vontade é de cortar pedacinho. Eles fazem o mesmo com a gente. Tu não viste a desgraça que eles fizeram nas praças de Dores? Cortaram os braços, cortaram as orelhas, as partes dos homens. Fizeram farinha da cabeça do sargento.

    Severino ia buscar a viola e cantava para Bento e os companheiros ouvirem. Ele sabia de pouca coisa. Mas do que sabia tirava efeitos. Vinha sempre com as façanhas de Jesuíno Brilhante. Era uma história que se dera na seca de 1877. O povo estava morrendo no Ceará, morrendo de sede. Morria homem, morria menino, morria mulher. No Sobral não cabia mais gente. Morava até povo na torre da igreja. O imperador mandou dinheiro para salvar o povo. O dinheiro chegou. Mas os grandes da terra comeram, roubaram o povo. Foi quando apareceu Jesuíno Brilhante para castigar os miseráveis. Ele vinha de sertão afora fazendo o diabo com os grandes. Dando ordens. Matando ladrão, salvando o povo.

E vinha na cantoria de Severino a narração dos feitos, da coragem, das grandezas de Jesuíno. Aquilo é que era cangaceiro. Cangaceiro que não andava como este Aparício, matando, desgraçando o sertão.

— Cangaceiro de hoje só faz desgraça por onde passa. Já se foi o tempo de Jesuíno Brilhante. Me disseram que este Aparício está fazendo o diabo.

Bento fingiu desinteresse. Mas noutra oportunidade que teve, quis saber de mais coisas, dizendo para Severino que Aparício não era o chefe do bando. O chefe era outro.

— Qual nada, o bando de Aparício está sozinho agora. Disseram ao tenente que ele é mais feroz que Deodato. Nos ataques que dá, não perdoa ninguém. Tira dinheiro até de cego. Atrás de uma peste desta, eu rastejo de verdade. Porque sertanejo como este Aparício só merece é bala de rifle, é morte. Foi por isto que o tenente Lucena de Alagoas não deixou semente na família do Zé do Vale do Pão de Açúcar. Matou do pai ao menino de peito. O tenente soltou os velhos de Aparício. Falando com franqueza, não vi jeito de cangaceiro naquele povo. Aquele velho não tinha calibre de cangaceiro. Até me falaram que era um homem de boa família. O filho é que é um cachorro da moléstia. O tenente pegando ele, eu não calculo o que faz.

Era a grande preocupação de Antônio Bento. A fama de Aparício estava crescendo. O seu nome falado, a sua importância subindo. E ali no Açu todos sabiam que ele era irmão de Aparício. Não tardaria que viessem com perseguições para o seu lado. O padre Amâncio ia muito bem com o juiz, e o tenente andava sempre por fora, com a força, nas diligências. Aparício se transformava para o irmão num verdadeiro herói. Seria possível que fosse aquele monstro das descrições do povo?

No Açu exageravam. Os soldados estavam vendo Aparício com olho de medo, aumentando o valor dele. No fundo Bento se sentia orgulhoso do irmão. E uma coisa o impressionava: o povo do Açu começava a olhar para ele sem aquele desprezo de outrora. Era irmão de Aparício. Tinha rifle na caatinga respondendo por ele.

8

Na verdade o Açu era outro. O padre Amâncio começou a se inquietar. A rua da Palha crescia. Ficava arrogante. Os soldados, na maioria, faziam de lá o seu passeio preferido. Vinham mulheres de outras terras, raparigas de centros maiores fazer o Açu. O padre Amâncio teria que tomar providências. Sentia-se a sua preocupação. Agora não era o juiz, um doutor Carmo. Eram soldados, desenfreados, cabras da pior espécie, que se davam ao deboche às vistas de todo o mundo. O caso de dona Fausta era um sintoma alarmante. Se não fosse o sargento, ficaria ela no seu canto, sem ter dado aquele espetáculo de depravação. Amigada, nas ventas de todo o mundo, sem nenhum respeito pelos outros. O padre Amâncio, logo que chegou ao Açu, foi a ela. Falou da situação dela. Por que não procurava uma casa mais arredada? E viu como dona Fausta o recebera. O seu ar de debique. Fosse ele procurar o sargento e pedisse. Ela estava em sua casa, muito bem. E foi até grosseira com o velho vigário, que tantas vezes a ouvira em confissão. O padre tinha outras coisas de que devia cuidar. Ela estava em sua casa, morava com um homem de quem gostava, e o mais que se danasse. Queria agora ver era as beatas passarem pela porta dela mangando. Dona Auta, dona Francisca debochando dela, inventando mentiras. O padre Amâncio revidou. O que ele queria era que seus paroquianos andassem na decência, que ali no Açu não se repetissem casos como o dela, de uma mulher de idade que não se dava a respeito. Ele sabia cumprir o seu dever e por isso estava falando daquela forma. Pensava que ainda podia merecer alguma consideração da filha do major Evangelista. Já que não merecia, que passassem bem. E se foi.

Dona Fausta não se mudou. E às tardes, quando o sargento estava na vila, botava as cadeiras na porta, e se sentavam os dois para conversar como marido e mulher muito bem casados. As beatas que passavam para a igreja viravam o rosto para não olhar, para não ver a pouca-vergonha, o desfrute daquela mulher. Dona Fausta ficou arrogante. Ameaçava:

— Deixa estar, cambucas velhas! Lourenço vai ser tenente. Vocês vão ver o que é mulher de tenente.

O padre Amâncio sentia-se velho, acabado. Em outros tempos já teria dado o alarma. Lembrava-se da campanha contra o juiz. Pensava nisso. Se ele se metesse a censurar o procedimento dos soldados, diriam logo: "Protetor de bandidos. O que ele quer é deixar o Açu livre da força para melhor se entender com os cabras." Estivera três meses em companhia do bispo, na visita pastoral. Era um homem fraco, infelizmente muito da política. Tomaria logo o partido das autoridades. Seria capaz de vir com penalidades para cima dele, só para dar satisfações aos poderosos. O que adiantaria à causa de Cristo o seu sacrifício? Não viria outro padre para ali. Ninguém queria o Açu, e os pobres iam ficar sem a ajuda de Deus. E a igreja entregue aos morcegos, às corujas, ao cupim. Ele bem vira o que sucedera nos três meses em que estivera por fora. Parecia de anos a sua ausência. O compadre Laurindo não tivera o mínimo cuidado com a igreja. O melhor era ir tolerando os soldados, andando com jeito. Um dia iriam embora. E o seu Açu ficaria na paz de sempre, sem esperanças, pobre vila esquecida, no fim do mundo, amada por ele, querida pelo seu vigário, o seu vigário velho. O melhor seria tolerar. E foi o que fez. Arrependeu-se até de ter procurado dona Fausta. A mulher devia estar com ódio dele. Rezaria muito pela filha do major. No fundo era uma doente, uma pobre doente, e ele sem verificar essas coisas foi procurá-la, ser áspero com ela. Devia pedir desculpas a dona Fausta. Não fazia para não desmoralizar a religião. Era preciso que o povo não desconfiasse de afrouxamentos, da velhice dele. Amava o Açu. Era uma coisa física. Fora de lá, as coisas não lhe pareciam as mesmas. Podia ser um pecado, um grande pecado. Nem o culto, nem as igrejas, nem os homens de outras terras lhe davam a impressão do Açu. A vida era outra. Há muitos anos que dava tudo o que tinha ao Açu. E ali queria morrer. Já escolhera o seu lugar. O pedaço de terra que comeria a sua carne. Para que se meter em lutas com os soldados, aborrecer o tenente? O bispo não lhe daria razão. E ele passaria além de tudo por protetor de cangaceiros. Devia era levar o Açu, por enquanto, como ele quisesse ir. Nada de rigidez, de querer mudar as coisas de repente. No íntimo, o padre Amâncio sofria. Ele bem via a rua da Palha crescendo. Casas novas, mocambos novos na rua da Palha. O coronel Clarimundo não se importava. A família estava morando longe e ele mesmo só estava ali por causa do descaroçador de algodão. O escrivão Paiva vivia com o tenente dentro de casa. Com uma filha moça namorando com o oficial. O juiz indiferente. Ali no Açu ele estava por pouco tempo, esperando a remoção. Se ele quisesse tomar uma providência, como padre, estaria só, seria único para agir. E seria criticado por todos. E assim o padre Amâncio avaliava as coisas.

 A negra Maximina dizia todos os dias a Bento:

— Não tarda. Qualquer dia o padre Amâncio mete a ronca nessa pouca-vergonha.

Mas Bento compreendia a situação, vendo o perigo do momento. Calava-se para não desgostar a negra velha. E se metia no seu trabalho, fazendo agora tudo na igreja, depois da doença do sacristão Laurindo. A igreja do Açu estava toda em suas mãos. Só o padre Amâncio podia mais do que ele. E com isto se conformava um pouco, vendo-se mais importante, mais acima do que sempre fora. Havia agora um empregado que lavava os cavalos, que cortava capim, que dava recado. Ele Antônio Bento vinha subindo, crescendo de posição. Aparício na caatinga valia muito. Andavam volantes atrás dele, os jornais falavam dos ataques de outros lugares. O seu irmão furando o sertão de lado a lado, dando o que fazer ao governo.

O tenente Maurício ficara o centro de toda a vida do Açu. Era mais que prefeito, mais que juiz, resolvia tudo. Ficava ele na porta de casa, de lenço no pescoço, espichado na sua espreguiçadeira, dando a sua audiência e resolvendo. O escrivão Paiva tirava proveito da amizade dele. O coronel Clarimundo entrava no declínio de seu prestígio. Já não era o faz-tudo do Açu. A autoridade do chefe da volante absorvia a sua importância. O tenente Maurício falava mal da administração do prefeito, dizendo, para quem quisesse ouvir, que se aquilo estivesse em outras mãos, o Açu teria melhorado de vida. A filha do escrivão namorava o oficial. Diziam que ele era casado, mas que vivia separado da mulher. O fato é que a moça se tinha na conta de noiva, o pai na conta de sogro. O prestígio deste crescia. O padre Amâncio não procurava o tenente, embora vivesse em boas relações com ele. Conhecia o vigário do que era capaz o oficial. Bento é que não era bem-visto pelo oficial. Por mais de uma vez ele fizera o rapaz parar para falar do irmão. Se não fosse o padre, ele veria o que era cadeia. E Bento procurava sempre evitar encontros com o tenente. Mas para o povo da feira o prestígio do criado do padre crescia todo dia. Era apontado. E queriam saber de notícias de Aparício. Não podia sair de casa aos domingos para correr a feira. Os matutos o chamavam para interrogar. E se admiravam, um para outro.

— Ele é irmão de Aparício. É irmão de Aparício.

E ficavam de olhos compridos olhando Bento, respeitando-o. E assim foi Bento se sentindo alguma coisa de superior, pelo seu parentesco com o cangaceiro. O tenente passava por ele com vontade de meter-lhe o chicote, mas os matutos da feira ficavam de olhos compridos. E a fama de Aparício crescendo sempre. Dera ele um tiroteio com a força do tenente Lucena em Água Branca. A luta demorou horas e por fim Aparício furou o cerco, atravessando o rio São Francisco, invadindo a Bahia. O cangaceiro seu irmão ficara falado. Era o terror das caatingas, o maior de todos os cangaceiros. Nunca mais soubera de Domício. Desde que os velhos se foram para o Araticum que não tivera notícias do irmão tristonho. E era no entretanto de quem mais se lembrava. Do irmão triste, que não tinha feição para o cangaço. Aparício devia ter mudado. Criado outra cara, outra figura. No dia em que estivera com ele na caatinga falara com tanta amargura da vida de cangaceiro, e de repente era o famoso bandido que era. Chegava a não acreditar nas façanhas de Aparício. Vira o irmão tão sem jeito de chefe lá no Araticum que se espantava da fama. Se lhe viessem dizer que Domício virara o maior cantador do sertão ele acreditava. Mas naquela crueldade do irmão mais velho não podia acreditar. Diziam que Aparício nem respeitava menino. Matava tudo, destruía tudo, como um castigo. Lera num jornal o ataque dele a um povoado em Alagoas. Parecia um diabo com poderes na Terra. Aparício fizera as maiores misérias. Pobre da mulher que passara o bando inteiro, pobres dos homens amarrados, sangrados como bichos, reduzidos a pedaços, pela fúria de Aparício. Só queria ver Domício para falar com ele dessas coisas. Domício teria o que dizer, o que falar. Aparício fazendo o que fazia, só mesmo estando atuado. Com o diabo fazendo tudo por ele. Então Bento pensava sem querer na Pedra Bonita, no que dissera o velho Zé Pedro. A família Vieira tinha com ela uma desgraça escondida. Sangue de Judas, maldição de Deus andava pelos seus. Era superstição. Por mais de uma vez, sentindo-se escravo desses pensamentos, fora ver o padrinho. Contara tudo. Se abrira, e o velho só tinha aquela resposta: o povo se embriagara de superstição, de fanatismo. Mas Bento duvidava. Lembrava-se dos fatos. Um parente seu saíra da Pedra, correra léguas, rompera caatinga e fora ensinar aos soldados onde estava o Filho fazendo milagres, procurando salvar as misérias do povo. Fora um Vieira, gente de seu sangue. Domício tinha a coisa como certa. Aparício andava pelo mundo como um flagelo. Lá ficara o Araticum, com água corrente, com nascentes d'água doce, com serra verde de inverno a verão, reduzido a uma tapera. Terra maldita, terra que não botava homem para frente. Assim pensava Domício. Assim pensava o sertão. Ninguém queria um palmo de terra do velho Bentão.

Por outro lado Antônio Bento se consolava com a importância que criara no Açu. Respeitavam o irmão de Aparício. Joca Barbeiro nem parecia aquele de outrora, tirando deboche com o povo da Pedra, falando do cotoco. Bento verificava que a força de Aparício se estendia da caatinga, das serras, das beiras do rio e dos lajedos até o Açu. Até entre os homens da vila, que tanto o levavam em pouca conta. Fora para eles um criado de padre, um menino enjeitado pelos retirantes da

Pedra Bonita. Ninho de cobras, de gente ruim. Aparício matava, atacava cidades grandes, entrara no Sousa, cercava Cajazeiras e invadira Mossoró. O Açu respeitava o irmão, tinha consideração pelo criado do padre Amâncio. Ele compreendia tudo. O padre estava velho, ia se acabando aos poucos. Não fora brincadeira a vida que levara na pior vila do estado. Dera os seus dias pelo Açu, um oco do mundo, esquecido e desamparado de todos. E Bento se amargurava com isso. Afinal de contas se lhe morresse o padrinho, para onde iria, que rumo tomaria? Havia o Araticum. Sua mãe e Domício. Este, sim, que enchia as suas esperanças. Um dia estariam reunidos outra vez, e tudo que se fosse: fama de Aparício, o Açu, o mundo inteiro. Antes era Dioclécio com as suas histórias que lhe davam ânsias de viver, de ser outro que aquele Bento criado do padre, lavando cavalos, levando recados. Agora era Domício, o irmão triste, que tremia de noite com o chamado da cabocla nua, de cabelos soltos.

E a vida do Açu andando. Dona Fausta mais arrogante, se mostrando às mulheres da terra. Ameaçava com o sargento. A primeira que se fizesse de besta, já sabia. Bento caíra nas suas iras. Em casa falava ela ao sargento do criado do padre. Era um irmão de Aparício, irmão de cangaceiro. E o sargento passou a implicar com Bento. E as coisas foram assim, até que se deu o caso entre os dois. Tudo obra de dona Fausta. O sargento mandou chamar o rapaz na cadeia para dizer que acabasse com aqueles debiques com a mulher dele. Ele andava passando na porta dela com ditos. Na primeira vez que se desse aquilo, o cipó de boi cantava.

Antônio Bento se alarmou, foi ao padre. O padre procurou o juiz. O juiz foi ao tenente Maurício. E o oficial foi estar com o vigário, para lhe dizer que o sargento vinha se queixando que a mulher vivia a sofrer debiques do povo da igreja, da mulher do sacristão, das outras beatas. E que Bento passava pela porta dela fazendo pouco. O padre conversou muito com o tenente. Explicou muita coisa. E Bento ouviu a risada do oficial. Tudo tinha se resolvido da melhor maneira. Dona Fausta, porém, crescendo sempre de importância, quis impedir que dona Auta passasse pela calçada. Não passariam pela porta dela para tirar deboches. E ficava de janela na hora da missa e da bênção, esperando a passagem das beatas para se desabafar. Joca Barbeiro na conversa da tamarineira achava aquilo um absurdo. Como era que se deixava uma rapariga daquelas insultar as mulheres casadas da terra? Todos concordavam. Aquela terra era mesmo uma desgraça. Quando vinha uma melhora, era para ficar como estava. Com rapariga morando na rua grande, descompondo gente direita. Por outro lado, dona Auta vivia chorando de desgosto. O filho mais velho Floripes estava namorando com a filha do cabo, uma das tais que andavam de saia curta pelo Açu, mostrando as pernas. Floripes era o principal caixeiro do coronel Clarimundo. Ia tão bem, tão aprumado, e de repente se metera com a filha do cabo. O padre Amâncio chamou o rapaz para aconselhar. Foi tempo perdido. Ele queria mesmo. E as duas famílias ficaram inimigas. As moças diziam o diabo de dona Auta. Não passavam pela porta da mulher do sacristão. E deram para visitar dona Fausta. O Açu inteiro virado do juízo, com a estada da força. Melhorara o comércio um pouco. Os caixeiros-viajantes chegavam até lá sem medo dos cangaceiros. Mas no resto era o que se via.

    O padre Amâncio não era o mesmo. Isto todo o mundo sentia. A negra Maximina dizia todo dia para Bento:

— Toinho, o padre está mesmo outro. Tu não está vendo? No outro tempo ele teria pegado essa sem-vergonha de jeito. Hoje nem parece que é mais do Açu. Só pode ser doença, Toinho. Pode ser que com a velha aqui ele mude.

Bento andava amedrontado com o sargento Lourenço. Nunca fizera a menor coisa. Nunca dissera nada ao passar pela porta de dona Fausta. E saíra aquela intrigalhada. Só podia ser mesmo uma invenção para sacudi-lo na cadeia. Pensou até em fugir. Mas teve medo. Se saísse do Açu às escondidas, o tenente botava soldado atrás dele, desconfiando que fosse negócio de coiteiro. O melhor seria ir aguentando a vida assim mesmo. O sacristão Laurindo deixara tudo que era da igreja com ele. E agora, com a história do filho, as enxaquecas do velho se sucediam. Era uma por semana. E Bento fazendo tudo na igreja. O padre Amâncio acreditava mesmo que o compadre Laurindo não voltava mais ao serviço. E dona Auta falando em saírem do Açu para outro lugar. Não podia se conformar em ver o filho pegado com uma tipa daquelas. Foi quando apareceu a notícia: a força ia se mudar para Dores. Viera ordem para estacionar o destacamento lá. A princípio a notícia fez rebuliço. Joca Barbeiro e o capitão Paiva não acreditaram. A política do escrivão se baseava na força do tenente. Saindo ele, seria o diabo. Mas o fato se confirmou. Viera ordem para a tropa seguir para Dores. Os cangaceiros estavam agindo ora na Bahia, ora em Pernambuco. A sede do tenente Maurício devia ficar num ponto mais bem colocado. O padre Amâncio deu graças a Deus. Não escondeu a sua alegria. Falou com Bento. A força dava segurança contra os cangaceiros, mas estava estragando o Açu.

Depois começaram os boatos. Dona Fausta ia com o sargento ou ficava? Naquela tarde da notícia não houve cadeiras na calçada da filha do major. A tropa tinha três dias para se transportar. E a rua da Palha se consumiu de saudades. Floripes pensou em se casar às carreiras. E o tenente Maurício na casa do escrivão, consolando a noiva. Dores estava a uma carreira do Açu. A noiva não precisava ficar com aquela cara de tanta tristeza. E o casamento? Ah! não havia dúvida, voltaria para se casar.

Para o escrivão Paiva tudo estava perdido. Ele compreendia tudo muito bem. A filha servira de isca. Dera uma filha para derrubar o coronel Clarimundo. E por fim vinha aquilo. O major Cleto, o delegado, que perdera a força com a autoridade militar no Açu, se regozijava. Dizia a todo o mundo que fora sempre do coronel Clarimundo. O seu chefe sempre fora ele.

A saída da força, numa madrugada, foi triste. A corneta tocou. E o tenente a pé, na frente da tropa, com a roupa que usava nas diligências, de chapéu de couro, de punhal atravessado, e os homens em traje de cangaceiros atrás. E o Açu, naquela madrugada, ficou livre do governo. Veio gente olhar dona Fausta se despedindo do sargento na frente de todos, com abraços e beijos. E se foram. Sumiram no fim da rua.

O Açu voltou ao que era. A sua força natural. O coronel Clarimundo seria um homem mais rico, o major Cleto começaria outra vez a prender e a soltar gente, tudo nos seus eixos.

Bento naquela madrugada tocava com mais gosto a chamada para a missa das cinco horas. Tocava com mais força, com mais confiança no bronze. Vieram as beatas para a missa. Dona Auta passara feliz pela porta de dona Fausta. A tamarineira continuaria a falar mais livre, sem a pressão de uma grandeza estranha. O Açu respirava pelos seus próprios pulmões. Os grandes e os pequenos da terra eram os mesmos de antigamente.

9

NUM DIA DE SOL QUENTE, bateram na porta do padre. Bento estava lá para o quintal. Maximina foi atender. Era um vaqueiro que queria falar com Bento. A negra gritou:

— Toinho, tem um homem te procurando!

Ele compreendeu logo quem era. Correu na certa para falar com Domício. E era Aparício em carne e osso. Estremeceu da cabeça aos pés. Ficou sem falar, estatelado, como se uma bala o tivesse atravessado. O irmão sorriu para ele:

— Diz para o povo que eu sou Domício.

— Entra – disse Bento —, vamos lá para trás.

Ficaram no quarto e puderam conversar livremente. O padre Amâncio andava por fora e Aparício pôde falar à vontade. Estava ali no Açu para saber das coisas.

— Olha, a gente precisa estar de olho aberto. Soube que a força tinha ido para Dores. Os cabras estão pensando que eu estou na Bahia com o grupo. Qual nada! Levei um balaço no braço e precisei ficar descansando aqui por perto. O meu pessoal foi dar um passeio por longe. Depois a gente se ajunta outra vez. Vim aqui falar contigo por causa dos velhos. Porque Domício se sumiu e ninguém sabe onde está. Até me disseram que ele estava com o velho Zé Pedro da Pedra Bonita. Estive lá e não me deram notícia dele. Eu soube que os velhos estão só. Tu para que não deixa isto aqui e não vai para lá? Podia botar gente lá com os velhos. Tu é que devia ir.

Depois Aparício contou muita coisa de sua vida. Fora no tiroteio dos lajedos do Araçá que ele ficara chefe duma parte do bando.

— Deodato não aguentou o repiquete. Se eu não pegasse fixe, a coisa estava perdida. A gente deixou Deodato e eu peguei o pessoal. Cangaceiro não tem que ter coração. Fizemos um serviço de mestre em cima do sargento Venâncio. Nunca mais ele dá em mãe de homem como deu. Tu já viste as loa que fizeram para mim? Saiu com um retrato. Tu precisa ir para onde estão os velhos. Só se Domício aparecer. Me disse o velho Zé Pedro que, enquanto mãe estiver viva, os macacos não podem comigo. O tal tenente Maurício está precisando de um serviço. Ele deu um fogo com a gente. Foi um fogo danado. O cabra é duro mesmo. Briga gritando, descompondo, como cangaceiro. Mas a gente pega ele de jeito. Deixe estar. Anda no grupo dele um tal de Severino, um rastejador, um cabra que toca viola. Pois aquele cabra foi do grupo. Tem dado o que fazer.

Aparício parecia recear de qualquer coisa, olhava para os cantos, apurava o ouvido para ver se ouvia alguma coisa:

— Estou com o braço meio bambo. A bala entrou e saiu. Só dei fé da coisa quando o fogo parou. O coronel Joca Abílio me deu pousada. Quis até chamar um doutor para ver. Qual nada, fiquei bom de repente. Na volta do pessoal é que eu vou experimentar de verdade o braço.

Bento olhou para o irmão, reparou bem. Era aquele o seu irmão, que ele conhecera de perto, que saíra das entranhas de sua mãe, que se criara no Araticum. Era mesmo Aparício. E o outro, o do cangaço, o do falaço do povo, dos ataques, das mortes, dos roubos, dos assaltos, só podia ser outro. Ouvia Aparício falando como o irmão do Araticum. Não lhe dava impressão diferente. Quis lhe perguntar umas coisas, saber dos detalhes de lutas que corriam pelo sertão. Não achou jeito de ser Aparício o homem daquelas histórias. Não acreditou.

— Menino, tu precisa é cuidar dos velhos. Isto aqui não serve pra nada. Ainda dou um ataque nesta vila de deixar tudo de papo pro ar. Me disse Deodato que uma vez ele fez um serviço aqui. Deu até dinheiro ao padre para a igreja.

Bento defendeu a terra. Ele não devia fazer nada no Açu. O povo era pobre. Rico ali não havia.

— Não é questão de riqueza não, Bentinho. Tu nunca ouviste o velho Zé Pedro falar deste povo? Olha, ele me disse que toda a desgraça do povo da Pedra saiu do Açu. Foi o povo daqui que acabou com a Pedra.

Aparício viera para que ele, o irmão mais moço, fosse tomar conta dos velhos. O velho Zé Pedro lhe falara na influência da mãe no destino do cangaceiro. Enquanto ela vivesse, nada aconteceria a Aparício. Só mesmo Bento poderia viver com eles, com os pais.

— Olha, Bentinho, quando tu quiser saber notícia da gente, do grupo, procura um aguardenteiro chamado Mariano, que vem todo dia de feira aqui no Açu. Este cabra espia pra nós.

E se despediu do irmão.

O Açu, os três soldados do destacamento não sabiam que visita era aquela que procurava o criado do padre. O rei do sertão entrara e saíra como qualquer matuto, como um simples vaqueiro, na vila. Bento ficou com medo. Se alguém conhecesse Aparício, a desgraça estava feita. O que podia fazer o irmão, cercado, de mãos abanando? Viu-o perder-se no fim da rua, sumir-se. Era ele, o perigoso bandido, que já tinha retrato nos folhetos que se vendiam nas feiras. O governo andava atrás dele. Forças, tenentes, amedrontando os sertanejos, implantando o terror para acabar com Aparício, que era aquele homem igual aos outros e que há pouco estivera com ele, falando da mãe. Com medo que ela morresse, porque um rezador juntara o destino dela ao seu. Não podia ser verdade. Aparício não podia ser tudo que diziam. O perigo, a coragem, a ousadia, a crueldade, tudo isto podia ser de outro, menos dele. Não. Aparício era aquele rapaz que no Araticum brincava com as esquisitices de Domício. Estivera com ele na caatinga e se mostrara até aborrecido com a vida do cangaço. Ali estivera o irmão e diferença nenhuma encontrara na sua cara, nos seus modos. Um cangaceiro com a sua fama de matador devia parecer outro.

Era já tarde. E Bento precisava tocar as ave-marias. Subiu para a torre, e foi Domício quem o acompanhou até lá, na sua imaginação. Cismava. Domício tinha sumido, deixado o Araticum e ninguém sabia para onde. Lá estavam os dois velhos sozinhos, o pai e a mãe, sem a ajuda de ninguém, para ver tudo, o gado, as terras. Sem dúvida que eles botariam vaqueiro para olhar e cuidar das coisas. Por aqueles sertões não havia lugar mais esquisito que o sítio de sua gente. Em outras terras vinham morar gentes de fora que se enraizavam, que se fincavam para sempre. Ali, era aquele abandono. Só o povo dele, só os Vieiras, o pai, a mãe, dois filhos. Fora-se um para o cangaço e agora Domício se perdera no mundo. Bento puxou o badalo com força. Irmão de cangaceiro. Fora no Açu desprezado por todos, insultado pelo juiz, estivera entre os presos que Deodato soltara. O Amarelo, o menino da tosse, estava tão fraco que voltara do meio do caminho, para se entregar outra vez. Mudava tudo no Açu. Ele mesmo era outro homem. Viera do Araticum outro bem diferente. Sabia de coisas sérias. Na feira apontavam para ele como para um parente de um grande. O irmão de Aparício merecia atenção. O cangaço trazia-lhe honrarias. Mas Domício se fora. Aí Bento parou. Era a última badalada. Ficou na torre olhando tudo. O sobrado do coronel Clarimundo na sombra parecia menor. Sem o brilho das venezianas era uma casa pobre como as outras. Via-se bem dali o prefeito, de suspensório, olhando a rua. A família longe, e ele no Açu sem coragem de deixar os negócios. A tamarineira ia aos poucos se cobrindo de noite. Bento demorara-se na torre mais tempo. As beatas já iam saindo, e o padre Amâncio apareceu pela calçada do major, devagar. Seu padrinho se acabava, não tinha dúvida. Vinte anos de Açu era como se fossem vinte anos de Fernando de Noronha. Não podia abandoná-lo como Aparício queria. É verdade que havia a mãe. Mas a velha sofreria mais se ele abandonasse o Açu para se meter no Araticum. Aparício estava com medo de que ela morresse por causa dele. Não era amor de filho, era o pavor de morrer, de perder a sorte nos combates. Zé Pedro ligara o cangaceiro à vida da mãe. E Bento foi descendo a escada. Ouviu o rumor dos morcegos voando na igreja. Não encontrara jeito de acabar com eles. Faltava vinho para a missa do outro dia. Teria que abrir uma garrafa nova. O sangue de Deus, a carne de Deus. De repente passou-lhe pela cabeça um pensamento de louco. Tudo aquilo era mentira, uma verdadeira mentira. A Pedra Bonita, Aparício. Ele era quem manobrava com os objetos sagrados. Sabia de que caixa o padre Amâncio tirava as hóstias que eram o corpo de Deus. Era ele quem abria as garrafas com o vinho que era o sangue de Deus. A lâmpada do sacrário vacilava. Aquela luz de manhã à noite estava ali para que Deus não pudesse ficar às escuras, sem uma luz em seu louvor. Fugiu do pensamento de incréu e fechou a igreja. E sentiu-se o único homem do mundo, cercado de paredes grossas, no meio dos santos, com aquele cheiro de rosas murchas, com aquele bafo de coisas velhas. O silêncio era grande demais. Os morcegos calados, e a lâmpada parada sem o vento que entrava pelas portas abertas. Tudo no fim. Bento deixou a igreja desolado, como se estivesse nu por dentro dele mesmo, sem coisa nenhuma para cobrir as suas vergonhas. Nunca lhe viera na cabeça uma ideia daquela de não acreditar em Deus. Só podia ser um sopro do diabo. Viu padre Amâncio parado na porta do coronel Clarimundo, e foi andando para lá. Os dois conversavam:

— O senhor leu, padre Amâncio, a notícia do *Diário*, a respeito do ataque de Aparício a Mata Grande? Foi uma danada. O povo reagiu. O grupo atacou cinco horas e não entrou lá.

Aqueles Meneses de Mata Grande são homens de verdade. Diz o jornal que Aparício está com mais de cinquenta homens.

Bento saiu com o padre Amâncio sentindo um desejo louco de dizer que tudo aquilo era mentira. Quis puxar conversa, mas ficou com vergonha. Raramente ele tomava a iniciativa das conversas com o padrinho. Mas daquela vez não se conteve:

— Padrinho, aquilo é mentira do jornal.

— Mentira por que, menino?

— Porque Aparício esteve aqui hoje na casa do senhor.

— Aqui? E você não me disse nada! Eu queria dizer umas coisas a ele. Esse seu irmão está ficando um monstro.

Bento contou tudo como se passara, e o padre falou mais sério:

— Veja você. É um homem que podia estar no seu canto, ao lado dos pais, plantando a sua terra, tratando do seu gado. E vive por este mundo cometendo os crimes mais bárbaros. Antônio, tu tiveste sorte. Podias estar hoje com ele.

Bento falou em Domício, que havia desaparecido. Quis assim mostrar ao padre que o outro era diferente de Aparício. Tinha um irmão que não era aquela fera falada. Domício era bom, tocava viola, cantava, acreditava na Pedra Bonita. Mas Bento teve receio de falar. O irmão acreditava na Pedra Bonita e chorava de noite com o chamado da cabocla nua das furnas.

Maximina, lá para os fundos da cozinha, cantava *Margarida vai à fonte*. Estaria nos seus dias de azeite. E Bento sentiu-se só, mesmo junto do padrinho. Se ele falasse de Domício, o padre Amâncio diria o que sempre dizia: superstição, ignorância. Aí ele pensou nos pensamentos maus da igreja. Estava guardando um crime para o padre, para o seu padrinho. Ficou com medo. Lá dentro da igreja, quando procurara uma garrafa de vinho de missa, viera de súbito, como um raio, a ideia da negação. Tudo era mentira, a Pedra, os milagres da Pedra, aquele Deus do sacrário, a hóstia branca que o padre Amâncio guardava numa caixinha de flandres. Era um monstro como Aparício. Um verdadeiro monstro. Foi saindo do quarto do padre e parou na cozinha. Maximina lavava os pratos e estava de olhos vermelhos:

— Que é que tu está olhando, Toinho? Nunca me viste não? Não sou bicho não, menino. Tu é criado como eu. Tu é irmão de cangaceiro. Tu é da terra dos diabos.

Bento se revoltou. Pela primeira vez em sua vida, teve raiva da negra. Quis dizer-lhe desaforos. Teve vontade de mandar-lhe a mão na cara. Encolheu-se e foi andando para o seu quarto. Era este o seu mundo. Não havia um ente com quem pudesse desabafar. Dioclécio. Desde que aparecera Domício que Dioclécio ficava no segundo plano na sua memória. O cantador de cabelos compridos ficara menor. Domício era o grande, a criatura que estava com ele em todos os momentos. Não pensava em mulher. Podiam dizer que era um aleijado. Mas não pensava nelas, em mulher nenhuma. E lembrava-se da tarde em que dona Fausta pegara-se com ele, com aquela fome, com aquela boca torta, aqueles olhos de dona Fausta. Sofria muito só em pensar naquilo. Pobre de Domício, que tremia de noite com o canto da cabocla nua, pobres dos sertanejos que se perderam nas profundezas da terra, indo atrás do canto do corpo nu. Era Antônio Bento Vieira, irmão de um cangaceiro, afilhado de um padre; sabia ajudar missa, sabia ler e escrever, tinha dezoito anos e sem que ninguém soubesse tocava viola. Aprendera no Araticum com Domício. Lá um dia, se apertasse a agonia, sairia pelo mundo. Teria que se meter com Domício, teria gente em derredor deles, ouvindo as coisas que eles inventassem. Seria maior que Dioclécio, que não cantava desafio. Os cegos cantadores iriam conhecer o valor dos versos dele. E ninguém apontaria para ele como o irmão de Aparício. Seria ele mesmo, Bento, o maior dos cantadores. Domício. Aparício chegara com a notícia de seu desaparecimento para outras terras. E pensou na morte do irmão querido. Reconstruía a morte dele, como tudo se passara: Domício tinha chegado em casa. Estivera na serra, esperando que o tempo corresse. Por fim chegara ao Araticum. Lá estavam a velha e o velho. O pai o dia inteiro agradando o bode, a mãe fazendo tudo dentro de casa. Então Domício começou a sentir-se só e veio a tristeza. Teria se lembrado dele, Bentinho. A noite de lua pedia mesmo uma conversa longa, uma tocada de viola. E Domício sozinho. Via Bento na imaginação, o irmão na calçada do Araticum suspirando. As oiticicas faziam barulho com o vento. E Domício só. De sua rede teria começado a ouvir a voz de longe, como se fosse um chamado de vaqueiro para uma rês perdida na caatinga, uma voz que ia crescendo, crescendo para os ouvidos de Domício. Por fim, ele teria selado o cavalo e corrido atrás da morte. Teria morrido como outros sertanejos. E Bento sentiu, assim, a morte de Domício como uma realidade cruel. Quis chorar, quis sair para pedir ao padre um conselho. Domício tinha morrido. Família infeliz. Era a Pedra Bonita, o sangue de Judas correndo nas veias dos Vieiras. Só uma donzela violada daria cabo à desgraça de todos. Não era possível, não era possível. Não havia três horas chegara até a descrer de Deus, do Deus da igreja, do Deus do sacrário, do vinho, da hóstia, das verdades que aprendera do padre Amâncio. E vinha aquilo agora, o pensamento na Pedra Bonita. Os Vieiras estavam acabados. Restavam eles no Araticum. E o fim era bem triste. O pai e mãe sofrendo horrores, um filho no cangaço, outro como morto, outro no fundo da terra com a cabocla. As terras com vertentes, com águas correntes, uma serra verde perto, repudiadas pelo povo. Sem dar riqueza à sua gente. E o sono não vinha para Bento. E ele cada vez mais se sentia um derradeiro entre os homens. O Açu inteiro dormia. Dormia o coronel Clarimundo com a saudade da família, da filha que tirara curso num colégio importante. Dormia o major Cleto, cheio com os poderes da autoridade reposta. Joca Barbeiro coletor. Dona Fausta pensando no sargento, que escrevia, que estava tratando de voltar para o Açu. Todos dormiam na velha vila. Até os mais desgraçados tinham em quem pensar. E ele Bento naquela noite era bem do Araticum. A maldição do Filho de Deus pesava sobre os seus ombros. Os catolezeiros gemiam, o mato cobrira a terra na Pedra Bonita. O sangue dos mortos ensopara a terra sagrada. E o Judas saíra correndo pela caatinga, cansara cavalos e viera com os soldados massacrar os romeiros. Agora ele pagava. Domício, sua mãe, seu pai. Aparício, todos pagavam. Era a sorte de todos pagar até a última gota de sangue. Pelo sacrifício do que viera desencantar as riquezas da lagoa. Fazer os homens iguais, fazer de todo o sertão um paraíso. Ele mesmo verificava a sua fraqueza pensando nessas coisas. Superstição, ignorância, falta do Deus verdadeiro no coração do povo. E era mesmo. Aparício, o maior dos cangaceiros, estivera com ele, falara com ele, o mesmo Aparício do Araticum. Mentira em tudo. O jornal falava do irmão atacando Mata Grande, e no entanto Aparício de braço doente sem fazer coisa nenhuma. Mentira de todo o mundo. Aparício era igual a ele e a Domício. E o sertão inteiro tremia pensando nele, forças volantes varavam a caatinga com rastejadores cheirando o chão, as pedras, atrás dele. Deus trancado no sacrário. O vinho era o sangue. E o pão era o corpo de Deus. Aprendera tudo no catecismo de dona Francisca do Monte. E não lhe chegava o sono. Por que não lhe vinha um sono que lhe afogasse os pensamentos loucos? Domício. E a saudade do irmão foi chegando devagar, de manso, para perto de Bento. E ele foi dormindo aos poucos. Tudo foi ficando para longe. Tudo foi andando para as distâncias, para o fim. E dormiu.

Naquele dia não acordou para tocar a chamada da missa. As beatas teriam se espantado. O que teria acontecido? O sino não tocara a primeira chamada. Bento dormia ainda, quando Maximina veio chamá-lo:

— O sono te pegou, menino. O padre está te chamando. Ele já está na igreja.

Bento foi correndo. Acendeu as velas do altar, vestiu o seu hábito de acólito e entrou solene com o livro sagrado nas mãos. Ia mais uma vez fazer-se de criado de Deus, pôr-se ao serviço do Deus do sacrário. Tocou a campainha, que encheu de som a igreja. As beatas rezavam alto. Dona Francisca pigarreava, puxando a ladainha.

10

Um dia se deu o grande milagre. A vida do Açu ressuscitou. O cadáver começou a estremecer, a virar os olhos, a demonstrar que vivia. Chegara lá uma comissão de engenheiros, estudando a estrada de ferro de penetração. A notícia se espalhou. Afinal de contas o Açu seria uma grande cidade. Contava-se a história de Campina Grande, que era pior do que o Açu e que da noite para o dia virou o que era. Falava-se em Limoeiro Grande, um arraial de três casas que se desenvolvera como por encanto. Uma imensa esperança penetrara na vila. Era a conversa de todo o mundo. O pobre padre Amâncio se entusiasmou com a ideia.

Dona Eufrásia, que estava na terra, não acreditou. Para ela ali podia passar até navio, que não dava jeito, que não consertava o povo. Mas era a única descrente do milagre. Na feira os matutos comentavam, se contaminavam das esperanças. E não era para menos. Viria uma estrada de ferro para o Açu. Os engenheiros se demoravam na terra, andavam pelos arredores nos estudos. O coronel Clarimundo hospedava os homens. Eles eram os grandes instrumentos da futura prosperidade do Açu. A comissão se compunha de dois engenheiros e quatro auxiliares. Estes se davam a todas as importâncias. Um deles falava como se fosse o chefe da expedição. Já estivera na construção da Madeira-Mamoré, no Amazonas, e sabia histórias de todos os tamanhos. Ali na expedição não faziam nada sem que ele fosse consultado. Os próprios engenheiros pediam auxílio. Ele conhecia do riscado como ninguém.

Aos sábados, quando voltava do campo, Gustavo passeava pelo Açu a sua importância. Antônio Bento se chegara ao auxiliar de engenheiro, como Gustavo se classificava. E as histórias dele começaram a agir no rapaz. A vida do Pará era que era a vida. Na Madeira-Mamoré ele tirava de ordenado cinco contos de réis. E isto porque não fazia negócios como os outros. Se não fossem as febres, teria voltado ricaço. Em Belém tivera uma francesa que fora sua amante. Nunca vira criatura mais bela. Dera-lhe um anel no valor de três contos. E gastou todo o dinheiro de suas economias com o luxo da mulher. Era o que a infeliz queria.

— Depois me deu com os pés. Mas não ficou nisso não. Peguei a safada, dei-lhe uma surra, que ficou roxa da cabeça aos pés.

Gustavo conhecia tudo que era mulher. Ali no Açu não havia uma que prestasse. Para ele as raparigas da rua da Palha estavam caindo de podres.

— Agora eu te conto uma que me aconteceu. Eu até devia ficar quieto e não dizer nada. Mas eu conto. Isso não faz muito tempo. Nós estávamos fazendo uma locação aqui perto. A comissão dormia na casa dum fazendeiro. O homem era uma flor de delicadeza. Que homem bom. Pois não é que a filha dele se engraçou de mim! No começo eu dei pela coisa, mas botei para namoro de moça do mato. E a coisa foi crescendo, foi crescendo, que, quando eu dei por mim, só havia um jeito: era pedir a filha do fazendeiro em casamento. Falei com ela, e a moça sorriu. Ela já era casada. Casada? perguntei. E ela me contou: o marido andava lá no Piauí com negócio de gado, e ela viera ficar na casa do pai. Você nem queira saber. Foi um passar bem sem conta. Manjei a mulher do homem como quem come biscoito. Um engenheiro desconfiou de mim, e veio falar comigo, dizendo para acabar com aquilo. O doutor me meteu medo. Ali no sertão, me disse ele, para se matar um freguês não se custava. Felizmente para mim a comissão tinha que mudar de rumo. Mas a moça, quando soube, deu para chorar e falou em sair de casa comigo. Falei a ela do marido, do pai, do escândalo, e ela com a cabeça dura. Na caatinga e na serra, fazendo o serviço, era no que eu pensava. Cheguei até a me arrepender do sucedido. Mas mulher é o diabo vivo. Uma noite a gente voltou do trabalho e encontramos um homem novo na fazenda. Sabe você quem era? Não era nada mais nem nada menos que o genro do fazendeiro. Ia haver uma desgraça. Mas qual. A moça nem parecia que tinha me conhecido. Ficou de galinhagem com o marido. No outro dia de manhã, nem me apareceu, como fazia todos os dias para me ver sair para o campo. Aqui neste sertão foi a única mulher que me deu gosto.

Os companheiros de Gustavo se divertiam pela rua da Palha. Ele, não. Não podia compreender o gosto que tinha um homem de deitar-se com uma mulher daquela marca.

— Prefiro ficar no seco, mas não faço dessas coisas.

Bento ficava com ele na conversa até tarde. Aquele homem, como Dioclécio, conhecia uns pedaços da vida. Gustavo fora grande no Pará. Dera anel de três contos a uma mulher. Não era brincadeira, o preço de uma propriedade ali no sertão.

Gustavo descobrira a admiração do rapaz e caprichava cada vez mais nas histórias. Às vezes os companheiros mangavam:

— Deixa de garganta, homem. Quem vê Gustavo falar, pensa que ele é o chefe do distrito.

Aí o homem entrava:

— Pois fiquem vocês todos sabendo que fiz trabalho de engenheiro na Mamoré. Ganhava como engenheiro e não era favor que me faziam. Conheço do riscado. Sou velho nisso, vocês todos são pegados a dente de cachorro, como recruta. Eu estou na inspetoria há mais de dez anos.

E a admiração de Bento ia crescendo. Um dia o amigo lhe falou em arranjar para ele um lugar na comissão:

— Você começa como cargueiro, depois vai subindo. Esta vida aqui não dá pra nada. Eu peço ao doutor Luís e ele bota você com a gente.

Bento ficou sensível à promessa. Afinal de contas, Gustavo tinha razão. O mais a que podia chegar no Açu era ao que chegara o velho Laurindo. Isto mesmo se o padre Amâncio continuasse a viver. Com a morte do padrinho, o padre novo traria uma cria para a igreja. O convite de Gustavo era bom, tentava-o. Pensou porém no Araticum. A terra e o povo que ficavam por lá abandonados. Abandonar a mãe acabada, o pai, Domício. Lembrou-se deles como se já tivesse cometido uma ingratidão muito grande e dormiu mal, pensando em todos. De madrugada, de cima da torre, tocava a chamada, resolvido a ficar ali mesmo. Dioclécio lhe falara do mundo. E Gustavo estava chamando-o para este mundo. Mas não tinha força. Cadê força para deixar o padrinho, a vida do Açu, o Araticum distante sofrendo? Viu na porta do coronel Clarimundo os cavalos prontos para a saída dos engenheiros. Gustavo com os instrumentos amarrados na carga do seu cavalo. Todos prontos para o trabalho da semana. Muito melhor do que viver como ele vivia, tocando sino, ajudando missa. A madrugada espichava-se pela rua grande, ganhava os altos. Para longe, Bento mandava o toque de seu sino. Viu os homens se sumindo no fim da rua, por onde se sumiam os enterros. Lá ia Gustavo. Até sábado ficaria sem a sua conversa, só, com as falas de Maximina, com as poucas coisas que lhe dizia o padrinho. Ele só falava com ele sobre coisas de seu serviço. Como fazia falta a Bento uma troca de palavras com um amigo! O Açu inteiro era para ele uma só coisa. E dona Eufrásia cada vez mais cheia de ordens, de luxo. Às vezes só tinha vontade de abrir com a velha. Eram demais as impertinências, os gritos. Padre Amâncio ria-se com a irmã. E Maximina dera para falar, para reclamar. Nos dias de bebida rompia em desaforos, ficava de olhos vermelhos e de língua solta. Dona Eufrásia se encolhia nessas ocasiões, e a negra tirava para falar alto, cantar, insultar todo o mundo. A vila conhecia o peso de Maximina. Ninguém avançava uma pilhéria, porque a resposta vinha na certa, agressiva.

    Maximina também acreditava na estrada de ferro. E quando estava a sós com Bento, contava histórias de sua vida. Viajara em carro de primeira classe. Fora a Garanhuns com uma família que ia com um doente tomar ares. Sentara-se em banco de palhinha. Na primeira classe. Garanhuns perto do Açu era uma cidade importante. Antes daquilo só havia lá um arruado. Lucrara daquele jeito por causa da estrada.

O Açu mudava de cara. Em vez daquela feição macilenta de doente sem cura, criava cor, resplandecia de saúde. Havia esperança no meio do povo. Marcava-se o lugar da estação. Uns achavam que o trem devia parar atrás do coronel Clarimundo. Outros eram de opinião que a estação devia ficar um pouco longe da vila para obrigá-la a crescer, a espichar-se até o trem. Fora assim em Pesqueira. O escrivão Paiva atribuía ao coronel Clarimundo querer vender terras ao governo por preços exorbitantes para o lugar da estação. O coronel mandou espalhar que cedia tudo de graça. Do que ninguém duvidava era da realidade, o trem apitaria no Açu. Dona Fausta se fora para Dores a chamado do sargento. A casa do major estava de portas fechadas. Se o major estivesse vivo, estaria dando opinião, marcando o lugar apropriado para a parada do trem. Ficaria na certa contra a ideia do coronel Clarimundo. O prefeito queria era aproveitar-se das benfeitorias do governo. Havia quem sonhasse com a inauguração da estrada. Os trilhos rompendo a caatinga. Subindo a serra, furando lajedo. Chegando no Açu de noite, apitando, enchendo o silêncio da terra com o seu rumor, o chiado de suas máquinas. Viria um sujeito botar um hotel no Açu. Viriam caixeiros-viajantes, viriam novos estabelecimentos, novos descaroçadores de algodão. Sacas de lã ficariam expostas ao sol, do lado de fora da estação, porque nos armazéns não cabiam mais. De todos os lados chegava gente para tomar o trem no Açu. A vila cresceria, o governo teria que elevá-la a comarca. Viria um promotor, um juiz de direito. Teriam que organizar uma banda de música, porque era uma vergonha que em Dores houvesse uma, enquanto no Açu nunca se pudera organizar uma, por menor que fosse. O trem traria tudo. A vida ali se multiplicaria. Até que enfim a caveira de burro se desenterraria. Levara cem anos o Açu para se ver livre da desgraça da Pedra Bonita, cem anos caindo aos pedaços, sem dar um passo para a frente. Tudo tinha seu dia. Na porta do major Cleto reuniam-se para falar da estrada de ferro. A política perdera a importância para o grande melhoramento. Discutiam sobre o fornecimento de dormentes. Havia as matas do capitão Honório da Cutia, que tinha madeira para botar trilho até o fim do sertão. Joca Barbeiro achava que não precisava ir tão longe. Havia ali por perto aroeira que dava para tudo. O coronel Gervásio do Olho-d'Água era homem para dar de graça ao governo. O major Cleto achava que não. O governo devia gastar. Era uma benfeitoria para todos e ninguém tinha o direito de exigir do coronel Gervásio madeira de graça. Joca Barbeiro achava que sim. Era para o benefício de todos. O coronel Gervásio daria a madeira.

— Joca, você é um homem impossível – dizia o major Cleto. — Você pode estar aí mandando na vontade dos outros?

— Ah! Nesse negócio não sou eu, é o povo – respondia o outro. — É uma precisão pública. O coronel tem que dar a madeira.

Havia também uma coisa que preocupava o Açu. A estrada teria que passar na Pedra Bonita. Os engenheiros falaram que possivelmente fariam uma estação lá. O Açu se irritou com essa possibilidade. Não podia ser. Aquela gente não merecia isto, um povo de doidos. Mas havia as vertentes da serra do Araticum, elemento indispensável para a estrada, água para as máquinas. Bento ficou radiante quando soube dessa notícia. Os engenheiros haviam reconhecido que o Araticum existia, tinha a sua utilidade. As águas nasciam nas terras dos seus, dos antigos Vieiras. No Açu discutia-se, abria-se polêmica sobre os benefícios da estrada.

E a notícia chegou também ao Araticum. Domício tinha voltado para junto dos velhos, depois de três meses de ausência.

E não dissera a ninguém por onde estivera. Escondia de todos. Encontrou ele o gado magro, o roçado no mato, tudo se acabando. Teve que chamar um vaqueiro para ajudá-lo. Era um cabra ali de perto mesmo. E em Dores o cabra soubera das notícias da estrada de ferro. Ouvira ele na venda de Nicodemos um sujeito falando da coisa. A estrada atravessaria a serra do Araticum. Domício recebeu a notícia e nada disse em casa. O que adiantava dizer em casa? A mãe era aquela tristeza, aquela secura de morte. O pai, o silêncio, a indiferença para tudo que não fosse o seu animal. Calou-se, e ele mesmo procurou se esquecer. Só se lembrava de Bento. Esse fora a grande coisa da vida de Domício. Fugira dos seus, andara de fazenda em fazenda, de feira em feira, descera até a mata, estivera à beira do mar. Mas não se esquecera do irmão. Do único ser no mundo que ele sabia com um coração, com uma vida que se pareciam com os dele. Só voltara por causa de Bento. Enjeitara mulheres. Bem via os olhos que elas faziam quando ele cantava, quando a sua viola era a mesma coisa que ele, tudo a mesma coisa, canto e tocada. Vira o povo nas feiras chorando com a história da Pedra que ele inventara, com a história da prisão da mãe, com a surra que levara na cadeia de Dores. Criara fama, criara nome. Apareceu um sujeito querendo que ele cantasse para tomar nota, escrever as coisas e fazer folhetos. Não queria nada. Diziam que ele era doido. Nunca tinham visto um cantador que não gostasse de ser gabado. Fugia de lugar a lugar. Uma coisa infeliz andava por dentro dele. Era o sangue, o destino de errante, de Judas, do qual Zé Pedro falara. Andou muito. Soube de coisas de Aparício. Ouviu os matutos falando de coisas de Aparício. O irmão virara o maior cangaceiro. Não dizia a ninguém que era irmão dele. Não acreditariam. Não seria possível que Aparício fosse o homem de que falavam. Conhecera-o. Tinham vivido juntos e não era possível que Aparício fosse aquilo, aquele terror, aquela fera, aquele monstro. Viu numa feira um folheto com o retrato do irmão, que nada se parecia. Só podia ser outro com o nome de Aparício. E assim chegou no Araticum com vontade de não se fazer mais na viola. Viera somente para enterrar os velhos. Depois que os bichos tomassem conta da terra, que o mato crescesse, que tudo se acabasse no Araticum. Aparício no cangaço, ele pelo mundo e Bentinho criado fora dali, longe da desgraça que pesava sobre todos. Agora viera aquela notícia. O Araticum daria água ao trem da estrada de ferro. Viriam máquinas beber água no Araticum. Seria que o trem tivesse força de tirar a desgraça da terra? Seria que a Pedra se acabasse, que Deus se esquecesse dos castigos, das vinganças? Domício nada quis dizer a sua mãe das notícias que o vaqueiro lhe dera. Pobre dela que era aquela sombra perdida por ali. Levara cipó de boi nas costas magras, estivera nas grades. O filho era o maior cangaceiro do sertão. O outro, que ela amara, não fora nada, não chegara até onde ela desejava que ele fosse. Não sabia como ela ainda podia com a mão de pilão, com a boca do fogo. Pobre mãe consumida em vão. Aquela notícia de que a estrada de ferro viria atravessar o Araticum trouxe a Domício um alento. Só mesmo uma força daquelas poderia com a Pedra Bonita. Ele sabia que a Pedra pesava sobre todos. Disto ninguém o separava, desta certeza infeliz. Andara por longe, vira outra gente, outras terras. Mas nas horas de estar sozinho a ideia lhe vinha como um peso nas costas. Zé Pedro afirmara que eles eram responsáveis por muita coisa de ruim. O vaqueiro ouvira em Dores a história do trem que viria para a Pedra. Só mesmo à força de máquina se livrariam do pavor, de uma dívida que era maior que tudo. O trem correria pelas terras do velho Bentão. Ali pela porta de casa ficariam olhando a passagem dos bichos. Teriam que parar no Araticum para beber água. O governo agora não seria somente a volante matando, metendo o cipó de boi. Era também o trem arrastando carros, levando cargas, levando gente. Tudo se modificaria por aquelas bandas. Aparício teria que procurar terras desertas, caatingas distantes, por onde não se ouvisse apito de trem. As terras do Araticum subiriam de preço. Viria gente de fora plantar no Araticum, gente que não tivesse medo da Pedra, medo dos Vieiras. A água do Araticum daria força às máquinas para subirem a serra, entrar pelos cortes, varar o sertão. O povo tinha medo das vertentes do Araticum. Veriam então que tudo o que se espalhava não tinha razão. Deus não podia ficar contra eles, que nada tinham feito de mal. Aparício se fizera de cangaceiro, mas quantos ali no sertão não se faziam, de quantas famílias iguais à dele não saíam cangaceiros, criminosos? Mas a linha de ferro viria para acabar com tudo. Os aguardenteiros chegaram com as mesmas notícias. Era no que se falava lá embaixo: no Açu. O sertão ficaria de repente num céu aberto. Os engenheiros já estavam estudando os planos. Eles tinham encontrado os homens com os instrumentos fazendo medição na caatinga. O negócio era seguro mesmo. Dúvida não haveria mais. A estrada ia ficar no Açu. O povo da vila já estava ficando besta com a coisa.

    Domício foi dormir naquela noite com a notícia boa. Há quanto tempo que só lhe chegavam maus sucessos. Aparício reduzindo a sua gente a escrava das volantes. Ele e Bentinho dormindo no mato, a mãe e o pai apanhando de soldados. Chegara enfim alguma coisa que não era só para fazer eles do Araticum sofrerem. A água das nascentes da serra serviria para mover os trens. E o sono não chegava em Domício naquela noite. Uma coisa esquisita ele começou a ouvir. Um aboio distante. Sabia o que era. Enterrou a cabeça na rede para não ouvir. E ouvia sempre. Abriu a janela para olhar o tempo. Uma lua alvíssima branquejava céu e terra. Era o canto que vinha atrás dele, perseguindo-o, enchendo-lhe a cabeça. Tinha força para resistir. Ele tinha os velhos ainda para tomar conta. Pensou em Bentinho. Se o irmão estivesse ali, o ajudaria. Era só bater nos punhos da rede dele, e tudo se acabaria. Aquele canto se sumiria. O aboio chamava-o. Aquilo não existia. Estava certo que não existia. Não estava ouvindo coisa nenhuma. Mas o canto continuava doce, como um embalo de mãe. Domício fechou a janela, com medo. Deitou-se na rede, segurou-se como se um pé de vento ameaçasse carregar com ele. E, entre o sono e o medo, ouviu como se fosse de verdade o apito de um trem igual àquele que ouvira em Limoeiro. Tudo ele ouvia naquela noite em que cantava a cabocla da furna. Ele ficava uma criança, com o juízo de um menino de peito.

11

Passou um sujeito pelo Araticum e deu a notícia a Domício: tinha aparecido um santo na Pedra Bonita. Era um homem barbado, de cajado na mão, com um cavalo branco que fazia milagre. Já havia muita gente descendo para a Pedra. O velho Zé Pedro dizia ao povo que aquele era mesmo um enviado do Filho que há cem anos dera o sangue pelo povo.

Domício ficou alarmado. Quis selar o cavalo e ver o que se passava. Teve receio. Capaz de alguém o descobrir no meio dos romeiros e haver uma desgraça. Porque os Vieiras eram tidos como gente danada para eles. No outro dia, porém, passou povo pelo Araticum com destino à Pedra. Era uma família que morava a mais de doze léguas de distância. Já havia chegado por lá a notícia. O santo que aparecera na Pedra vinha com poderes maiores do que o Padre Cícero do Juazeiro. Vinha com força de desenterrar defunto e fazê-lo viver outra vez. O cavalo dele deitava remédio para todas as doenças. Era só se pegar no excremento do bicho, passá-lo nas feridas e bebê-lo como chá. E tudo se acabava. O povo de onde estava vindo se preparava para descer.

E nos outros dias continuava passando gente. Por debaixo das oiticicas paravam para deixar o sol esfriar. Era gente que trazia cegos, aleijados, feridentos para os milagres da Pedra. Domício foi ficando com vontade de ir com eles para ver. Misturou-se assim com os romeiros e botou-se para a Pedra Bonita.

De longe foi vendo o povão no baixio. A Pedra luzia ao sol como um espelho. Em derredor dela se juntava gente de toda espécie. Ouvia-se o barulho de longe, um falatório de uma feira gigante. Haviam armado latadas, como nas santas missões. Domício foi se chegando alarmado com o que via. O que estava ali reunido era um povo que devia ter vindo de muito longe. Uma gente desconhecida, esfarrapada. Falou logo com um grupo que se aboletara por debaixo de um imbuzeiro. Eram de Piancó. Lá tinha chegado a notícia: o santo dava riqueza, saúde. No dia do milagre grande, não haveria mais ricos nem mais pobres. Tudo ficaria igual: os Dantas de Teixeira, os Leites do Piancó, os Carneiros de Pombal. Tudo ficaria igual a eles, o milagre se daria sem ninguém perceber. Era só questão de esperar. Havia uma paralítica deitada no chão. Só podia bulir com os olhos. As pernas finas, os braços como gravetos. O pano que cobria a pobre mal dava para tapar as partes.

À tardinha o santo viria falar ao povo. Domício esperou. Estava com medo. Podia ser mentira, mas podia ser verdade. Quantas vezes não ficara pensando no sangue que corria em suas veias. E quando foi de tarde o povo foi correndo para o pé da Pedra. Então Domício viu o homem subindo para um lajedo que ficava perto da Pedra grande. Era um homem baixo, entroncado, de barbas compridas e pretas. Estava vestido de azulão, como se fosse uma batina de padre, até os pés. Subiu ele para o lajedo e ficou quieto olhando para um lugar distante. Parecia que não havia um povão aos seus pés. Depois levantou as duas mãos para o céu e falou. Era uma reza que nunca Domício ouvira igual. O homem chamava os espíritos e falava ao mesmo tempo de coisas da terra. Ele daria riqueza ao povo. Ele daria uma vida que era melhor do que a vida dos mais ricos da terra. Tinha vindo para a Pedra a mandado de Deus. Estava em sua casa bem descansado, quando ouviu a voz de um anjo lhe dizendo: "Sebastião, anda, anda e vai para a Pedra Bonita. Lá estarei contigo e com todos os santos." Aqui estava para conduzir o povo para Deus, para o céu.

O povo embaixo urrava. Mulheres choravam, doentes gemiam. Aí o homem se ajoelhou e foi dizendo o padre-nosso com a voz fanhosa, uma voz do outro mundo. Domício se arrepiou. Aquilo estava entrando direitinho no seu corpo. Queimava-o. Viu assombrado o homem se erguer e marchar por entre os devotos que se prostraram com a sua passagem e andar até a latada onde estava o cavalo branco. Lá parou. Falou baixo com o animal. Disse ao ouvido da besta qualquer coisa que ninguém ouviu. Alisou-lhe a cabeça, passou-lhe a mão pelo rabo, deu um bocado de capim verde para ele comer. E depois foi voltando para o lugar de onde viera. Andando como se não visse ninguém, o olhar absorto, o andar seguro, firme, e as barbas grandes até a cintura e os cabelos caindo nos ombros. E assim foi andando para a Pedra Pequena e fez um sinal para o povo, um sinal de silêncio. E se fez um silêncio imenso no meio do povo. O santo ia fazer o milagre daquela tarde. Domício tinha a impressão que nem o vento soprava nos catolezeiros nem os pássaros e nem os bichos se mexiam no mato.

— Maria – gritou o homem —, Maria dos Anjos, Deus te quer, Deus te chama.

Um silêncio imenso cobria tudo.

— Maria dos Anjos, vem, vem, mulher, que o diabo te escolheu para tentar. Vem, mulher, vem, mulher.

E, quando se viu, foi um grito, um grito de um desespero maior de todos. Domício olhou para o lado donde partira aquele brado. E ia uma mulher cambaleando como uma bêbada, tonta. O povo deixava-a passar.

— Ela era uma aleijada – disse uma mulher junto de Domício —, e está andando.

— Deus do céu – disse outra — é um milagre.

O povo urrava, urrava como gado sem água para beber. Deus quisera, Deus quisera que a mulher andasse para o santo. O homem estava em pé com os braços levantados. O vento soprava-lhe nas barbas, agitava-lhe os cabelos. Embaixo, aos pés dele, gritavam os devotos. Domício ficou parado num canto. A noite vinha chegando. E o santo desceu para sua latada de palha. Iam com ele umas vinte mulheres desgrenhadas, cercando-o como uma guarda de honra.

Domício veio voltando para casa aturdido com o que vira. Vira um milagre, vira o poder de Deus descendo na terra, entrando no corpo de uma mulher aleijada, dando forças a pernas que estavam mortas. Vira um milagre. E Bentinho lhe falava em superstição, em ignorância. Qual nada! Vira um milagre. E o seu cavalo vinha à rédea solta de caatinga afora. Estava sozinho no meio do mato, ele, Domício, que tinha sangue de Judas nas veias. Era duma família que Deus castigaria na certa. De uma família que estava chegando às últimas. E o milagre do santo crescia-lhe na cabeça. E a imagem do homem fazendo o milagre criava proporções enormes para Domício. Os olhos eram vivos. Olhando para um canto só, a barba preta, os braços erguidos para o céu. Era um santo. Ele, Domício, acreditava. Por que então não voltaria e não ficava como os outros por perto dele, ajudando, feito criado, fazendo penitência? Mais para diante encontrou gente a cavalo, mulheres, meninos, velhos, que vinham para Pedra. A voz do santo chamava o povo, e Domício foi andando com a rédea solta. Um bacurau cortou asas na sua frente. E quando foi dando a volta na estrada, na direção do Araticum ouviu um chamado:

— Domício!

Chamavam pelo seu nome e era uma voz conhecida. Parou para reconhecer e viu Aparício com o grupo.

— Donde tu vem esta hora, Domício?

O irmão contou tudo. Vira um milagre do santo. Era um santo de verdade, Aparício não pôs dúvida.

— É mesmo. A Pedra só dá disto.

E pediu notícias da mãe. Soubera que ele tinha deixado o Araticum e fora até falar com Bentinho para vir ficar com os velhos. Agora não precisava mais, porque ele tomaria conta de tudo. Domício ainda estava meio tonto com o que vira, tanto que nem dera importância ao aparecimento de Aparício. Aos poucos foi reparando, tomando conhecimento das coisas. O irmão tinha anel de brilhante no dedo, corrente de ouro. O clarão da lua era mesmo que dia. Os cabras se espichavam no chão, no descanso, e Aparício e Domício entraram na conversa:

— Aparício, tu quer saber de uma coisa? A gente está pagando mesmo. Eu até já tinha esquecido, mas a sina da gente é pagar até a última gota de sangue. Tu não te lembra disto porque estás no cangaço. Cangaceiro só tem mesmo que se lembrar é de briga. Eu é que fico em casa e vou sabendo das coisas. O santo é santo mesmo de verdade.

Aparício ouvia atento o irmão. Sempre brincara com Domício, sempre mangara daquele gosto dele pela viola, pelo cantar. Fora para o cangaço. E quando queria se lembrar de um ente querido, não era do pai, não era da mãe que se lembrava. Era de Domício.

— Nada, Domício, tu aprendeste isto e não desaprendeste. A gente não tem que ver com os outros. Tu anda é escutando demais as coisas que o povo diz. No cangaço a gente se esquece de tudo. Ontem mesmo eu dei um cerco na fazenda do capitão Simeão do Jenipapo. O velho ainda deu uns tiros. Tu pensa que eu tive pena? Cangaceiro do bom não pode ter pena. A mulher do velho chorava como bezerro desmamado. Mas dei no bicho o ensino que prometi ao coronel Quinca do Bebedouro. O velho deve ter ficado no sal. O coronel Quinca pediu a gente.

Domício não disse nada. Estava defronte do irmão, que enchia o sertão de terror. E no entanto era o mesmo Aparício, não fazia diferença.

— Tu não devia fazer essas coisas, Aparício. Aonde já se viu se pegar um homem para fazer uma coisa destas a mandado?

— Tu não sabe o que é a vida de cangaço, Domício. Cangaceiro faz estas coisas para aguentar o repuxo. O coronel manda a gente fazer essas coisas e a gente faz. Mas quando chega o dia de esconder o grupo, ele esconde.

Domício perguntou-lhe se ele sabia também da história da estrada de ferro. Vinha trem passar no Araticum.

— Tu vai atrás disto, Domício? Não faz uma semana que nós peguemos uns homens na caatinga, mesmo no pé da serra.

E fizemos o diabo com eles. Eles disseram quase chorando que era da engenharia. Os cabras quiseram acabar com eles. Deixei os pobres depois de fazer medo de todo jeito. Jararaca deu até um tiro em cima de um. E o negro Aluísio marcou lugar no pescoço para furar. Quebremos os troços dos homens. E tomamos tudo que eles tinham para comer. Era comida que não acabava mais. Tinha até vinho do bom.

Domício ouviu tudo. Aparício era o mesmo. Ele precisava ir embora. Despediu-se do irmão e foi com a Pedra Bonita, o santo Sebastião e Aparício bulindo-lhe na cabeça. Em casa não pôde dormir aquela noite. Havia gente nas oiticicas. Saiu para ver quem era. Uns aguardenteiros que há tempos não passavam por lá, estavam no descanso, tocavam viola.

— Menino, isto por aqui está ficando ruim – foi lhe dizendo o chefe dos homens. — Temos deixado de passar por aqui com medo dos cangaceiros. Os cabras pegaram um comboio na caatinga, na passagem para a Paraíba, e mataram até os cavalos. Tomaram dinheiro dos matutos, fizeram um estrago dos diabos.

A noite estava boa mesmo para uma tocada de viola. E o aguardenteiro começou a tocar. Domício reconheceu imediatamente, na cantoria do homem, a história que ele fizera. A coisa tinha se espalhado pelo sertão. Cantara nas feiras e aquele aguardenteiro já sabia de cor.

— Onde você aprendeu estas loas, seu Joaquim?
— Menino, quem cantou isto pra mim foi um negro do Crato.

Domício ouviu a cantoria com orgulho. Coisa que ele cantara tinha virado canto do povo. Cantava-se no Crato, cantava-se nas feiras. Era a mãe de Aparício nos versos. Aparício, o grande da cantoria. Ficou assim embriagado com a glória. Mas em casa, na rede, voltou o milagre da Pedra Bonita a mexer com ele. Vira o milagre e uma mulher entrevada correndo para perto do santo, boinha, andando como os outros. E o povo urrando, sentindo os poderes de Deus no homem de barba grande. Este levantava as mãos para o céu e o céu lhe acudia ao chamado. Os ouvidos de Deus estavam abertos para os pedidos do santo. Fora assim com o outro que mataram na caatinga, o outro que o Vieira traíra como Judas a Nosso Senhor.

Amanheceu com uma coisa na cabeça. Bentão já estava no curral tirando leite das vacas. Domício viu a mãe na cozinha fervendo água para o café. Teve vontade de falar com ela sobre o milagre que vira. E foi ela mesma quem falou com ele:

— Domício, apareceu um santo na Pedra. Já estava tardando. Parece que eu estava adivinhando, quando deixei Bentinho longe daqui. A sina da gente é essa mesma. Ele veio para desgraçar tudo. A mãe de minha mãe contava a desgraça da Pedra, o sofrimento dos antigos com o santo que apareceu. Morreu tudo no clavinote, na faca dos soldados. Sertanejo é assim mesmo: vem santo, vem cangaceiro, vem a volante. Menino, bom é ser como teu pai, que não sabe de nada do mundo. Muitas vezes eu invejo o gênio de Bentão. Deitado na rede, e o mundo que rode à vontade.

Aí Domício contou à mãe tudo a que assistira na tarde do dia anterior. Contou do povão que gritava, que gemia, que chorava, das mulheres com cara de doidas acompanhando o santo. Ele vira o milagre. A aleijada andando com as pernas dela para perto do santo.

— Tu viste mesmo, menino?
— Vi, mãe. Vi tudo como daqui pra ali. A mulher andando para junto da pedra onde ele estava.

A velha ficou pensando um instante, olhando para o chão e com uma profunda tristeza disse para Domício:

— Não há jeito não. A gente tem mesmo é que sofrer. É força de cima.

O rosário pendia do pescoço magro, de pregas. E foi para dentro de casa. Domício tinha que levar as vacas para um pasto melhor. A mãe só pensava em Bentinho. Todo o amor dela era para o caçula, que se criara por fora de casa. Todo o desejo da velha era que este filho não fosse igual aos Vieiras do Araticum. Viera o santo esperado para destruir o resto da família. Bentinho distante não sofreria a perseguição dele. Teve raiva da mãe. Ela renegava os seus, estava contra os da sua terra. Mas foi de pouco tempo aquela raiva. A pobre sofria tanto, que ele não teve coragem de ofendê-la com o seu ódio. A mãe quisera salvar Bentinho da sorte da família. Dera-o a um padre, pusera-o junto de Deus para ver se conseguiria dar jeito a Bentinho.

As vacas iam na frente de Domício chocalhando pela estrada. E ele atrás encourado. Teria depois que dar uma corrida até o raso onde estavam os garrotes engordando, o resto do gado de Bentão. Na manhã clara, borboletas cortavam o espaço em bandos. Tudo estava bonito: o céu, a caatinga coberta de luz com as suas flores cheirando, os imbuzeiros carregados. A terra cheirava nas primeiras horas, e o canto das seriemas enchia o silêncio, como um grito de socorro. Domício não ouvia nada, não via nada. Era o milagre, era o santo, era Aparício, era Bentinho que estavam com ele. Parou para olhar as vacas, que se distanciavam sem rumo, e, como se tivesse entrado uma coisa nele, começou a aboiar. Era um gemido profundo, danado, que ia para ouvidos que estivessem longe. As vacas pararam virando a cabeça para o lado de Domício, na expectativa, sentindo a voz do chefe, do guia. E Domício continuou no aboio. De casa a mãe escutaria aquilo como se o coração do filho estivesse se partindo. Os pássaros e os bichos da caatinga parariam para ouvir. Um canto sentido de vaqueiro tinha força sobre tudo.

Naquela manhã o aboio de Domício fora o mais triste de sua vida. Devia até ter estremecido as cobras do Araticum.

12

A CHEGADA DA COMISSÃO no Açu foi uma tristeza. Vieram destroçados, contando o ataque dos cangaceiros. Estavam no descanso, na caatinga, quando se viram cercados pelo grupo. Pediram dinheiro. Queriam todo o dinheiro que eles tivessem. E, como não encontraram, entraram a fazer o diabo com eles. Pegaram o engenheiro-chefe para matar. Um cangaceiro botou o homem a distância e fez pontaria para derrubá-lo. Era só para meter medo. Um negro brincara de enfiar um punhal no pescoço de um outro engenheiro. Faziam pena o estado e o pavor dos homens. O chefe da comissão mandou um portador a Dores pedindo força para se retirar para a capital. O grupo que fizera o serviço era grande.

Bento foi logo procurar Gustavo para saber da coisa. E encontrou o amigo calado. Eles tinham sofrido o que não se podia imaginar. Tinha ouvido falar de cangaceiro, de malvadeza de cangaceiro e pensou que fosse lorota de jornal. Quando se viram cercados pelo grupo foi que ele avaliou o que era aquela gente.

— Me disseram que o chefe deles era o teu irmão. Pois foi o chefe quem tratou a gente melhor. Se não fosse ele, tinham matado todos nós. Fizeram o diabo com o engenheiro-chefe. Botaram o homem amarrado numa árvore e dispararam uma arma por perto da cabeça dele. Nós andamos a pé mais de seis léguas, sem água e sem comida. Os doutores devem estar estragados por muito tempo. Eu aguentei firme. Estava acostumado.

Mas os companheiros caíram em cima de Gustavo:

— Cala a boca! Tu tremias que só vara verde.

— Medo eu tive – continuou Gustavo. — Não vou dizer que não tive medo. Mas aguentei. Vi a morte e já estava até disposto a morrer.

Os homens estavam cansados e Bento deixou-os. Foi para casa. No caminho encontrou Joca Barbeiro furioso conversando com outros:

— Terra de monstros – gritava ele para o major Cleto.

Estavam parados na porta do major Cleto. E vendo Bentinho, o homem continuou ainda mais forte:

— Terra de monstros, de cobras! O Açu não vai para diante por isto. É esta Pedra Bonita que desgraça o Açu.

Bento quis parar, mas foi andando. E em casa encontrou o padre Amâncio com visita. Era um homem do interior, de pés no chão, de fala mansa. Ouviu que ele falava da Pedra e que o padre prestava uma grande atenção ao que ele dizia.

— Venha ouvir, Antônio, o que ele está dizendo – lhe disse o padrinho.

O homem contava:

— Pois, seu vigário, apareceu este sujeito dizendo que faz milagres. Ele diz que pobre fica rico, que a pobreza vai desaparecer, que o mundo só fica com gente de posses iguais. Tem muita gente descendo para ouvir o homem falar. Ele veio do São Francisco. Disse que apareceu uma voz mandando ele para a Pedra. E tem curado gente que o senhor não calcula. Lá das minhas bandas tem saído um povão. Sertanejo, quando escuta falar de coisas assim, perde o prumo. O homem só come comida de erva e tem um cavalo branco que ninguém monta nele. O cavalo tudo que deita pra fora, com licença da palavra, serve de mezinha para o povo. A coisa está nesse pé. Pela minha porta passa romeiro como retirante na seca. Tudo atrás do milagre. Estão dizendo que a lagoa vai se desencantar. E vão tirar ouro e pedra dela que dá para enricar todo mundo. Eu ainda não fui ver o beato. Mas minha mulher todo o dia me aperreia para ir. É de manhã à noite com a peitica: "Vamos pra a Pedra, Félix." Os meus vizinhos já foram e viram coisa de arrepiar. Viram um mudo falando, um aleijado sacudir as muletas no mato, bonzinho de seu. A Pedra está coalhada de gente. O velho Zé Pedro que mora por lá há anos falou pra o povo que o homem é igual ao santo dos antigos. Vindo hoje aqui à vila, eu me lembrei de falar com seu vigário. Disse para mim: "Vou falar com seu vigário da história da Pedra." Estão dizendo também, por lá, que os padres condenaram o homem, mas que ele só obedece a mandado de Deus. Igualzinho ao que sucedeu com meu padrinho Padre Cícero.

O padre Amâncio ouviu o homem com toda a atenção. Depois lhe falou, dizendo que o povo estava iludido. O tal santo não passava de um aventureiro. Eles deviam se prevenir contra ele. Deus não ia escolher um homem assim para seu instrumento. Tudo era mentira, embuste, falsidade.

O homem olhou para o padre, espantado:

— Seu vigário, e os milagres? João José, meu vizinho, viu o aleijado andando, o mudo falando.

O padre procurou explicar: eram casos de nervosos, falsos doentes, que se curavam pela sugestão. Mas viu que não convencia o homem. E quando ele saiu, padre Amâncio compreendeu que tinha chegado o trabalho mais sério de sua vida. Olhou para Bento com um olhar de tristeza e foi para o seu quarto. Estava velho, doente, acabado, e viera rebentar a superstição da Pedra Bonita com ele sem força para a luta. O demônio chegara na hora boa. Escolhera o momento oportuno. Padre Amâncio se sentia vencido, dominado. Há vinte anos no Açu, dera ao povo toda a sua mocidade, nunca perdera um instante, nunca fugira ao chamado do povo. Mas sempre pensava numa coisa como aquela que agora aparecia. Era fatal. Ele media a situação e se via na iminência do maior perigo de sua vida. Não podia ficar em casa esperando que o inimigo crescesse, se alastrasse. Teria que agir. Era o seu dever, era a sua missão. Com pouco todo o sertão se incendiaria, como sucedera no Ceará com o Padre Cícero. Todo o poder espiritual passaria para as mãos do fanático, do que era somente instrumento do diabo. Ficou assim pensando, meditando. Fez cálculos de ação, estudando meios de enfrentar o inimigo. E depois de muito imaginar chamou Antônio Bento para indagar de alguma coisa:

— Enquanto você esteve lá, não ouviu falar deste homem, Antônio?

Bento contou da visita ao velho Zé Pedro. Domício, seu irmão, levara-o para ouvir do velho a história da Pedra Bonita. E ele ficara sabendo de tudo. Mas nesse tempo a Pedra estava vazia de gente. Não havia vivalma. Só mato.

O padre Amâncio fechou os olhos, como era de hábito quando queria ficar só. E a questão permanecia insolúvel. Teria que tomar todas as providências, agir sem demora, sem tréguas. Ficou na rede até ouvir a primeira badalada das ave-marias. Aí levantou-se e foi para o seu genuflexório e rezou. Baixou a cabeça e entregou-se de corpo e alma à oração. Vinha chegando para ele a grande batalha que Deus lhe reservara há vinte anos. Estava velho, acabado. Mas teria que se meter na luta. A última badalada do sino tremia nos seus ouvidos. Lá dentro de casa sua irmã Eufrásia dava ordens gritando. E o Açu na calma de um fim de dia. Padre Amâncio levantou-se e foi à porta da rua. E viu a paz de sua paróquia. Tudo em surdina, calado. E a noite chegando, os candeeiros de querosene se acendendo pelas casas. Viu as beatas de passo vagaroso subindo a rua depois da reza da igreja. Eram as suas ovelhas mansas. Lá por longe, o rebanho se entregava a outro. Ouvia a voz de outro. O impostor tomava-lhe o lugar. Não seria culpa sua, dele Amâncio, relaxamento de sua parte? Procurara o mais que pudera o povo da Pedra Bonita. Levara até um capuchinho da Penha para uma missão. E tudo fora inútil. Ele nunca deixara de esperar por aquilo. Tardara. Mas um dia ou outro teria de romper. E a coisa veio forte, o incêndio já estava pegado. O povo entregue, obedecendo a um aventureiro, talvez um explorador, como tinham sido quase todos os outros. Criara aquele menino da Pedra Bonita pensando no povo de lá. Quisera que Antônio fosse padre para ver se ele dava um grande exemplo à sua gente. Não pôde chegar a esse ponto. Rompera a crença, como há cem anos. Como se os homens fossem os mesmos de um século atrás. Há um século o frade Simeão fracassara. Não tivera força para conter a avalancha. Seria com ele, seria com o padre velho do Açu que outra vez Deus experimentaria o poder de seu servo.

— Amâncio, o jantar está na mesa.

Era a voz da irmã chamando. O padre se sentia cercado no deserto, só, sem o auxílio de um mortal. Lutaria até o fim. Não enjeitaria a provocação. Ouviu outra vez a voz da irmã. Sentou-se na mesa e foi comendo.

— O que é que tu tens, Amâncio? – perguntou a irmã.
— Não foste à igreja agora de tarde, e esta cara não engana ninguém. Estás sentindo alguma coisa?

E a velha botou a mão na testa do irmão para sentir o calor, como se ele fosse uma criança. E falou-lhe como sempre, com aquela sua amargura: era aquela vida no meio de bichos, de gente que não merecia, que fazia o seu irmão ficar assim, acabado. Não vira o que sucedera aos engenheiros? Vinham trazer benefício para a terra, e correram em cima dos pobres como em cima de cachorros danados.

O padre fingia achar graça nas coisas da irmã. Depois do jantar saiu para conversar com o coronel Clarimundo. Encontrou o prefeito alarmado com a história dos engenheiros. A comissão aguardava ordem de regresso. O doutor lhe dissera que já tinha mandado o seu pedido de demissão.

— Os homens sofreram o que o senhor não imagina, padre Amâncio! Aliás eu vivia dizendo aqui todo dia: esta comissão só deve trabalhar na caatinga com força e serviço dela. Como é que se solta esses homens pra sofrer o que sofreram?

O padre Amâncio falou-lhe das notícias que tivera da Pedra Bonita.

— É a desgraça do Açu, seu vigário, é aquela gente. O povo de lá só vive assim: "quando não é no cangaço, é no fanatismo". Eu não queria dizer nada, mas quando vi o senhor tomar aquele menino pra criar, fiquei dizendo pra mim mesmo: "Padre Amâncio está criando uma cobra."

— Não é só da Pedra Bonita, coronel. O sertanejo é o mesmo em toda parte. O que se dá é que o povo se impressiona com a situação natural da Pedra. O lugar é próprio para estas coisas, estas superstições. Aquelas duas pedras, como se fossem duas torres de igreja, tudo isso faz virar a cabeça do povo. O erro foi o que fizeram há cem anos atrás: mataram gente, derramaram sangue.

— Mas padre Amâncio, o senhor não brinque com essa gente. Só deram um ataque na Pedra porque eles estavam cometendo crimes, e o governo só castigou quando foi preciso.

O padre achava que não. Sempre havia a oportunidade para se evitar represália sangrenta. O povo tinha bom coração. Fossem com jeito que tudo se tirava do povo.

O coronel estava do outro lado. Conhecia com quem tratava.

— Seu vigário, este povo só quer saber de quem maltrata.

O padre Amâncio voltou para casa com a coisa na cabeça. Teria que agir contra os fanáticos da Pedra Bonita com toda a urgência. Mas temia o fracasso. Não contava com a sua força, via-se fraco, incapaz de vencer, de dominar. Mas teria que lutar. Deitou-se para dormir e o sono não chegou. A imagem da Pedra na cabeça. Lembrou-se de quando estivera lá, com frei Martinho. Lembrou-se da beleza da Pedra com o sol em cima, dos catolezeiros gemendo ao vento, como os coqueiros da praia de Goiana. As duas pedras grandes como duas torres de uma igreja aterrada. Desceu com o frade, andaram a pé. Viram os imbuzeiros enormes, o mato grande cobrindo a terra onde correra sangue de gente. E aquilo parecia-lhe de mil anos atrás. A natureza consertara tudo. Dera um aspecto tão selvagem aos arredores que lhe parecia que nunca andara pessoa alguma por ali. E no entanto a história falava de coisas horríveis. O frade sabia também a história e lhe falara de fatos idênticos por outras terras, por outros cantos do mundo. O homem era um só por este mundo de Deus. O lugar da Pedra era bonito. Era bem moço no tempo em que estivera lá, mas se sentiu acabrunhado, como se a desgraça que acontecera fosse por sua causa, por sua desídia. E Deus reservara para ele a mesma carga, o mesmo destino do frei Simeão. Um louco tomara conta da Pedra

Bonita, fazendo milagres, arrastando o povo para a rebeldia. O padre Amâncio ligava as coisas, unia os acontecimentos. O governo receberia o ataque à comissão dos engenheiros como uma afronta dos fanáticos e dos cangaceiros. Com pouco a Pedra seria arrasada, viriam forças do exército, desceriam batalhões, atacariam o reduto. Tudo destruído, mulheres, crianças, velhos, tudo destruído. Os cadáveres estendidos no chão para os urubus. Padre Amâncio levantou-se da rede. Os soldados marchariam contra os pobres, ele estava ouvindo, como se fosse uma alucinação, ouvindo disparos, gemidos. Apavorou-se, gritou pela irmã.

E dona Eufrásia chegou. Toda alarmada, encontrou o irmão banhado em suor como se estivesse com um ataque de sezão. Não era nada, lhe disse o irmão. Mas tivera um sonho mau, um pesadelo horrível.

Pela manhã padre Amâncio celebrou a missa, pedindo a Deus que lhe desse coragem para a luta em que teria de se empenhar. Bento viu o padrinho alterado, como se uma grande mágoa houvesse aparecido para ele, uma morte de pai, de mãe, um desgosto sério. A igreja estava vazia. Só mesmo as beatas. Depois da missa dona Francisca do Monte veio falar das coisas da igreja, da escola paroquial, dos trabalhos da irmandade. O padre não ouvia nada. Estava ausente. Longe de tudo o que ela lhe falava. Tinha se desencadeado lá fora o temporal, a tempestade que há vinte anos o padre Amâncio esperava. O temporal tinha-o pegado velho. Mas lutaria. Deus lhe daria energia para o combate. Veio tomar café, e dona Eufrásia o esperou com as reprimendas de sempre. Ele não podia continuar a fazer o que estava fazendo, estragando a saúde daquele jeito. Bento estava ao lado dele, na mesa. E, quando a irmã saiu, o padre falou para o afilhado:

— Antônio, nós temos que ir à Pedra Bonita. Tu ouviste a história do homem. A coisa vai ser bem difícil. O povo, quando perde a cabeça pelo fanatismo, fica absorvido. Não ouve, não escuta ninguém. Mas nós temos que ir até lá.

E levantou-se da mesa. Bento foi para os seus trabalhos cheio de preocupações. Domício acreditava na Pedra. E agora vinha o santo, o homem de quem o velho Zé Pedro falava. O padre achava que ele era um mentiroso, enganando o povo. E os milagres, os aleijados que andavam, os feridentos que se curavam? Via por outro lado a mágoa de seu padrinho. Via a fraqueza dele. O outro arrebatava o povo, enchia o povo de esperanças, de desejos. O padre era bom, era de todo o mundo, mas não oferecia o impossível, uma vida diferente. Domício acreditava. Bento sentia que havia alguma coisa, um mistério qualquer com o qual o seu padrinho não podia. Ele mesmo se assustava, temia que terminasse acreditando nas histórias da Pedra. Andou assim com estas preocupações lhe absorvendo o interesse, todo o tempo de seu serviço. Em casa encontrou dona Eufrásia falando, censurando o irmão. Amâncio estragara a vida, se sacrificara pela gente mais infeliz deste mundo.

A negra Maximina chamou Bento para saber o que se passava. Espantou-se, arregalando os olhos:

— Toinho, será verdade mesmo? O tal santo levanta defunto? Aquela Pedra dá santo de verdade.

E ficou em silêncio, como se uma coisa muito importante tivesse aparecido de repente para ela. Quando padre Amâncio voltou, dona Eufrásia falou-lhe séria. Ele não devia se meter com aquele povo de hereges. Aquilo era trabalho para a força, para soldado.

Bento saiu para a rua. E da tamarineira chamaram por ele. Queriam saber dos fatos. Porque já estavam dizendo que o santo era irmão dele. Respondeu às perguntas e foi andando de rua afora. A casa de dona Fausta estava fechada. Veio-lhe à cabeça a tarde em que ela se pegara com ele, com a boca torta, toda se torcendo em cima dele. No fim da rua viu o caminho que dava para o cemitério. Quebrou para um lado e foi sair na rua da Palha. Havia mulheres reunidas na porta de uma casa. Chamaram por ele. Teve medo. Medo de verdade, de ficar com o coração frio. Quis fugir do chamado, mas não teve coragem. Eram as raparigas:

— Ele é o croinha, ele é o croinha! – disse uma.

— Ele é donzelo – disse outra.

— Cala boca, gente, que ele é irmão do Aparício.

Bento estava meio tonto, sem rumo.

— Cria de padre só sabe ser sonso.

E soltaram uma gargalhada. Depois falaram com Bento, com mais calma. Perguntaram por Aparício. Queriam saber como ele era, se gostava de rabo de saia. Se tivera namorada, se dava em mulher.

— Estão dizendo que ele marca mulher da vida no rosto com ferro de ferrar gado.

— Qual nada! Aparício protege mulher-dama. O negócio dele é com donzela de rico.

Bento já estava no meio delas sem jeito de sair. Uma mais moça aproximou-se dele e as outras debocharam.

— Tu quer instruir o menino? Tu quer instruir o menino, Minervina? Tu vira burra de padre!

E desataram na risada.

— Menina, ele é da terra do santo. Dizem que o santo não embirra com mulher como nós. Tudo é igual.

— Qual nada – disse a mais velha. — Ele só papa donzela. Não foi mulher virgem, ele não quer. Tu ouviste o que disse à Eulália aquele aguardenteiro? O homem disse a ela que tudo que é moça o santo está emprenhando. Ele tem que botar barriga em mil e uma donzelas.

— Tu conhece ele? – perguntou a mais moça, chegando-se para Bento.

— Ele faz milagre, Naninha!

— Se faz! O povo está correndo pra lá porque ele é mais poderoso que o Padre Cícero do Juazeiro. Esse negócio de vadiar com mulher não quer dizer nada. O padre daqui é que faz espanto com essas coisas. Mulher nasceu foi pra servir aos homens.

Bento deixou-as e foi voltando para casa. Lá estava o padre Amâncio com um nó para desatar. Com dona Eufrásia gritando. E a negra Maximina alterada com o aparecimento do santo. O quarto do padre estava fechado e a casa vazia. Nem dona Eufrásia nem Maximina. Faltava pouco para o toque das ave-marias. Ele chegou na sala que dava para o quarto do padrinho e ouviu uma coisa estranha que vinha de lá. Chegou para perto da porta e ouviu como se fosse um choro de gente, um choro abafado. Teve vontade de bater e correr lá para dentro do quarto. Ficou parado. Devia ser o padre Amâncio nas orações. Coitado de seu padrinho. Aquilo era o sofrimento, a dor de não poder com a força que surgia no meio do povo. No oitão da igreja havia gente conversando. Eram conhecidos seus. Antes de entrar, parou um instante para conversar:

— Então Bento, a Pedra virou outra vez terra de santo?

Todos sabiam que ele era de lá. Disse ele o que sabia dos fatos.

— Vai haver desgraça feia – continuou o sujeito. — O governo não pode deixar o negócio crescer. Senão vira Canudos.

— É mesmo – atalhou um segundo. — Só bala de soldado liquida isto. Agora não pensem vocês que com vinte praças se faz o serviço. Sertanejo, quando acredita em santo, briga como onça. O tenente Maurício não pense que bota o povo de lá pra correr com um tiroteiozinho. O povo cai em cima da tropa com vontade de morrer.

— Bento, tu vieste de lá?

Bento respondeu que sim. E quiseram saber se ele conhecia o santo.

— Andaram até dizendo que ele era teu irmão. Este povo do Açu inventa tudo.

— Não conheço o homem, seu Juvenal – respondeu Bento. — Ele veio de fora.

— Veio mesmo – disse outro. — Ontem pararam ali na porta do coronel Clarimundo uns romeiros que iam pra a Pedra. Gente pobre que vocês não calculam. Pois compraram não sei quantas libras de vela de cera. Eu puxei conversa com o chefe da família e ele me contou tudo. O tal santo desceu da Bahia. Atravessou o São Francisco no Pão de Açúcar e veio a pé pra a Pedra. Andou a pé pra mais de cem léguas. Dizem que é branco e nunca ninguém viu ele dormindo. Agora estão dizendo que moça donzela na unha dele é mesmo que torrão de açúcar na boca, se desmancha num instante. Esses cabras são uns sabidos de marca. Eles querem é passar bem, comer do melhor.

— Não sei não, seu Juvenal – disse o outro sujeito. — A gente debocha dessas coisas e no fim fica é besta mesmo. Ele deve fazer alguma coisa, senão o povo não estava correndo atrás dele.

— Ora povo! Você vem me falar de povo! Povo é como menino, acredita em tudo. É besta que só aruá. Não está vendo que eu não vou acreditar que este sujeito da Pedra faz milagre!

— O Padre Cícero fez.

— Você viu? Eu quero é ver. Não vou atrás é de maluquice, de matuto leseira. Quem deve estar com a pulga na orelha é o padre Amâncio. Está mesmo. Onde você encontra um padre como este, um coração assim? Dá tudo aos pobres, é um santo. Lhe agaranto que o Padre Cícero não chega nos pés dele. Pois vá você pedir pra ele fazer um milagre. Pergunte aí a Bento se ele fez milagre. Este santo não passa de um estradeiro de marca.

Estava chegando a hora do toque, e Bento foi saindo. Abriu a igreja e subiu a escada que dava para a torre. Deixara as portas da frente abertas para que as beatas pudessem entrar. Esperou um instante. O coração batia com a subida apressada que fizera. E puxou o badalo para a primeira pancada. O seu pensamento foi direto para as raparigas da rua da Palha, as mulheres que ele não conhecia. Uma tarde dona Fausta o quisera pegar e ele fugira com medo. Lá embaixo o Açu sofria a influência do seu toque. A vila que ele odiava estava com medo de seu irmão Aparício. Aparício era maior que todos dali. E era seu irmão. O som do bronze ganhava os campos. Fora humilhado no Açu. Estivera na cadeia, sua mãe apanhara dos soldados do tenente Maurício. Estava na quarta badalada. Tinha que dar duas mais. Ouvira gemido de choro no quarto de seu padrinho. Seu padrinho sofrendo. Devia ser uma dor muito grande. Faltava a última. Falavam em mandar soldados para liquidar o povo da Pedra. Todo o Açu estivera em suas mãos. Fizera todos pensar na vida. E a tarde caía. A tamarineira cada vez mais se esgalhava. A noite vinha chegando. Lá embaixo estavam as beatas rezando alto. Dona Francisca puxando e as outras respondendo, fanhosas. O pigarro da beata mestra cortava as orações pelo meio. E os morcegos chiavam. Um deles passeava do altar-mor para a porta da entrada, aproveitando o resto de luz do dia para brincar. Era um voo meio errado, como se o bicho fosse cair no chão de cansaço.

Bento fechou as portas da igreja. O padre Amâncio não tinha vindo outra vez rezar as ave-marias na igreja. Quando ele chegou em casa, o padrinho chamou-o:

— Antônio, prepara os cavalos. Amanhã nós vamos viajar.

13

DE MADRUGADA saíram de rota batida para a Pedra Bonita. O padre Amâncio celebrou a missa mais cedo, na hora do café. Dona Eufrásia falou-lhe: ele não devia meter-se com o povo fanatizado. Era uma grande imprudência. Aquela gente não merecia o sacrifício que ele fazia. Eram uns bichos. Mas o padre sorriu à advertência da irmã. Aí Bento esteve reparando na velhice do padrinho, quando ele respondia à irmã; tinha marcado a viagem e iria. Vigário de Deus era para isto. E abraçou dona Eufrásia e saíram para a viagem. Ainda da porta a velha recomendou:

— Toma cuidado, Amâncio!

Os cavalos puxavam, o ar bom da madrugada ajudava. Bento vinha atrás, meio tonto. Não sabia, não podia imaginar o que pudesse acontecer. Na caatinga os cavalos abrandaram a marcha. Mas ali o mundo floria como um jardim. Os pirins cobertos de branco, as caraibeiras amarelas como ouro, e o vermelho das macambiras e o cheiro das imburanas. Teve saudade do Araticum. Teve saudade dos passeios com Domício pelo raso da caatinga, atrás dos garrotes de Bentão. O padre ia na frente, de cara triste, de ar compungido, como se fosse enterrar um irmão. Bento não sabia bem como pensar as coisas. Teriam primeiro que passar no Araticum, para saber direito dos fatos. Se Domício não estivesse em casa, a mãe saberia informar de tudo. Foram andando. O sol tomava conta da caatinga. Já era dono de tudo. Só os imbuzeiros se arredondavam com os galhos caindo no chão. Por debaixo deles fazia até frio, ali não entrava sol. Iam rompendo distâncias. E com pouco mais Bento começou a sentir o Araticum. Uma rês chocalhava mais para dentro. Botou o cavalo para perto e viu o ferro de Bentão, o B grande, a marca de seu pai.

— É um garrote de pai – disse ele para o padre, com uma espécie de orgulho.

— Nós então já devemos estar perto do Araticum – respondeu o padrinho.

— Com mais meia légua a gente chega lá – informou Bento.

Aquela terra já era dos seus, dos Vieiras. Por ali Domício largava o seu aboio, chamando gado, como se chamasse gente. Tiveram que subir alguma coisa. A serra do Araticum se deixava ver, com o verdor de suas encostas.

— O lugar é bonito – disse o padre.

E com pouco mais foram chegando à casa-grande. Pararam na porta e estava tudo fechado. Desceram dos cavalos. Bento amarrou os animais. Não havia ninguém. A casa velha fechada. Forçou então a porta de trás e foi entrando. A casa estava sem gente há mais de semana. Abriu a porta da frente e deu um tamborete para o padre Amâncio se sentar. Foi ao quarto de Domício, e viu a viola no saco, dependurada num dos armadores da rede. Viu a roupa de couro do irmão, as botas que ele usara tantas vezes. Mas não havia sinal de gente. O fogão com cinza fria.

— Não tem ninguém em casa – lhe falou o padrinho.

De repente, porém, o rapaz compreendeu a situação. E não teve coragem de contar ao padre. O seu povo estava na

Pedra. Saiu para olhar o terreiro, foi até lá embaixo no rio. Demorou-se nas oiticicas. Havia resto de fogo por lá. Sem dúvida cargueiros que tivessem dormido ali. Era o seu Araticum. Lembrou-se da volta dele com Domício, da surra, de quando havia fugido com medo da volante. Encontraram o Araticum daquele jeito, só, despenado, sem vida, como um homem assassinado. Agora nem o bode velho de Bentão estava ali para berrar, dizer que vivia. O padre esperava por ele. Tudo tinha feito pelo afilhado, dado tudo que podia. Seu padrinho queria ir à Pedra com ele. Não sabia se era medo ou bem outra coisa. Mas estava com medo. Se voltassem dali para o Açu, seria tudo para ele. Foi andando para a casa-grande:

— Prepara os cavalos, Antônio, vamos embora. O teu povo está na feira.

Saíram os dois para a Pedra Bonita. Dentro do padre Amâncio devia haver um turbilhão de pensamentos. Bento via-o sereno. O padrinho com aquela cara do dia em que o juiz mandara o soldado prender ele Bento. Foram andando. O deserto sertanejo era imenso. Não se via uma casa, não se encontrava um ente vivo. As seriemas é que de vez em quando cortavam o espaço com seu grito de pavor. Bento, a cada passo que o cavalo dava, sentia o perigo. Quisera para ele que se perdessem, fossem dar noutra terra. Noutra terra distante, que nunca mais chegassem na Pedra Bonita. Descobriram na frente deles gente que ia a cavalo e a pé. Passaram pelo grupo. Eram romeiros que se espantaram com o padre naquelas alturas. As mulheres e os meninos estiraram as mãos pedindo bênção.

— Para onde vai este povo? – perguntou o padre a um velho que parecia ser o chefe do grupo.

— Nós vamos para a Pedra, seu vigário. Vamos levando esta menina doente para se curar com o santo.

Dentro de um dos caçuás, coberta com um lençol de taco, vinha uma menina amarela. Na pele e nos ossos, uma miséria humana.

— Ela não anda, seu vigário. As canelas se afinaram, ficaram como taboca. E a mãe ficou chorando para a gente descer pra dar a bichinha pra o santo curar.

O padre não disse nada. Despediu-se do velho e os cavalos, dele e de Bento, se adiantaram do pessoal cansado.

— É de cortar coração – disse ele para Bento. — O povo acredita de verdade. Aqueles pobres vêm de mais de cinquenta léguas, por este sertão afora, atrás de salvação.

E calou-se. Os cascos dos animais estalavam nas pedras da caatinga. O padre, curvo, cansado da viagem. Bento tinha pena dele. Subiram um pouco, abandonando a caatinga. E, de supetão, a Pedra apareceu. O padre parou o cavalo para olhar melhor. A luz do sol bulia nas malacachetas.

— É bonito mesmo – disse o padre.

Via-se de longe a copa dos catolezeiros remexendo com o vento. E bulindo, como numa entrada de formigueiro, a massa humana espalhada.

14

A NOTÍCIA DE QUE o padre Amâncio tinha seguido para a Pedra se espalhou no Açu. Na porta do coronel Clarimundo parou o major Cleto para conversar.

— Por mim eu já tinha oficiado para o chefe de polícia. Mas esta história de delegado volante tirou toda a força das autoridades. Coronel, esta história da Pedra pode virar coisa ruim. No fim é o que se vê por aí. Canudos não foi diferente.

Sertanejo desencabeçado ninguém amolda com brincadeira não. O padre Amâncio foi pra lá hoje. Vamos ver o que é que ele diz.

— Tenho fé que o padre acaba com isso – respondeu o prefeito.

— É no que eu não acredito – disse o major. — O padre é bom de verdade. Mas não é pra falar, eu não acredito que ele faça nada. O povo quando chega a ponto de andar atrás de santo fica até com raiva de padre.

— Vamos ver, major Cleto, vamos ver.

O major deixou o coronel e parou na porta do escrivão.

— Entra, Cleto.

E pegaram na conversa. O escrivão era da mesma opinião do delegado. O mal se cortava era pela raiz. A providência melhor era arranjar uns cem homens e liquidar o ajuntamento:

— Você oficie, Cleto, pra o tenente Maurício em Dores. Se você quiser, eu redijo o ofício detalhando tudo. E o tenente toma logo uma providência das suas.

O Açu inteiro se virava para a Pedra Bonita. O fracasso da estrada de ferro fora um desapontamento cruel. Os engenheiros se foram e diziam que o governo federal mandara estudar a estrada de penetração por outra zona. Era o azar persistindo. Era a Pedra pesando, sufocando a vida no Açu. E as notícias do santo contagiavam de pavor o povo da vila. As mulheres se sentiam ameaçadas, dormiam pensando no saque, num massacre furioso. Contavam-se histórias terríveis. O santo era um monstro que se alimentava com sangue de meninos, que só se saciava em carne de virgem. Outra vez, da Pedra Bonita, saía o demônio em carne e osso. E os homens só tinham uma ideia: o extermínio da raça de cobras, de lobos, de assassinos. Porque dali só saía cangaceiro ou fanático. A ida do padre até o reduto dos romeiros foi tomada como uma temeridade, um esforço perdido. O padre Amâncio morava ali, diziam eles, há vinte anos e era o mesmo da chegada. Ingênuo, acreditando em tudo que lhe vinham contar. Criara dentro de casa uma pessoa da Pedra. Nunca o Açu perdoou a imprevidência de seu vigário. E agora, acompanhado daquele Bento, se botava para o meio dos fanáticos, pensando que conseguiria mudar a selvageria daquela gente.

Dona Eufrásia recebeu visitas no dia da partida do irmão. Veio a mulher do major Cleto lastimar o gesto do vigário. Veio até dona Francisca do Monte com receio de que sucedesse uma desgraça. O padre Amâncio, para ela, não devia ter ido.

— Pois eu acho que ele fez muito bem – foi dizendo dona Eufrásia. — Amâncio sabe o que faz. Era a obrigação dele.

As mulheres se encolheram. Tinham vindo lastimar. Todas sabiam que o povo da Pedra Bonita era ruim mesmo.

— Ruins são todos daqui – gritou dona Eufrásia. — Amâncio veio para este meio contra a minha vontade. Mas já que está, muito bem. Foi para a Pedra e fez muito bem.

As mulheres se despediram alarmadas com aquela agressividade. Dona Eufrásia ficou só. Maximina lá para dentro dava conta do seu trabalho. A velha estava só na casa silenciosa. Sabia que o irmão se acabava, envelhecido, doente, sem se queixar. Fizera o possível para virar a vida dele, mas fora inútil. Tinha que ser aquilo que era mesmo. E vinham aquelas sirigaitas dar voto nas coisas que ele fazia. Aquela Francisca do Monte querendo mandar, querendo orientar. Aquela dona Auta, com partes de entender de tudo. Era mais de meio-dia. Maximina teria ainda que matar uma galinha e preparar para o irmão que chegaria com fome. O que teria acontecido ao irmão?

15

Quando padre Amâncio botou o cavalo para descer na direção da Pedra, Bento sentiu um frio dentro dele. Donde estavam já ouviam o rumor das vozes do povão lá embaixo. O acampamento parecia de retirantes de uma grande seca. Viam-se latadas cobertas de folhas de catolé, em ruas se cruzando, às doidas. O padre seguia sem parar. Entraram no arraial. E o povo cercou os cavalos. Uma gente quase nua, magra. Um povo que passava fome, pelo ar, pela cara que apresentava. Tiveram que parar ali mesmo. Bento ficou com os cavalos e foi amarrá-los num pé de imbuzeiro, enquanto o padre Amâncio se via rodeado. Aí o padre falou para o povo, dizendo que estava ali para ver o chefe deles. Apresentou-se um para levar o padre até a latada do santo. Nisto Bento ouviu uma pessoa chamando pelo seu nome. Era Domício, de barba grande, uma figura esquisita. O padre Amâncio foi andando com o povo atrás dele, e Bento, emocionado, para falar com o irmão. Domício era outro.

— Bentinho, nós viemos pra a Pedra. Os velhos estão ali. O santo é mesmo de verdade. Tu não vai ficar?

Os fanáticos olhavam para Bento com admiração. Admirados dos trajes que ele trazia, daquela roupa de grande. Aquilo, junto da miséria que lhes cobria os corpos, escandalizava. Domício foi saindo com Bento para um canto. Havia gente de todo jeito aboletada por debaixo de árvores, agasalhada pelas latadas. Fazia pena examinar a miséria que estava ali. Uma população de descarnados, de sujos, de feridentos, um resto de vida. E Bento foi sentindo a tristeza de tudo. O ajuntamento fedia. Choravam meninos nus. Velhos estendidos pelo chão. Doentes gemendo. O que havia de desgraça no sertão se reunira, se ajuntara em derredor da Pedra Bonita, à espera da voz de Deus, que desse a todos um quinhão de felicidade, de abastança. Domício não falava. E foi Bento quem puxou a conversa:

— Mãe também acredita?

— Foi ela quem quis vir, Bentinho.

E chegaram num ponto arredado, onde estava a latada dos velhos. Lá estava Bentão numa rede e a velha fazendo qualquer coisa. Quando ela viu o filho, ficou parada, olhando, sem compreender.

— Ele veio pro santo, Domício?

E o filho mais moço se abraçou com a mãe. O velho do jeito que estava ficou. Parecia a ele que Bento estava ali há muito tempo.

— Bentinho, meu filho, tu também acredita?

Bento se calou. Domício disfarçou para um lado, compreendendo a situação do irmão.

— Mãe, ele veio com o padre do Açu.

A velha parou um instante, mas foi falando com todo o desembaraço:

— Olha, Bentinho, eu fiz tudo pra não crer no santo. Eu via teu irmão Domício capiongo pra um canto, aboiando na caatinga, sem que nem mais. Fui ficando com medo de algum sucedido. Aparício já era cangaceiro, sabia o que fazia. Domício podia ficar aluado.

— Qual nada, mãe! Mãe pensa em cada coisa! – interveio Domício.

— Não é pensar não, menino, é ver. Eu estava vendo que tu te perdia. Foi quando Domício deixou a gente e veio pra a Pedra. Pode ficar tu sabendo que eu fiquei triste. O Araticum estava que só tu vendo. Na noite que teu irmão veio embora me deu uma coisa que nem posso calcular como foi. Queria dormir e não podia. Bentão roncava que só um bacorinho. E nada do sono chegar. Foi aí que me deu uma coisa que não sei como contar. Eu estava vendo uma pessoa me dizendo: "Josefina, tu não crê no milagre? Tu é uma herege." Vi que não era coisa de sono, porque eu estava acordada. E a voz nos meus ouvidos. A casa vazia. E Bentão dormindo. Abri a janela e vi o céu e a terra que era uma beleza. Pensei em tu, Bentinho. Fui dizendo comigo: "Bentinho está de longe. Ele nem sabe o que a mãe está sofrendo. Felizmente que ele não sofre disso que eu sofro." Vi chegar a madrugada. Havia até gente nas oiticicas pernoitando. Bentão levantou-se pra tratar do gado, e a coisa nos meus ouvidos. E só parou de me aperrear quando eu arrumei as trouxas e vim parar aqui. Ele é santo mesmo, menino. Não se passa um dia que não venha chegando gente. Ele tem a força de Deus.

E quis saber da viagem do padre Amâncio.

— Ele não vem amaldiçoar o santo não, não é, Bentinho?

Bento lhe falou com jeito. O padre tinha vindo conversar com o santo sobre uns negócios que diziam lá no Açu.

— É mentira, Bentinho. Tudo é mentira. Ele só faz o bem da gente. Ele só faz o que é da vontade de Deus. Pergunta a esse povão por aí. Tudo que dão a ele, ele dá ao povo. Ele não come, não dorme, Bentinho.

Bentão não se separara do bode. Lá estava com ele, dando de comida, sem prestar atenção ao que a mulher dizia. O rumor do falatório chegava aos ouvidos de Bento. Era como se fosse a feira do Açu dez vezes maior.

E Bento teve uma grande pena da mãe. Ela que sempre fizera força para fugir das crenças dos seus, se entregava daquela forma. Quis falar com Domício e saiu com ele andando:

— Domício, como foi isto?

O irmão parou um pouco, olhou para Bento e disse:

— Bentinho, tu não pode imaginar. Naquele dia em que eu te deixei começou o meu sofrer. Lá em cima da serra a vida foi uma desgraça. Só via mato. E de noite era aquela história da cabocla me perseguindo. Danei-me pelo mundo, cantei nas feiras, andei de trem de estrada de ferro, corri terras. O povo gostava do meu cantar. Mas quando voltei para o Araticum, me deu outra coisa diferente. Aquilo que mãe te contou se passou comigo direitinho. O santo tinha aparecido na Pedra, e a gente é da raça dos Vieiras, que desgraçou o povo. Aquilo martelava na minha cabeça, como um verso que eu quisesse fazer e não saísse. Me lembrava de ti. Tu era o único ente neste mundo que me dava alegria. Não é por eu estar na tua presença, mas era mesmo. Se tu estivesse no Araticum, eu era outro. Qual nada! O santo estava na Pedra. Todo dia passava romeiro pra descansar nas oiticicas. O santo me chamava de noite, na caatinga, aonde eu estivesse. Dei pra aboiar como besta, à toa. Mãe te disse a verdade. Era uma coisa, Bentinho, que não tinha parar. Apertava aqui no coração, apertava como se quisesse me quebrar tudo por dentro. A gente era da raça de sangue ruim. E aquilo me doendo. Pai era aquele cismar de noite e dia. E mãe só pensava em ti. Me vi, sozinho, capaz de fazer uma desgraça, de me desgraçar por aí. E o santo me chamando. Foi quando eu vim na Pedra e vi o milagre. Não tenho palavra pra contar. Tu não pode calcular o que é um milagre. Tu nunca viste. É uma coisa difícil de se contar. Eu vi uma entrevada correndo boinha para o santo. Bentinho, eu vi Deus na pessoa do santo. Na volta pra casa encontrei Aparício na caatinga. Ele me disse que tinha ido ao Açu pra falar um negócio com tu. Aparício matando, roubando. O diabo está no couro da gente. Aquilo que deu em

Aparício não foi coisa da terra não. Tu te lembra de Aparício no Araticum? Quem é que ia dizer que ele virava no que virou? Ele mata brincando, Bentinho. Nem disse à mãe que tinha visto o filho dela no estado em que vi. No Araticum começou o fato do milagre a bulir, a me fazer susto. E só descansei quando cheguei aqui para adorar o santo. Ele é santo, Bentinho, ele é santo de verdade.

Aí a voz de Domício foi se alterando. Falando para o irmão como se estivessem discutindo:

— Eu vi o milagre. Ele é santo de verdade.

Por junto deles passaram os homens que Bentinho tinha visto na estrada. O velho da estrada, com a filha aleijada no caçuá, como uma coisa de venda. Perguntou a eles para que lado ficava a casa do santo. E se foi com o grupo para o meio do povo. Bento não dava uma palavra, aterrado. Vira a mãe, vira Domício. As duas grandes coisas de sua vida, do Araticum, nos pés do santo. Tinham vindo para salvar-se da desgraça da família, para limpar o sangue de Judas dos Vieiras. Deixaram tudo, o Araticum vazio, o gado morrendo de fome, a casa triste como uma casa de bexiguento. E estavam todos esperando de Deus, do santo, qualquer coisa. Todos que estavam ali tinham uma fé, uma grande esperança. Os restos de gente do sertão, cegos, feridentos, famintos, tudo esperando o grito que abalasse a formação do mundo. Os ricos e os pobres, os sadios e os doentes, tudo ficaria a mesma coisa, o mesmo homem, a mesma mulher.

E Bento se lembrou do padre, de quem tinha se esquecido, arrastado que fora pelos seus. E foi com Domício para o lado onde estava a latada do santo. Ao lado da Pedra menor tinham levantado uma casa de palha, com paredes de barro. Havia uma lua e uma estrela pintadas na porta. Era ali a morada do santo. Bento e Domício se aproximaram. Havia gente rondando a casa. Mulheres desgrenhadas, com os peitos de fora, com os vestidos rasgados. Tinham olhares de feras acuadas. Outras, mais calmas, vestiam camisolão de algodãozinho. Eram as guardas de honra do ninho de são Sebastião. Bento quis entrar e não deixaram. Elas se puseram na frente, mas Domício explicou: era o irmão dele que tinha vindo com o padre. Só assim pôde entrar na sala. Lá encontrou o padre Amâncio falando. E o santo, deitado na rede. Teve medo. Fazia medo. As barbas grandes e o olhar distraído. E o padre falando: vinha ali a serviço de Deus, vinha para arredá-lo da perdição, da heresia. E ele como se não estivesse olhando e vendo ninguém, fitando num ponto fixo. De repente levantou-se. Era pequeno, forte, de mãos gordas, cabeludas. E falou:

— Padre, Deus me mandou, Deus me mandou.

A voz era rouca, rugia como um tigre:

— Deus me disse no dia vinte de janeiro: "Sebastião, é o teu dia. Vai salvar o mundo que se perde. Anda e vai com o teu cajado e faz o mundo andar direito." Padre, andei léguas. Andei léguas e aqui estou. Aqui estou pra salvar o mundo.

O padre Amâncio compreendeu a situação. Teria que agir com um louco.

— Mas para que não manda o senhor este povo para as suas casas? Se Deus lhe deu força para o milagre, o milagre se fará com o senhor sozinho, separado de todos. São João Batista esteve no deserto, sozinho.

— Deus me mandou, Deus me mandou – respondeu o santo. — Deus do céu que fez a água e o fogo me disse no dia vinte de janeiro: "Pega, Sebastião, e sai com o teu cavalo branco pelo mundo. Vai salvar o mundo, Sebastião."

Tinha as mãos para o ar. Os olhos luzentes, a cabeleira caindo nos ombros. O padre quis voltar à fala mas não pôde. Só o santo falava. O povo espiava pela porta. E ele sentindo o seu rebanho, cresceu a voz dentro da casa de palha, estrondou:

— Deus me mandou, Deus me mandou.

Com pouco mais se ouviu o rugido da multidão cantando o bendito. Padre Amâncio levantou-se. Bento viu a palidez do seu padrinho.

— Deus me mandou – gritava o santo. — Deus me mandou.

E o povo urrando lá fora.

— O padre quer levar o santo – disse uma mulher aos berros —, o padre quer levar o santo.

A coisa correu pelo acampamento. O padre tinha vindo para levar o santo, e o arraial inteiro começou a se agitar para a casa do profeta. Bento compreendeu o perigo da situação. O santo não parava de gritar. E a multidão urrando na porta. Estavam perdidos.

Aí o padre chegou na porta da casa. As fisionomias que ele viu eram de feras. Era o momento maior de sua vida, a hora amarga. Viu-se perdido. E sem que pudesse explicar, chegou-lhe naquele instante uma vontade de morrer despedaçado, de morrer como os mártires.

Foi quando Domício apareceu. O padre não tinha vindo para levar o santo. O padre tinha vindo a favor deles. E aos poucos o furor da multidão foi abaixando, como se fosse caindo água em cima de uma fogueira.

Padre Amâncio e Bento saíram. E viram os olhos horríveis, as feições de danados dos que olhavam para eles. Bento nem falou mais com a mãe. E Domício ficara no meio dos outros. Lá de cima viram a Pedra Bonita envolta na sombra da tarde. Bento sentiu fome. Estavam com o café da manhã. Padre Amâncio, muito curvo, com o cavalo devagar, chamou pelo afilhado.

— Antônio, vamos parar.

Bento correu para segurá-lo. O padrinho estava pálido, suando frio, com uma vertigem:

— Não é nada – disse ele, baixinho. — Isto passa.

16

O FRACASSO DO PADRE Amâncio teve grande repercussão no Açu. A sua chegada, naquela noite, quase desfalecido, o mês de cama que passou deram que falar. Inventaram detalhes da conversa com o santo. Narrava-se como verdadeira a expulsão do vigário da Pedra Bonita. Fora jogado às pedradas do reduto, por pouco não o mataram. Tinha sido salvo por um irmão de Bento, que era também chefe dos fanáticos.

A vila sentiu os efeitos da vizinhança do santo. As feiras diminuíram de frequência e os fazendeiros das proximidades se queixavam de furto de gado. Matava-se boi todo dia na Pedra. Os fanáticos invadiam às soltas, levando as reses que bem queriam. Aparício visitara o reduto com todo o grupo, fora abençoado pelo santo. E as histórias que chegavam no Açu eram cada vez mais alarmantes. Falavam de raptos de moças para saciar a fome do beato. As forças volantes não se aproximavam de lá. O tenente Maurício, passando pelo Açu de rota batida, para o centro, conversou demoradamente com o escrivão Paiva. Não atacaria os fanáticos. O governo o tinha mandado pra perseguir cangaceiro, e a sua força era pequena para uma diligência daquelas. Queria era pegar Aparício, vivo ou morto. Cortar-lhe a cabeça. O Açu desanimava de uma reação do governo. O coronel Clarimundo falava em vender o que tinha e mudar-se para o Camaru. Não tardaria o dia, dizia ele, que a vila amanhecesse cercada de fanáticos, matando a todos. E o pavor foi crescendo. Os três praças do destacamento estavam dormindo fora da cadeia, com receio. As mulheres da rua da Palha se mudando para Dores. A venda nova de Salu fechara as portas. Dormia-se debaixo de alarme, com as mulheres falando baixo e os homens de ouvidos atentos aos rugidos das feras. Bento ficou odiado. Por onde ele passava, resmungavam, viravam-lhe o rosto. E padre Amâncio definhando cada vez mais. Dona Eufrásia mandara chamar o médico de Camaru, que não quis vir. Tinha-se medo de uma aproximação com a terra maldita. Joca Barbeiro com a Recebedoria parada. Não havia fiscal que tivesse coragem de sair em cobrança. Os jornais da capital falavam, davam notícias do santo. E o que era irritante para o povo do Açu era que, quando falavam do beato, se referiam ao município inteiro. Vinham logo com referências desagradáveis ao Açu. Joca Barbeiro e o escrivão falavam numa destruição pelas armas. Chegaram até a convidar os fazendeiros para uma desforra. Os homens recuaram. Aparício protegia o santo. Agora eram fanáticos e cangaceiros, juntos, na destruição. Mas o ódio do Açu pela Pedra crescia, avolumava-se. Padre Amâncio aos domingos pregava aos seus reduzidos fiéis. A palavra saía-lhe fraca, sem energia. Quase que não se ouvia a sua prédica. Nem parecia aquele dos tempos da luta com o juiz. O sacristão Laurindo caíra de cama com doença de morte. Falava-se de uma moléstia dos intestinos roendo tudo. Dona Francisca do Monte tossindo. E dona Eufrásia vendo o irmão se acabar, perdendo a vida. Quisera-o levar para o Recife, e ele resistiu. Até escrevera ao bispo para que ele mandasse chamar o irmão, e não tivera resposta. Devia haver um mal muito grande acabando com a vida de Amâncio. A negra Maximina apertava nas suas bebedeiras, dava para chorar, para pedir a morte, para falar do santo da Pedra.

E a nota de sensação no Açu fora a chegada de dona Fausta. Viera acabada, com mais vinte anos. Estava outra vez em sua casa, como se nada houvesse com ela. Espalharam que o sargento abandonara a mulher no Recife e que até em ruas de raparigas ela estivera. As mulheres se preocuparam com dona Fausta uns dias. Aquilo servira para que se esquecessem um pouco das histórias da Pedra Bonita. Dona Fausta foi ficando, e o pavor do santo cresceu outra vez.

Bento era agora senhor da igreja. Faltava-lhe, porém, ânimo, disposição para o trabalho. Via o padrinho no estado em que estava, sem gosto pelas coisas, ferido de morte. Lembrava-se da volta da Pedra, naquele dia infeliz. Via-o como ele caíra nos seus braços na solidão da caatinga, com o sol se pondo. Nunca passara por momentos daqueles. Seu padrinho morria. Felizmente que foi aos poucos voltando a si. E a viagem fora vagarosa, com ele junto do padre Amâncio, parando de quando em vez. Lembrava-se bem das palavras dele: "Antônio, não há o que fazer mais. Terminam liquidando os pobres." Teve vontade de chorar. Teve ódio ao povo da Pedra, a sua mãe, a Domício. Os miseráveis pagavam a dedicação de seu padrinho, querendo matá-lo. Gente miserável. A noite começava a cair. E eles vieram andando, no vagar dos animais. E Bento pensando em tudo que vira, como uma advertência cruel: "Bento, o nosso sangue é de Judas"; dizia Domício, "a gente tem que sofrer, que pagar pelos outros". E era mesmo. Era o destino dos Vieiras. O pai pegado com um bode como um doido, a mãe se entregara com Domício às forças do santo. Domício presenciara um milagre, falara-lhe da coisa que ele sentia no corpo e na alma, quando o santo apareceu com o milagre. Domício ouvia aqueles cantos que ele não ouvia, tremia de noite como uma criança, quando a lua branquejava a caatinga: "Bentinho, tu está ouvindo, tu está escutando?" E era mentira dos ouvidos de Domício. Agora era o milagre da moça. Dioclécio também contara de um que ele presenciara no Juazeiro do Padre Cícero. Era o milagre. O santo sabia fazer milagres e o pobre do padre Amâncio ia ali com ele, meio morto, fraco, sem espírito para enfrentar o santo da Pedra. Devia existir qualquer coisa. Devia haver um mistério em tudo isto. Depois compreendeu que o seu pensamento, duvidando dessa maneira do seu padrinho, era tão miserável quanto foram os fanáticos. Estava traindo o padrinho. Estava fazendo dele o que ele não era. O santo tinha força para levantar os aleijados. E foi assim, com a cabeça cheia daquelas coisas, que Bento chegou no Açu com o padre Amâncio. A chegada do padre fez alvoroço. Dona Eufrásia chorando e o padre com a fala sumida, dizendo para todos que não fora nada, que só tivera um desmaio por falta de comida. No outro dia Bento teve que contar a um por um tudo que se passara. E não acreditaram nele. Estava escondendo as coisas. O padre, porém, confirmava tudo que Bento dissera. E teve até que mandar um desmentido para um jornal do Recife que contara a sua expulsão da Pedra com episódios falsos. Diziam que a notícia fora obra do escrivão Paiva.

Fazia mais de mês que Bento tinha voltado com o padrinho da Pedra e o zum-zum continuava. Agora era tido como um espião dos fanáticos. Era um irmão de cangaceiro e de beato. Só mesmo o padre Amâncio o tinha dentro de casa. As próprias beatas se queixavam: como era que se entregava a igreja do Açu a um fanático, a um rapaz daquele? Mas nenhuma tivera coragem de procurar o padre e criticar. Bento passou para elas a ser tido como um inimigo da fé, de Deus. Os contatos dele com os objetos da igreja eram de um sacrílego, de um profanador. A própria dona Eufrásia não era a mesma para ele. Sempre fora exigente, autoritária. Mas agora a coisa era outra. Só Maximina e o padre Amâncio não estavam no Açu prevenidos contra ele.

E Bento deu para pensar nos seus. A figura de Domício tomou conta dele. Nunca vira pessoa melhor, mais próxima da sua pessoa. E se entregara de corpo e alma ao santo. Era no meio daquela população um dos fervorosos do culto. Seu irmão acreditava na expiação de um pecado. Os Vieiras tinham traído há cem anos um santo da Pedra. Contava-se a história. Fora o antepassado do povo do Araticum que saíra da Pedra para conduzir os inimigos de Deus ao refúgio dos adoradores. O Judas fizera isto intrigado por causa de uma moça que o santo tomara para si. Viera ao Açu e ensinara o caminho, conduzira a tropa para a matança dos romeiros. A caatinga ficou coalhada de cadáveres e os urubus ficaram como em tempo de seca, de papo cheio. Domício via a culpa toda em cima deles, que vinham do homem. Todos do Araticum sofriam a desgraça do antigo. A família se acabava. As terras e as águas não botavam ninguém para a frente. Eram marcados pela desgraça.

Um dia Bento amanheceu com aqueles pensamentos mais vivos na cabeça e foi dormir ainda pensando na coisa. Padre Amâncio se arrastava para ir celebrar a missa todos os dias. Já era para ele um sacrifício. Chegava à igreja como se tivesse andado léguas, arfando, suando. E Bento via na celebração como o seu padrinho se reduzia a nada, verde, com a cor da morte. As beatas rezavam alto e a missa terminava com o seu padrinho quase sem forças para voltar à sacristia. Numa manhã daquelas Bento teve a certeza da morte do padrinho. Era uma coisa para poucos dias. Seria culpa dele? Seria o azar dos Vieiras que se passara para padre Amâncio? Ajudou o padrinho a tirar os paramentos e saiu com ele para casa, matutando naquilo. O azar dos Vieiras viera com o filho mais moço da família liquidar o padre Amâncio. Todos no Açu tinham raiva dele. Todos atribuíam à Pedra o atraso da terra. Lembrou-se do major, que morrera. Tivera a sua parte na morte dele. Se tivesse atendido a dona Fausta, a morte do major não se daria. Não tinha uma pessoa onde se encostar. Dioclécio era uma coisa de longe. Uma saudade que não o animava mais. Domício se entregara ao santo e o padre Amâncio morria, morria devagar. Cada missa que ele dizia era um passo para a morte. E o rapaz começou a se inquietar, a sentir-se mais inferior do que nunca. Todos aqueles sujeitos que conversavam na tamarineira, quando ele chegava procuravam logo falar da Pedra Bonita. Pelo gosto de todos ele devia estar nos ferros, apanhando de cipó de boi. Dona Eufrásia em casa tinha nojo, desprezo pelos seus. Tirando o padre, só Maximina não mudara.

E a negra até desconfiava da tristeza do rapaz. Procurou uma ocasião para falar com ele. Bento sentia-se cercado de ódios. O ódio da rua, o ódio de dentro de casa, das beatas na igreja, do povo da tamarineira, dos homens, das mulheres do Açu. Amanhecia com aquela ideia fixa bulindo, mexendo. Por que não morrer? Não acabar de vez a sina de penar dos Vieiras? Domício já dera a sua vida pelo santo. A mãe também. O pai era um doido, e Aparício no cangaço. Para ele só restava mesmo a morte. Não era nada. O padre Amâncio morreria, a negra Maximina se entregaria à cachaça. E ele o que ficava fazendo, sem um amigo, sem um encosto, sem uma crença como a de Domício? Um antigo da família dos Vieiras viera correndo para levar a tropa que liquidou tudo e acabou com o povo da Pedra. O sangue dos meninos ensopou o barro duro, a areia quente. Um Vieira, um homem que fora o pai do velho Aparício, deixara os seus e fora com o governo matar o povo que acreditava no desencanto da lagoa milagrosa. O santo queria o sangue das donzelas e dos meninos para lavar a pedra, para com isto fazer o mundo virar. Rios de leite correriam para os famintos. O sertão seria verde de inverno a verão. Os cangaceiros ficariam mansos, a terra um paraíso de fartura e de beleza. E o desgraçado, por causa de uma moça, correu para levar com ele a morte dos seus.

Bento achava uma loucura acreditar naquilo. Mas, sem saber como, o sentimento de uma culpa imensa não se separava mais de suas cogitações. Ajudava missa, fazia tudo pensando naquilo. Viera trazer para o padre Amâncio o azar de sua família. Via a agonia de dona Eufrásia com o irmão se sucumbindo, e no íntimo era ele que se sentia responsável por tudo. Queria reagir. Achava absurdo pensar numa coisa daquelas. Uma tarde de confissão procurou o padrinho para se confessar. Esperou que as beatas se fossem. Não tinha culpa para confessar, não tinha nada para dizer. Era um casto, e no entanto pesava em cima dele uma culpa imensa. Não teve coragem de confessar o seu desejo monstruoso, a sua vontade de morrer, de acabar com ele próprio, com a raça dos Vieiras. O padre quase que não lhe dera penitência nenhuma. Somente umas ave-marias pelas almas do purgatório. E ia crescendo em Bento aquela ânsia de destruição. A coisa chegava sem que ele esperasse. Estava distraído no serviço, quando lhe aparecia o desejo infernal. Mudava de lugar, saía para andar como nos dias em que dona Fausta o tentara. Ia longe. A ideia continuava firme, deitada no seu entendimento. Olhava para os galhos das árvores, e via o seu corpo espichado, de língua de fora, pendido, podre, com os urubus no céu de olho aberto para ele. E tinha medo. Corria para casa e lá dentro era que a ideia desgraçada mais se ligava ao seu corpo. Rezar não adiantava. Nada valia. Nem sabia mesmo se acreditava em Deus. Acreditava que uma culpa estava no seu sangue, na sua carne, nos seus ossos. Era tolice pensar naquilo. Pensava Domício, porque tinha ouvidos que ouviam cantos que não existiam. Pensavam os fanáticos, porque eram mesmo que bichos. Era besteira pensar naquilo. Subia à torre para tocar as ave-marias, bater sinal pelos mortos. Lá de cima a tristeza pegava Bento com mais força. Tempos houve em que puxava o badalo com gosto, olhando o mundo para onde mandava os sons do bronze que ele vibrava. Fora-se todo prazer. Nunca tivera mesmo um grande prazer. Naquela tarde em que dona Fausta se pegara com ele, um frio correra pelo seu corpo. O corpo da mulher machucando o seu lhe dera uma coisa esquisita. Nunca tivera uma grande alegria. Dioclécio trouxera para ele um mundo, uma mulher de cabelos grandes, que esquentava o frio das noites. Dioclécio sabia de coisas grandes, de uma felicidade de andar pelas terras dos outros cantando. Invejara o cantador. Depois viera Domício. Viera Domício com as suas tristezas, tocando viola, aboiando para o gado, como se fosse para gente viva. Agora de cima da torre, via Bento um enterro. Lá ia o defunto com o seu toque de sino, lá ia o pobre no caixão da caridade. Era um que dormiria para sempre, que cairia debaixo do chão para sempre. Com aquela impressão desgraçada, desceu da torre meio tonto. As beatas rezavam em voz alta. E o pobre do padre Amâncio nem podia mais deixar o seu quarto para as orações da tarde na sua igreja. Era a morte. A morte que Bento sentia perto dele, abrindo os braços para ele, convidando-o, chamando-o para o seu repouso, a sua tranquilidade. O mais moço dos Vieiras ia ao encontro da morte. Não fugia dela como Aparício que tinha medo, que correra até o Açu pedindo ao irmão para ir tomar conta da mãe, para que ele pudesse viver muito. Aparício queria viver e estava no cangaço matando. Ele Bento queria morrer. E este pensamento lúgubre o absorvia. Tinha que ser, tinha que ser. Com aquela agonia no coração, era que não podia continuar. Tudo se acabaria com ele. Não nasceria mais um Judas de seu corpo. O seu sangue se extinguiria para sempre. Ali lhe vinha uma de suas alucinações mais dolorosas. Ele via o seu sangue embebendo a terra, as suas veias vazias da desgraça e o seu corpo livre, limpo, para Deus. Só a morte lhe daria a paz, a trégua.

Começaram a dizer no Açu que o criado do padre estava virando doido. Só podia ser de doido aquele ar, aqueles modos, aquele andar por longe da vila sem ter o que fazer.

Bento se via cercado de inimigos. Para cada lado que se virava era um olhar, uma boca contra ele. E lá longe os seus, sua mãe, seu pai e Domício perto de um santo, vendo e gozando os milagres, vendo Deus na Terra, com a sua força dando esperança ao mundo. O povo do Araticum não devia mais sofrer coisa nenhuma. Estava livre, perdoado de suas culpas. Tinham encontrado o santo que perdoava tudo.

17

Tinha sido uma coisa horrível. O tenente Maurício com trinta homens trucidados pelos fanáticos da Pedra. A notícia chegou no Açu por um desconhecido que passava para Dores. Ele tinha sabido da desgraça por um tangerino. Os fanáticos botaram uma emboscada na tropa. Não ficara um soldado para contar a história. Na feira de Sobrado ouviu gente contando o fato como se passara. Fora um irmão de Aparício que estava comandando o povo da Pedra. A emboscada fora obra dele. Era o beato Domício. Mais sanguinário ainda que o irmão. O povo ia atrás dele como atrás de um chefe. O santo lhe dera poderes para isto.

Aí foi que Bento se sentiu sitiado pelo ódio do Açu. Irmão de cangaceiro e de beato, os dois irmãos dele desgraçavam o sertão. E vivia na igreja. O padre Amâncio perdera o juízo. Como podia permitir semelhante coisa? O Açu guardava em casa um monstro, um membro da família sinistra. Falava-se de Bento por toda parte. Joca Barbeiro e o escrivão Paiva agiram contra ele. O cabo do destacamento se negou, porém, a fazer o que eles queriam. Queriam que prendesse Bento, que o mandasse para o Recife.

A morte do tenente Maurício trouxe mais pânico ainda à vila. Fugia-se do município. Os roçados de algodão, de cereais, despovoados. Quem tinha alguma coisa descia, abandonava a região. Havia clamor. Bento, quando soube do estrago na força, não acreditou que Domício estivesse com as responsabilidades. Aquilo era mais falaço, somente porque ele era irmão de Aparício. A fama de um fazia com que o outro assumisse a culpa. Não podia crer que aquela natureza que ele conhecera desse para o crime, se arrastasse para a luta com tanta crueldade. Domício cantava com tanta doçura, era tão doce na voz, tão bom, aboiava para o gado com uma tristeza tão grande. Era mentira. Só podia ser mentira. O padre Amâncio se acabava, se reduzia. Nem forças tinha para celebrar todos os dias. O mal que o consumia devia ser medonho. Não comia. Estava magro, com a cor de barro, como se a morte já estivesse no seu corpo, aguardando somente a hora.

A notícia da morte do tenente atormentou o padre. Chamou Bento e pediu para o rapaz contar o sucedido.

— O governo agora – disse ele a Bento — vai tomar providências enérgicas. Vai ser uma calamidade.

Dona Eufrásia não permitia que o irmão se preocupasse com estas coisas e chamou Bento para censurá-lo. Ele não devia ter ido contar ao Amâncio aquelas coisas. Era aquela história da Pedra que matava o irmão. O sofrimento maior dele vinha dali. Aquele povo infeliz matava o irmão de desgosto.

Depois desta reprimenda Bento saiu de casa. Só a negra Maximina não se fizera de sua inimiga. Todo o mundo contra ele. Só mesmo desaparecendo de uma vez. Sua mãe o desgraçara para sempre, se lembrando em deixá-lo no Açu, fora do Araticum. Agora estaria com os seus, pagando juntos as culpas que tivessem. Ali era odiado, repelido como cachorro doente. Tudo era contra ele. A doença do padre vinha da Pedra Bonita. Todas as desgraças vinham de lá. Ele era o culpado de tudo. Devia fugir para a Pedra e ficar com o seu povo. Ao mesmo tempo não acreditava. Via no santo um louco, um pobre doido, arrastando uma raça de deserdados. Tinha a certeza que todos estavam embriagados. O sertão perdera o juízo como cem anos atrás. De outras vezes acreditava em tudo. Aí se sentia mais feliz, ligado com alguma coisa, com Domício, com sua mãe, com a população inteira que cantava benditos a Deus. Tinham virado feras. As caras que eles mostravam no dia em que estivera na Pedra com o seu padrinho eram de monstros enfurecidos. Mataram o tenente Maurício. Aparício se vira livre daquela perseguição. O pai e a mãe tinham sofrido o diabo a mandado do tenente. Parecia que o estava vendo, de lenço no pescoço, dando a conversa na porta do escrivão Paiva. Fora o dono do Açu, do sertão. Não respeitava coronel, prefeito, juiz. E agora estava na caatinga, no bico dos urubus. Sentiu-se feliz, com um minuto de felicidade, pensando na morte do grande inimigo. Fora Domício que fizera o serviço. Não acreditava. O irmão era a brandura em pessoa, um coração de criança. Estava sentado no oitão da igreja pensando naquelas coisas, quando viu um sujeito vindo de rua afora, com uma rede atravessada nas costas. Bento reparou bem e reconheceu Dioclécio. Viu-o parar na porta do coronel Clarimundo e foi falar com ele. Dioclécio já estava cercado de gente. Parecia um penitente, com os cabelos mais crescidos ainda e a barba comprida. Sujo, com as roupas rasgadas, dava a impressão de que viera corrido de uma calamidade.

— Estou chegando da Pedra – foi dizendo ele. — Vi coisas que nem posso contar. O povo de lá está com o juízo virado. Tem gente no rifle, tem gente que briga até de pedra. Deram um cerco no tenente Maurício, mesmo na descida da serra do Araticum. O tenente tinha descido com a tropa pra beber água na vertente. Quando viu, foi bala de todo lado. Nem apareceu uma alma caridosa pra enterrar os corpos. Deram de comida aos urubus.

Dioclécio pediu uma quarta de genebra, cuspiu de lado e pediu pousada para uma noite. Mais tarde Bento foi procurar o cantador no mercado. A viola estava no saco sujo e o homem falou para ele:

— Eu nem te conhecia mais, menino. Tu mudaste muito. Estive até na cadeia com o teu irmão Domício. Foi em Dores. Bicho bom na viola. Aquele, se ficasse na vida, dava mestre. Estive com ele na Pedra. Irmão de Aparício não pode ser cantador. Irmão de cangaceiro é ofício duro. Eu, se fosse tu, ganhava o mundo. Domício, teu irmão, na Pedra virou chefe do povo. O santo faz o milagre e ele é quem manda no pessoal. Eu ainda estava lá quando sucedeu com teu pai uma danada. O velho tem um bode de estimação. Tinha até trazido o animal com ele. E vivia com o bicho entretendo a vida. Pois não é que uns romeiros quiseram matar o bode pra comer! O velho se fez na faca que foi um alvoroço. Furou gente. Ficou doido, de nem conhecer a mulher. Na Pedra vi gente que tu nem avalia. Tem ladrão, cangaceiro, tudo que é nação de gente ruim. Fui pra lá pra ver a coisa como era. Em Dores me haviam dito que o homem fazia milagres. Estive lá uma semana e não vi nenhum. Me disseram que era porque o santo estava de fastio, com nojo do mundo. Só vi o homem duas vezes. E pra falar com franqueza, não vi nada de mais. O teu irmão Domício esqueceu tudo pela coisa. Estão dizendo por aí que foi ele quem fez o serviço no tenente Maurício. Disseram que Aparício tem ido ao santo e que o homem deu a ele uma oração que vale mais que colete de aço. O povo da Pedra está que tu nem calcula. Olha, eu nunca cantei numa feira que não viesse gente pra perto escutar. Lá na Pedra ninguém quer saber de cantorias. É só no bendito, na reza. Tem lá um cangaceiro que foi do grupo de Aparício. Um chamado de Cobra Verde. Um rapaz assim com o teu corpo. Deixou o cangaço e está com o santo. E não tira o rosário da mão.

Depois Dioclécio pegou da viola para cantar umas coisas, mas Bento não o ouvia. Era outro Bento. Tinha irmão no cangaço, irmão beato na Pedra. Era um homem infeliz, o menino a quem Dioclécio contara as suas histórias, aquela da mulher dos cabelos compridos.

Bento deixou o cantador. Era noite. Uma ou outra casa do Açu tinha luz acesa. A noite escura. A loja do coronel Clarimundo estava aberta, e na porta do major Cleto havia gente na conversa. Teve medo de passar por lá, de ser visto. O olhar dos outros lhe fazia mal. Todos o odiavam. Os fanáticos tinham pegado o tenente Maurício, mesmo na terra em que ele estivera castigando os seus. Os urubus que comiam os bois mortos de Bentão tinham comido o tenente Maurício e a força. Ele Bento devia era estar com o povo da Pedra. Mas Dioclécio não tinha visto um milagre sequer. O santo embebedara o povo com as promessas, com a felicidade de todos, com a igualdade do mundo. Podia ser como da outra vez. E o sangue dos sertanejos derramado na caatinga. E tudo ficaria na mesma desgraça. Não podia acreditar. Aí Bento sofria mais. E no seu quarto pensava então no fim de tudo. Teria que morrer. Teria que se acabar. Domício era do santo, só o santo. Ele nem tinha mais a mãe, que o punha acima de tudo. O padre Amâncio se acabava. Maximina iria com dona Eufrásia, e o mundo vazio para ele. Não dispunha de força para pensar no mundo, que não fosse a Pedra Bonita e o Açu. O mundo era aquilo, cercado de ódio, de vingança, de sangue, de cangaço, de sofrimento. Dona Fausta procurara o seu corpo, quisera-o, se pusera em cima dele. A cara dela com aquele jeito na boca nunca mais se fora da sua memória. Devia ter voltado para a mulher. O major não morreria. As mulheres da rua da Palha se foram. Deram risadas, mangaram dele. Domício fora a maior coisa de sua vida. Nas noites de medo, acordava-o, batia nos punhos de sua rede: "Bentinho, tu não estás ouvindo?" Era o canto da cabocla nua que o irmão ouvia, vindo dos confins para tentá-lo. Dioclécio voltara e perdera tudo para ele. O grande homem era igual aos outros. Para ele Antônio Bento não havia jeito. E o outro mundo? O que havia no outro mundo? Não acreditava e acreditava ao mesmo tempo. E Bento não dormia. Vinha com aquela ânsia há dias, sofrendo as influências mais desconcertantes. Ia para Aparício, voltava para Domício, ficava com o padre Amâncio. Não havia lugar que lhe desse pouso. O Deus do santo visível, agindo, curando, arrebatando Domício e sua mãe. E o Deus do sacrário quieto, escondido no vinho e no pão do catecismo.

Ele queria era uma força que dominasse a força de sua agonia, que enchesse o seu coração com a sua presença. Até Dioclécio não existia mais. Fora-se na manhã do outro dia e não lhe deixara nenhuma saudade. Bento era só e odiado, cercado de ódios. Joca Barbeiro, o escrivão Paiva, o major Cleto, todos queriam segurá-lo, mandar para o Recife o irmão de Aparício, do beato Domício, para que todos lá vissem um monstro da Pedra. Todo aquele Açu para ele merecia a sorte do tenente Maurício. Se o povo da Pedra descesse, rolasse sobre todos, esmagasse tudo, a igreja, a casa de dona Fausta, o sobrado, a tamarineira, fizesse tudo em poeira! Tudo destruído, acabado. Só assim ele poderia liquidar aquela ânsia que não o largava. Só a morte, só morrendo, acabando com ele, destruindo-se. O padre Amâncio quase não saía mais da rede. Bento ia vê-lo, e de vivo ainda no seu padrinho só havia os olhos azuis. Um dia quis falar com o afilhado. E chamou-o para perto.

— Você, Antônio, vai com Eufrásia para Goiana.

Não tardaria para o seu padrinho o abraço frio da morte. E ele iria para Goiana com dona Eufrásia. Isto não. Não dissera nada para não desgostar o pobre velho. Mas o povo do Açu iria ver. Aqueles miseráveis teriam que ver o seu corpo duro, de língua de fora, enforcado, bem morto, para que todos soubessem que ele tinha se matado. Deixaria Domício. E era o que mais vinha na cabeça de Bento: as passagens da sua vida no Araticum. Lembrava-se da viagem às furnas da cabocla, com a serra verde, com as cigarras cantando. Vinham-lhe na memória as cantorias nas noites de lua. A viola gemendo e Domício cantando, sofrendo. Vinham-lhe as batidas do gado na caatinga coberta de flores, com os imbuzeiros carregados, as imburanas de cheiro cheirando da raiz à folha. Todo o Araticum era Domício. As noites de agonia, as noites da tentação da cabocla, o irmão nos seus braços como menino. Tudo isto fora a sua vida. Tudo isto se acabara para sempre. Domício era beato. Depois seria santo. Ele era assim irmão de cangaceiro e de beato, vazio de tudo que era alegria para um homem. Seria o último Vieira, cumprindo a sentença, pagando pelos outros. Com o padrinho morto, iria para Goiana com dona Eufrásia. Nunca que fosse, melhor a terra fria. Se morresse no Açu, o meteriam no caixão da caridade. Com este pensamento o corpo de Bento se retraiu todo, de nojo. Metido no caixão da caridade. Sentiu-se um imundo, sujo de todos os mortos que o caixão conduzira, com as chagas do negro que morrera caindo aos pedaços, com o fedor de todos os mortos miseráveis do Açu. O caixão da caridade dava-lhe desse modo uma impressão horripilante da morte. O Açu enterrando o irmão de Aparício e de Domício naquele caixão nojento que estava escondido no fundo da sacristia. Ele tocaria fogo, tocaria fogo no traste infeliz.

18

Agora era a expectativa do assalto da Pedra ao Açu. Os fanáticos destruíam as fazendas dos arredores. Passavam pela vila retirantes, famílias correndo da fúria deles. A voz do santo troava como um grito de guerra. Ele queria as donzelas para fecundá-las, meninos para serviço do sangue. Era o que diziam os fugitivos. E a fama de Domício crescendo. O irmão de Aparício dominava os romeiros. E o Açu esperando a cada hora o ataque. O coronel Clarimundo já se mudara para o Camaru. O major Cleto mandara a família para Dores. E o padre Amâncio se consumindo. Bento quase que não saía mais de casa. Fazia os serviços da igreja, e no mais era no seu quarto.

A vila inteira se preparava. Havia homens armados por conta da câmara, gente no rifle. Joca Barbeiro só não prendia Bento para não desgostar o vigário, que estava à morte. E nada de chegarem as providências do governo. A morte do tenente Maurício com a sua força não dera o resultado esperado. Aguardava--se um batalhão para destruir e liquidar os fanáticos. A igreja do Açu, com as suas duas torres enormes, não tinha força, não dava coragem ao povo. O padre morria. Deus esquecera a vila infeliz. Era um povo desgraçado, perdido para sempre. Lá um dia, porém, chegou a notícia: vinha a tropa para o Açu. Vinha até soldado de linha. E numa manhã de junho chegou a expedição militar. Umas duzentas praças às ordens do major Nunes, muito conhecido no sertão. O famoso major Zeca Nunes de Vila Bela. O Açu ficou coalhado de praças. Teriam que demorar na vila nos preparativos. O major aceitava voluntários que quisessem subir com o seu pessoal. E foi um alvoroço na terra. Soldados dormindo por toda parte, enchendo o mercado, estirados pelas calçadas, com os cobertores vermelhos fazendo de cama. Chegara gente de perto, armada. Alguns fazendeiros se apresentavam com os seus cabras, prontos para a luta. A pacata vila do Açu era uma praça de guerra. Os cabras no rifle, punhal atravessado, dando de pernas. Havia fogo aceso por todos os cantos. Soldados cozinhando feijão, assando carne. Parecia uma feira de sábado, com o falatório, com as conversas. O padre Amâncio chamou Bento para saber tudo. Queria falar com o major Nunes. E mandaram chamar o oficial. O vigário falava como se cochichasse. O major entrou de lenço no pescoço, de alpercatas, de túnica aberta. O padre Amâncio, estendido na rede, pediu para que ele se chegasse para perto:

— Major, eu queria lhe pedir uma coisa. Faça o possível para evitar mortandade.

— Seu vigário – foi dizendo ele —, os homens estão armados, matando gente. O senhor viu a sorte que teve o tenente Maurício. O governo me mandou para acabar com a coisa. O senhor me desculpe, mas romeiro assim junto só tem jeito na bala de rifle. É gente muito ruim, seu vigário.

O padre ficou calado algum tempo e depois só fez dizer:
— O senhor vá com Deus, major.

Do seu quarto o padre Amâncio ouvia o zum-zum da soldadesca:
— Quantos praças são, Antônio?

Bento o informou de tudo. Viera gente das fazendas. Só o coronel do Araçá mandara vinte cabras. O Açu estava cheio. O padre via a morte chegando numa hora horrível daquela, reduzido a nada, sem poder se mover, tomar uma providência que desse resultado. Era o fim de tudo.

Bento olhou para a rua cheia de soldados. Era de tardinha. Foi tocar as ave-marias e de cima da torre a impressão ainda era maior. Tocou a primeira badalada e viu os soldados se levantando, outros tirando os chapéus. Iguais aos cangaceiros. De madrugada sairiam para o cerco da Pedra Bonita. Deu a segunda badalada com mais força. Se aquele som rompesse as distâncias, furasse a caatinga e chegasse lá onde estavam os seus para prevenir... Chegou ao fim. Desceu a torre e não havia ninguém na igreja. As beatas não tinham vindo naquela tarde. Ele viu a luz do sacrário, a lâmpada que ele enchia de azeite para iluminar o Deus que protegia os homens. O caixão estava lá no fundo da sacristia esperando por ele. Sentiu-se sujo, imundo, desgraçado. Ali dentro da igreja chegava o falatório das praças, dos homens que de madrugada marchariam para a Pedra. Aí a corneta tocou. Toque de chamada para reunir. O major na frente da tropa dava ordens. De madrugada seguiriam.

Estivessem todos prontos. Ninguém poderia beber. Ninguém podia sair da vila. Bento chegou em casa e dona Eufrásia estava preocupada. O irmão pedira para que ela mandasse chamar o padre de Dores, para ouvi-lo em confissão. Dona Eufrásia queria que Bento preparasse o cavalo para de madrugada procurar o vigário de Dores.

 Bento foi para o quarto. Não podia pensar nele, com tanta coisa que chegava de fora. De madrugada a tropa marcharia para o massacre do povo da Pedra. Seria o fim de tudo. O povo do Açu se vingaria. Até que afinal acabariam com a Pedra. Naquela noite não dormiu. Esteve inquieto. Cheio de apreensões. Seu padrinho pedira confessor. Via a morte a dois passos. E a tropa pronta para se jogar em cima dos fanáticos. O povo do Açu com a grande oportunidade. Há um século tinham feito a mesma coisa. No meio da caatinga pipocou o tiroteio da clavinote. Sangraram a punhal os restos do romeiros que fugiam. Um antigo dos Vieiras ia na frente da tropa, ensinando o caminho, mostrando o esconderijo dos que tinham escapado. Fora um seu parente. Lá fora a rua estava cheia de soldados, de gente armada, de cabras mandados pelos fazendeiros de perto. Era um exército para esmagar, reduzir tudo a nada. Domício no meio dos fanáticos, sua mãe, seu pai. O padre morria. E os seus seriam esmagados. Para que então viver mais? E a noite de lua enchendo o Açu de paz. Os soldados não estariam dormindo. Iriam para a guerra. O tenente Maurício e a sua tropa tinham ficado estendidos. Os soldados deviam estar preocupados. Ele teria que sair de madrugada e não podia dormir. Melhor seria aproveitar a lua e ganhar para Dores. E foi o que fez. Andaria o resto da noite e pela manhã cedo poderia estar no Açu com o padre que confortasse o padrinho nos últimos instantes. Bento foi preparar o cavalo. A casa no silêncio.

E foi andando de estrada afora. Há meia hora que puxava pelo caminho, que tanto conhecia. Mas de repente começou a refletir. Começou a sentir o que vinha sentindo no quarto. Ficaria só, abandonado de todos. Morto o padrinho, morto Domício, acabados os seus, o mundo seria vazio. Maximina em breve nem poderia mais com a cachaça. E ele ia chamar o padre de Dores para confessar o homem melhor, mais santo, mais sério que conhecera. Não podia ter nada de pecado para contar. Era puro de tudo. Mais em cima da caatinga Bento estremeceu com uma ideia. Se, em vez de ir a Dores, corresse à Pedra para prevenir o povo da ida da tropa? Mas assim ia faltar ao último pedido de seu padrinho, que queria um padre a quem contar os seus pecados e receber o perdão de Deus. Qual seria então o maior pecado do padre Amâncio? Passava-lhe na cabeça a vida do padre. Vinte anos de Açu, pobre, comendo como pobre, vestindo do jeito que vestia, dando tudo que era seu. Melhor no mundo não podia existir. O padre Amâncio não podia ter desejos ordinários. As mulheres para ele não tinham tentação, não perseguiam os seus sonhos, como fazia com ele aquela mulher de Dioclécio. Podia ser, porém, que o padrinho tivesse pecados que nunca deixara perceber. Quem poderia saber quais eram os seus pensamentos, os seus sonhos, os seus desejos? Não. Não. Não podia ser. O padre era mesmo um santo. Confessar-se então para quê? Dona Eufrásia lhe dissera alarmada: "Bento, de madrugada vai a Dores chamar o padre de lá. Amâncio quer se confessar." O que podia contar de pecados um homem como ele ao vigário de Dores, um padre dado a mulheres, como todo o mundo sabia, que era rico, que tinha criação de gado? Não podia ser. Nisto foi lhe voltando a ideia anterior: correr à Pedra e avisar o pessoal da marcha da tropa. Domício podia emboscá-los, preparar uma cilada para o povo do Açu, que ia furioso para a destruição. O tenente Maurício tinha sido comido pelos urubus do Araticum. Os bichos voavam de longe, planavam no céu, no alto do céu, depois foram baixando, baixando até que pousaram nos cadáveres e devoraram o corpo do tenente, do que lhe tinha espancado a mãe, do que tinha destruído o Araticum. O castigo de Deus não demorava. Agora vinha a tropa. Misturada com o povo do Açu para acabar com todos de uma vez. O major Nunes espalhava os piquetes pelas caatingas, botaria gente contornando, tomaria os lajedos de perto, e quando chegasse a hora do fogo, o rifle cantava em cima do povo desprevenido. Correria gente para todo canto, os meninos chorando, as mulheres espavoridas. E a bala cantando. A Pedra ficava no baixio e a tropa atirando em cima. Morreria gente. O cerco fora dado por todos os cantos. E Bento via o sangue do seu povo cobrindo a terra. Via Domício ferido sem poder dar ordens. A mãe, Bentão, acabados. E o tiroteio sem cessar. O povo do Açu liquidando o povo da Pedra Bonita. Tinha que deixar aquilo reduzido a poeira. Os pobres estavam desprevenidos na reza, esperando o milagre grande, a hora decisiva em que todos tivessem o seu quinhão de felicidade. E de repente a matança, o tiroteio. Chorava menino, gemiam os doentes deitados no chão sem poder correr. Os aleijados, os feridentos, as meninas de pernas murchas. E a bala de rifle pipocando. Tudo aquilo doía em Bento como uma realidade imediata.

A lua clareava o caminho. A caatinga se estendia à vista de Bento como se não tivesse fim. Estava verde, pujante, naquele mês de junho. Ele teria que chegar a Dores com o raiar do dia. O padrinho morria e desejava o consolo de uma confissão, de um ajuste de contas. O padre Amâncio queria fazer as suas contas, dizer o que devia a Deus, o que ficara restando, o que deixara de fazer. Aquilo não podia ser. Ele era um santo. Foi quando Bento chegou na encruzilhada que dava para Dores e para a Pedra Bonita. E o tiroteio voltou à sua cabeça, nítido como se ele estivesse olhando de perto. O arraial destruído, destroçado. Dona Eufrásia lhe dissera: "Bento, vai a Dores e traz o vigário de lá. Amâncio pediu confissão." E os dois caminhos na frente de Bento. Era Dores para satisfazer a última vontade de seu padrinho e era a Pedra cheia de gente, de meninos, de velhos, de mulheres, de aleijados, de toda a miséria do sertão. Num segundo na cabeça dele rodou toda a sua vida. Ouvia tudo, o padre que queria morrer de alma limpa, de corpo lavado de culpas. E o tiroteio pipocando, gemidos, dores, e o sangue do povo correndo. Aí ele esporeou o cavalo, como se o pobre fosse o culpado de todas as suas indecisões, de suas desgraças. E o animal tomou o freio no dente e desembestou na direção de Pedra Bonita. Esporeou mais, com raiva. O animal arrancou numa carreira louca pela caatinga. Mais adiante parou. O cavalo resfolegava. Bento receou que ele se afrontasse e foi tirando a cilha. A noite ia escurecendo com o desaparecimento da lua. Naquela solidão imensa via que não era nada, que nada teria mais que fazer. Mas foi lhe voltando na cabeça o tiroteio infernal. E Domício? Domício morto, o seu irmão querido, o que chorava nas noites de agonia nos seus braços. Matariam Domício, se vingariam de Aparício, nele, na mãe, no pai. Era o que o Açu queria. Joca Barbeiro e o escrivão Paiva só desejavam acabar com a Pedra, extinguir a raça da Pedra. Encilhou outra vez o cavalo. E viu o padre morto sem o outro padre para ajudá-lo a morrer. Quis assim voltar, ganhando a estrada de Dores. Seu padrinho era um santo, melhor que todos. Teria era que seguir para a Pedra Bonita. Lá estavam os restos dos Vieiras, pagando a culpa do outro. O sangue de Judas escorreria até a última gota de seus filhos. O mundo, para Bento, ficava lá atrás. A igreja do Açu, lá para trás. E estava quase na hora de tocar a primeira chamada para a missa. Naquela madrugada eles não ouviriam o sino chamando. Naquela madrugada o major Nunes daria gritos de comando. A corneta estalaria com a tropa saindo, as cartucheiras cheias de balas, os bornais entupidos, os rifles azeitados para aniquilar a Pedra Bonita. Eles viriam pela estrada com sede de sangue. O major a cavalo, no passo vagaroso, a tropa estalando as alpercatas na caatinga. Viriam andando, andando para cair sobre a Pedra Bonita. Gemiam os doentes, os meninos, os aleijados. E a bala cantando. Fora o pai do velho Aparício que trouxera um batalhão cem anos atrás. O santo, o Filho de Deus, morrera com uma coroa de mato verde na cabeça. Os urubus ficaram dias e dias comendo os defuntos. Agora vinha outra vez a tropa com o povo do Açu, com Joca Barbeiro, com o escrivão Paiva, com os cabras das fazendas vizinhas. Era um mundo furioso que vinha para Pedra Bonita. Um mundo de assassinos, de perversos. Ele estava ouvindo os passos das alpercatas estalando na caatinga, a marcha dos matadores. Vinham vindo para acabar com tudo.

  Bento montou outra vez. Domício teria que saber de tudo. O santo teria que salvar o seu povo. Esporeou o cavalo. A madrugada avermelhava o céu. Os pássaros da caatinga começavam a cantar.

  E Bento partiu a galope para Pedra Bonita.

Cronologia

1901

A 3 de junho nasce no Engenho Corredor, propriedade de seu avô materno, em Pilar, Paraíba. Filho de João do Rego Cavalcanti e Amélia Lins Cavalcanti.

1902

Falecimento de sua mãe, nove meses após seu nascimento. Com o afastamento do pai, passa a viver sob os cuidados de sua tia Maria Lins.

1904

Visita o Recife pela primeira vez, ficando na companhia de seus primos e de seu tio João Lins.

1909

É matriculado no Internato Nossa Senhora do Carmo, em Itabaiana, Paraíba.

1912

Muda-se para a capital paraibana, ingressando no Colégio Diocesano Pio X, administrado pelos irmãos maristas.

1915

Muda-se para o Recife, passando pelo Instituto Carneiro Leão e pelo Colégio Osvaldo Cruz. Conclui o secundário no Ginásio Pernambucano, prestigioso estabelecimento escolar recifense, que teve em seu corpo de alunos outros escritores de primeira cepa como Ariano Suassuna, Clarice Lispector e Joaquim Cardozo.

1916

Lê o romance *O Ateneu*, de Raul Pompeia, livro que o marcaria imensamente.

1918

Aos 17 anos, lê *Dom Casmurro*, de Machado de Assis, escritor por quem devotaria grande admiração.

1919

Inicia colaboração para o *Diário do Estado da Paraíba*. Matricula-se na Faculdade de Direito do Recife. Neste período de estudante na capital pernambucana, conhece e torna-se amigo de escritores de destaque como José Américo de Almeida, Osório Borba, Luís Delgado e Aníbal Fernandes.

1922

Funda, no Recife, o semanário *Dom Casmurro*.

1923

Conhece o sociólogo Gilberto Freyre, que havia regressado ao Brasil e com quem travaria uma fraterna amizade ao longo de sua vida.
Publica crônicas no *Jornal do Recife*.
Conclui o curso de Direito.

1924

Casa-se com Filomena Massa, com quem tem três filhas: Maria Elizabeth, Maria da Glória e Maria Christina.

1925

É nomeado promotor público em Manhuaçu, pequeno município situado na Zona da Mata Mineira. Não permanece muito tempo no cargo e na cidade.

1926

Estabelece-se em Maceió, Alagoas, onde passa a trabalhar como fiscal de bancos. Neste período, trava contato com escritores importantes como Aurélio Buarque de Holanda, Graciliano Ramos, Jorge de Lima, Rachel de Queiroz e Valdemar Cavalcanti.

1928

Como correspondente de Alagoas, inicia colaboração para o jornal *A Província* numa nova fase do jornal pernambucano, dirigido então por Gilberto Freyre.

1932

Publica *Menino de engenho* pela Andersen Editores. O livro recebe avaliações elogiosas de críticos, dentre eles João Ribeiro. Em 1965, o romance ganharia uma adaptação para o cinema, produzida por Glauber Rocha e dirigida por Walter Lima Júnior.

1933

Publica *Doidinho*.
A Fundação Graça Aranha concede prêmio ao autor pela publicação de *Menino de engenho*.

1934

Publica *Banguê* pela Livraria José Olympio Editora que, a partir de então, passa a ser a casa a editar a maioria de seus livros.

Toma parte no Congresso Afro-brasileiro realizado em novembro no Recife, organizado por Gilberto Freyre.

1935

Publica *O moleque Ricardo*.

Muda-se para o Rio de Janeiro, após ser nomeado para o cargo de fiscal do imposto de consumo.

1936

Publica *Usina*.

Sai o livro infantil *Histórias da velha Totônia*, com ilustrações do pintor paraibano Tomás Santa Rosa, artista que seria responsável pela capa de vários de seus livros publicados pela José Olympio. O livro é dedicado às três filhas do escritor.

1937

Publica *Pureza*.

1938

Publica *Pedra Bonita*.

1939

Publica *Riacho Doce*.

Torna-se sócio do Clube de Regatas Flamengo, agremiação cujo time de futebol acompanharia com ardorosa paixão.

1940

Inicia colaboração no Suplemento Letras e Artes do jornal *A Manhã*, caderno dirigido à época por Cassiano Ricardo. A Livraria José Olympio Editora publica o livro *A vida de Eleonora Duse*, de E. A. Rheinhardt, traduzido pelo escritor.

1941

Publica *Água-mãe*, seu primeiro romance a não ter o Nordeste como pano de fundo, tendo como cenário Cabo Frio, cidade litorânea do Rio de Janeiro. O livro é premiado no mesmo ano pela Sociedade Felipe de Oliveira.

1942

Publica *Gordos e magros*, antologia de ensaios e artigos, pela Casa do Estudante do Brasil.

1943

Em fevereiro, é publicado *Fogo morto*, livro que seria apontado por muitos como seu melhor romance, com prefácio de Otto Maria Carpeaux.
Inicia colaboração diária para o jornal *O Globo* e para *O Jornal*, de Assis Chateaubriand. Para este periódico, concentra-se na escrita da série de crônicas "Homens, seres e coisas", muitas das quais seriam publicadas em livro de mesmo título, em 1952.
Elege-se secretário-geral da Confederação Brasileira de Desportos (CBD).

1944

Parte em viagem ao exterior, integrando missão cultural no Ministério das Relações Exteriores do Brasil, visitando o Uruguai e a Argentina.

1945

Inicia colaboração para o *Jornal dos Sports*.
Publica o livro *Poesia e vida*, reunindo crônicas e ensaios.

1946

A Casa do Estudante do Brasil publica *Conferências no Prata: tendências do romance brasileiro, Raul Pompeia e Machado de Assis*.

1947

Publica *Eurídice*, pelo qual recebe o prêmio Fábio Prado, concedido pela União Brasileira dos Escritores.

1950

A convite do governo francês, viaja a Paris.
Assume interinamente a presidência da Confederação Brasileira de Desportos.

1951

Nova viagem à Europa, integrando a delegação de futebol do Flamengo, cujo time disputa partidas na Suécia, Dinamarca, França e Portugal.

1952

Pela editora do jornal *A Noite* publica *Bota de sete léguas*, livro de viagens.
Na revista *O Cruzeiro*, publica semanalmente capítulos de um folhetim intitulado *Cangaceiros*, os quais acabam integrando um livro de mesmo nome, publicado no ano seguinte, com ilustrações de Candido Portinari.

1953
Na França, sai a tradução de *Menino de engenho* (*L'enfant de la plantation*), com prefácio de Blaise Cendrars.

1954
Publica o livro de ensaios *A casa e o homem*.

1955
Publica *Roteiro de Israel*, livro de crônicas feitas por ocasião de sua viagem ao Oriente Médio para o jornal *O Globo*. Candidata-se a uma vaga na Academia Brasileira de Letras e vence a eleição destinada à sucessão de Ataulfo de Paiva, ocorrida em 15 de setembro.

1956
Publica *Meus verdes anos*, livro de memórias.
Em 15 de dezembro, toma posse na Academia Brasileira de Letras, passando a ocupar a cadeira nº 25. É recebido pelo acadêmico Austregésilo de Athayde.

1957
Publica *Gregos e troianos*, livro que reúne suas impressões sobre viagens que fez à Grécia e outras nações europeias.
Falece em 12 de setembro no Rio de Janeiro, vítima de hepatopatia. É sepultado no mausoléu da Academia Brasileira de Letras, no cemitério São João Batista, situado na capital carioca.